拝啓、天国の姉さん…
勇者になった
姪が強すぎて——
叔父さん…
保護者とか
そろそろ無理です。

JN154706

LA軍

イラスト:三登いつき

TOブックス

イラスト／三登いつき
デザイン／木村デザイン・ラボ

第1話「ウチの姪が最強でして……」

どうやら……俺の姪は最強らしい。

どれくらい最強かというと、めっちゃです。そう、めっちゃです。

並居《い》る軍団をバッタバッタとなぎ倒し！

天災《てんさい》と言われる魔族の将軍を、ちぎっては投げちぎっては投げ！

不死と言われたアンデッドの王を、殺さず生かさず滅してなお昇華《しょうか》させ！

不敗の竜族を〆《しめ》て、メンチを切って、ビビらして、最後はまた絞《し》めて、干し！

海の悪魔と言われたクラーケンを吊《つ》り上げ吊り下げ、バッシバシと叩いて伸ばして肝を抜き、絡《から》めて和《あ》えて不味《まず》いと捨てる……。

そんな姪と叔父《おじ》さんが悪い奴を退治するため人類最強メンバーとパーティを組むことになったけど……。


叔父さんな、勇者ちゃうねん。

叔父さんな、猟師《りょうし》やねん。

叔父さんな、普通の人やねん。

叔父さんな、聖剣とか装備でけへんねん。

叔父さんな、姪っ子より弱いねん。

だって、オジサンだもん。

だって、オジサンだもん……。

オジサンだもん……。

だもん……。


ヒュゥウゥウゥウゥ～～～～。

大海に浮かぶ巨大島、――シナイ島に風が吹く。蹂躙《じゅうりん》された都市の先にあるのは、堅牢な砦《とりで》。それを背景に、人種すら分からぬほど枯れた老婆が、誰に語るでもなく――歴史をその口に紡《つむ》いでいた。

数千年以上続くと言われる人類と魔族の戦いは決着が付くことなく、南北の大陸を挿《はさ》んで一進一退の攻防を繰り広げていた。

南の人類と、北の魔族。融和することも共存することもなく、互いに殺し合う種の本能。

魔族に魔王が君臨すれば人類は、危機に瀕《ひん》し――その都度「勇者」が人類から現れ魔族を駆逐し、魔王を撃ち滅ぼした。しかし、勢力圏は変わらず技術と魔法だけが発展し、年々凄惨《せいさん》な戦いが激しさを増すだけとなり、南北共に荒廃しきっていた。

そして今世《こんせ》の争いも歴史の示すがごとく、魔族に魔王が君臨したとき、若き英雄は「勇者」となり魔王を討つべく北大陸に乗り込んだ。それは、変わらぬ歴史……いつものごとくの英雄譚――魔王を討ち滅ぼし、魔族を駆逐するその時が来た――かに見えたが、今世の勇者は、魔王亡き後の魔族の英雄に討たれ……北の大地に消えた。

その数年後、魔族の英雄は「覇王」を名乗り、かつての魔王を越超える膂力《りょりょく》と魔力とカリスマで、北大陸の人類を駆逐し、南大陸へ攻め入った。その新たな脅威の前に、人類は勇者を望む。応えるのはやはり「勇者」。

彼《か》の者が討たれたその日、新たな対抗手段は——既《すで》に人類の中にありき。

先代勇者の落胤《らくいん》——少女エリンは「勇者」の因子を受け継いでいた。

それは、必然か、偶然の悪戯か、運命か。人類の後背を突こうとした「覇王」軍の先遣隊は少女の村を襲い橋頭保《きょうとうほ》を築かんとしていたが、僅《わず》かばかりの衛士と貧相な装備で立ち向かい——少女エリンは、先遣隊を見事撃退して見せた。

これを見て勇者の落胤に懐疑的な各国の王も、少女の力を認め——軍を招集し、各国の精鋭とともに彼女を史上最強の剣士へと育て上げる決心をした。

少女エリンは——「勇者エリン」として、

人類の王達の導きに応じ——宝珠、宝剣、稀代《きだい》の鎧に身を包み……勇者軍として——力を蓄え、仲間たちとともに旅立った。そして、戦いの日々——勇者エリンは、勇者軍の先鋒として「覇王」軍を真っ向から殲滅していく。だが、努々《ゆめゆめ》忘れるなかれ……勇者は勇者であり、少女は少女である。その双肩はあまりに華奢《きゃしゃ》にすぎる。

老婆の朗々と語る声は、シナイ島北部の湿地によって水気を含んだ青臭い風に乗ってあっという間に散ってしまった。

※

北大陸と南大陸の中間にある巨大な島――シナイ島。

その北部、旧覇王軍支配地域の湖沼地帯、ホッカリー砦。南から攻めあがる人類にとって、島を制圧する最初の足がかりであり、覇王軍にとっては、最後の砦――この先は無防備な軍港しかない。

勇者の力はすさまじく、要所である砦を守る魔族の将軍を、仲間の支援があったとはいえ――ほとんど単身で撃破……勢いに乗った勇者軍は、小隊を先頭にあっという間に砦を占領し、シナイ島戦線に終止符を打たんとしていた。

そうだ――！　ホッカリー砦を落とせば、シナイ島戦線での人類の勝利は間違いなし。誰もがそう考え、必死で戦った。

そして、俺も……そう思っていた。戦線よりも、人類の勝利よりも、姪と――少なくとも、しばらくはエリンとともにゆっくりと出来る……そう思っていた。

※

「お前は保護者失格だ」

突如突き付けられた言葉に、思わず反論しかけるが、体に走る激痛に顔を顰《しか》める事しかできなかった。

クソ……唐突だな!?　なんだっていきなり！　言っていいことと悪いことがあるだろう。

俺の存在価値を全否定するその言葉だけは、認めるわけにはいかない！　高熱にうなされて、目醒めたのは最前線の砦の一室――そこで開口《かいこう》一番、俺にそう告げるのは、亜麻《あま》色の髪を後ろでまとめた切れ長の目をした美男子。そいつは貴公子然《きこうしぜん》とし、その立ち振る舞いは強者のソレ。ベッドの脇に置かれた椅子に腰かけるその男は、稀代の剣士であり爵位持ちの大富豪《かねもち》の子息《ぼんぼん》——エルランだった。

彼は、人類の精鋭からなる勇者軍の、さらに選りすぐりの尖兵たる「勇者小隊」の隊長を務める英雄でもある。それも、世にもまれな「雷鳴剣士《ライトニングソード》」という剣士系天職の最上位とされるランク持ちで、その整った風貌と恵まれた家柄から連合軍随一の剣士と呼び名が高い。

「聞こえなかったのか?」

エルランは再び、俺の心を抉《えぐ》るその一言を告げようと口を開こうとする。

「聞こえてるよ……」

自分でもぞっとするほどしわがれた声は、確かに俺の口から溢《あふ》れたものだった。

——お前は、保護者失格だ——。

むぅ……正直、俺もそう思っていた。なにせ精鋭揃いの勇者軍の——さらに精鋭を選りすぐった勇者小隊。そんな人類の最強が揃う部隊に俺がいるのは、別に俺が最強の一角だから……——な〜んてことはない。

勇者エリン——若干十五歳の少女……勇者とは言え、未成年だ。まだまだ少女、保護者が必要と判断されたらしく、両親のいない彼女の唯一の肉親である俺にお呼びがかかったというだけ。

と、いうのは表向き、要は保護者という名の体《てい》のいい予防線だ。あまりにも幼い少女を戦わせるのは外聞が悪いとでも思ったのか、子供を戦わせるのは親の許しがあってこそ——な〜んて、考えたどっかの国のお偉いさんがいたとかいなかったとか……。

だが結局は、保護者なんて必要ないくらいエリンは強い。強すぎた。めっちゃ強かった。その強さゆえに、彼女の幼さに目を向けるものは誰もいなくなった。

そう――俺の姪は世界最強です……。

それ故《ゆえ》、最初はエリンを守るなんて息巻いていた俺だが……出来ることはエリンの話相手に、小隊の雑用に斥候《スカウト》、あとは戦闘時のサポート位なもの。それすら、俺の様な中級職でなくとも勇者軍最高の戦力である上級職の援護があれば、必要なものではない。

要はただの役立たずだ……。

ごく潰し、ちょいニート、姪っ子のヒモ、ド助平、変態etc～……――うん、泣いていい？

ま、俺の役割なんてそんなもんです。エリンの世話係として、それなりに給与面では待遇はいいのだが、如何《いかん》せん戦闘時に役に立たない俺に対して、勇者小隊は物凄く冷たい……。

「こういってはなんだが――」

エルランは一度言葉を切り、言い捨てる。

「お前はなんでここにいるんだ？」

おそらく、エリン以外がそう思っている。つまり、みんなが思っていて、且《か》つ言い難いことを代表して言っているのだろう。認めるわけにはいかないが、それでも、反論は思い付かない。

エリンの保護者？　エリンの叔父だから？　エリンの安全のため？

どれも違う……――違わないが……違う……。

――なんでここにいる……か――。

それは、同時にずっと心にあった懸念とシコリであったのは確かだった。容赦のないその言葉が、重傷の身である俺の心に突き刺さった。そして、エルランの言葉に返す言葉もなく、項垂《うなだ》れるしかできない。

項垂れるバズゥを嘲笑うかのように、この地の外気が砦の表面に当たり気味悪く響いた。

ここは、覇王軍の旧占領地である湖沼地帯。その唯一の入り口であり出口でもある砦「ホッカリー」の煤けた一室。そこで俺は――『猟師』のバズゥこと、勇者エリンの叔父……バズゥ・ハイデマンは自問する。

そう……何でここにいるんだろうと。ここにいる直接的な原因と、それまでの経緯をボーッとした頭で思い出しながら……。

第2話「俺はただの猟師なもんで」

幾度となく繰り返されてきた魔族と人類の戦い。長く長く飽きもせずに、互いを憎悪し滅ぼさんと相争う……と、ここまでは誰もが知っている歴史のお話。子供でも知っている。

そして、なにがどうして、どこがどうなって、こうなったのか。……うん、ややこしい。

――とにかく！　我が家から『勇者』がでた……。

『勇者』

それは人類種が滅びに瀕す度に、人でありながら、人類を超越する存在として現れる。彼の者は人々を導き、魔族を押し返して北大陸の魔族の王を討つ者と――。それがこの世界の常識、人類の進化の過程、老若男女共通認識だ。

また、勇者とは突如継承されるもの。この世に勇者は一人――だから、先代勇者がいない今、何万……いや何億分の一の確率で我が家から勇者が出てもおかしくは、ない。――いや、おかしい。おかしいだろ⁉ 我が家から「勇者」⁉ 何の冗談ですか？ 言わせてもらうならば、なぜこうなったのか、と。まぁ、考えられる原因……というか、心当たりはある。めっちゃあります。

まずは一般論。

勇者が行方不明になったから。

事の真偽は分からないが、ただ、魔族の英雄に討たれたのを見たという、不確かな証言がある――。

それだけだ。

魔族側の捕虜や僅かばかりの生存者から得た情報では、断片的ながらも、件《くだん》の魔族の英雄が「覇王」を名乗り北大陸の全ての勢力を併呑《へいどん》してしまったらしい。それは魔族や龍族すら例外ではなかった。北の地に「覇」を唱えた「覇王」は瞬く間に人類の脅威へと膨れ上がり、次の目標が人類となるのは必然であった。

『勇者』を失った人類の前に現れた覇王軍は強大に過ぎた。シナイ島を占拠した覇王軍が南大陸に雪崩れ込んできたとき、人類には成す術もなかった。覇王軍の前に次々に陥落していく都市、燃えて滅びる国家、馬蹄に蹂躙される人々。だからこそ、人類最大の滅びの危機の前に、人々は救世主を求める。人類の救い手、奇跡の申し子、最強の人間兵器――すなわち『勇者』だ。人々の声に応じるかのように、勇者は継承された……。そして、何の因果か――当時若干十代そこそこだった俺の姪、エリンが……『勇者』となった。

しかし真実は異なる。……姪が勇者になったのは、至極簡単な理由。女好きの先代勇者が、当時彼《あ》方《ち》此方《こち》で撒き散らしていた種。それしか考えられん。

何の用事があったのか、勇者様の御一行は俺の故郷である小さな村にやってきて、酒場を経営していた我が屋――そこの看板娘である俺の姉貴に手を出したらしい。

姉貴は黙して語らなかったが、まぁ先代勇者は酷い女たらしだったと聞くし、当時の俺は完全には気付いていなかったが――子供が生まれれば、相手が誰かなんてすぐにわかるものだ。

あのクソ勇者（おっと口が過ぎるな……）は、子種を置き土産に、どこかの戦場でおっちんじまったというだけだ。

間の悪いことに、姉貴は姪ことエリン《勇者の落胤》が三歳の頃に、流行り病でポックリ逝っちまった。最後まで姪のことを気にして、……俺にすべてを託《たく》して、な。それはまぁ、悲劇や悲劇のストーリー。哀《あわ》れ、俺こと――バズゥ・ハイデマンは未婚で子持ちになってしまった。子育てなんてまっぴらごめんだったが、わずかとは言え周囲の人の助けもあって、なし崩し的にエリンを育てることになっちまって……。

まぁ、最初は疎《うと》ましく思っていたけど、「叔父ちゃん、叔父ちゃん」と懐《なつ》かれれば……悪い気はしない。

もともと、姉貴を除けば天涯孤独《てんがいこどく》の身――血のつながった家族は、今やエリン只《ただ》一人になってしまった。そりゃあ、捨てるわけにもいかないだろう？　たった一人の家族だぜ？　当然、愛着も沸くってもんさ……。

しかもあれで、姉貴の娘。贔屓目《ひいきめ》に見ても器量良《よ》し。かーわいいのなんのって！

そして、慎《つつ》ましくも、穏やかな日々……アブアブと泣き、チマチマと歩いていた姪っ子も育ち、いつしか姉貴を継ぐかの如《ごと》く看板娘としてチョコチョコと酒場を手伝うくらいには、暮らし向きも整ってきた頃だ……。当時の俺は詳しく知らなかったが、世の中、派手に戦争をしていたらしく――ド田舎のこの村にも、前線の戦況は細々だが、時折思い出したように入っていた。けれども、対岸の火事とばかり気にもせず、俺は『猟師』をしながら、取った肉を生家の酒場に出す分と、仲介の卸しに出す分とに分けて出し、日銭を稼いでいた。

そんなある日、明るく天真爛漫《てんしんらんまん》にコロコロと笑いながら店を切り盛りしていたエリンが高熱を出してぶっ倒れた——。

後々聞けば、魔族の英雄が『覇王』を名乗り——人類を駆逐せんばかりに、かなり調子に乗り出していた頃のことだったらしい……しょぼくれた村の司祭が治療と祈祷のためにエリンを診断して気付いてしまった。

エリンに浮かぶ勇者の烙印……首筋に浮かんだ複雑な文様のそれに、だ。それは、誰もが知る勇者の文様。言い伝えに基づくがごとく——同時に天職の再確認を行うと、母親ゆずりの下級職『治療士《ヒーラー》』から『勇者』へと天職が変化していたという……。

勇者はこの世に一人。勇者敗北から幾数年経ち、先代が討たれ……新たな脅威が生まれたことによる影響——その使命故、勇者の子にその天職が受け継がれたのだろうというのが、司祭の出した結論だった。

そして、紆余曲折《うよきょくせつ》を経て、俺の最愛の姪、エリンは人類の連合軍によって「手厚く保護」されたと……それが、だいたい五年くらい前のことだ。

俺と引き離されるときに、泣いて腫らした顔の姪の……エリンの顔が——今も脳裏に焼き付いて離れない……。

叔父さん……叔父さん……!!　叔父さん！！！　ってさ……。

第3話「だって薔薇園だもんね」

ヒュウウウウ～……。

砦の外壁を撫《な》でる湿った風が鳴き声の様な音を立てて夜を彩る。ボンヤリと物思いにふけるバズゥの思案を邪魔するのは、イケメン剣士のエルラン。黙して語らない俺に業を煮やしたのか、苛立たし気《げ》に舌打ちし、無理矢理存在感を示してきた。

なんだよ？　ジッと目を向けると、多少なりとも苛立ちを見せているが、バズゥの視線など平然と受け止める人類の英雄——勇者小隊の隊長さん。粗末な椅子に腰かけているとはいえ、その所作《しょさ》はどことなく優雅だ。煤けた砦にあってなお、高貴な者は——高貴であれと？

いけ好かないな。……それにしても——ホッカリー砦とな？

今、ここホッカリー砦にいるという事は、先の覇王軍の陣地攻撃は失敗したという事だろうか……？　並居る雑魚は軒並み殲滅し（主にエリンが）、将軍クラスの強敵「八家将」の一人と相対したはずだが——。

再び思案に耽《ふけ》るバズゥに、エルランが何でもないように告げた。

「八家将の一人、エビリアタンは倒したよ……勇者がね。……だが、我が軍は撤退せざるを得なかった」

理由は分かるか？　とエルランが俺を睨《にら》む。

……？　理由？

「俺のせい……か？」

未だに熱を持つ体が、ひどく痛《いた》むことにようやく気付いた。

「そうだ」

「何があった？」

チっと、舌打ち一つ。説明するのも忌々しいという感じだ。

「俺の隊がエビリアタンを追い詰めた。——奴の範囲攻撃をクリスが抑え、ミーナが動きを止め、シャンティが支援し、ゴドワンが一撃を全て防ぎ、ファマックが魔法で体力を奪い、俺が奴の手足を切り裂いた頃………お前がチンケな瘴気攻撃に当てられ、焼け苦しんで叫んで皆の足を引っ張り——」

そこで一度言葉を切り、見苦しいとばかりに首を振る。

「——勇者が……エリンがお前を助けるために、単身奴の攻撃を躱しながら且つ、往なしながら、……傷つきながら！——そして、切り割かれながらも！——さらに焼かれながらも！　お前の瘴気を浄化し、癒し、宥め、さすり、治療し、涙し、——軟膏まで塗った挙句に……後方の砦まで走って引き返し、医療班に預けた後、取って返して……返す刀で、一撃でエビリアタンを倒したよ」

そうか……たしかに、八家将と渡りあっていた記憶はあるが——。

「撤退した理由は……？」

エビリアタンを倒したなら撤退の理由はないはず。

「本気で言っているのか？　負傷した誰かさんを——……エリンが戦線も戦況も、なにもかもを無視して、後方へ連れ帰って、戦場に戻るまでのこと——約一分……脅威的な速さだよ……」

そういう事か。

「だがね、一分だよ……悔しいが、エリンなしで八家将相手に、我々では一分も持たせるのは至難の業という事だ」

つまり――――。

「ゴドワンが右腕骨折の重症、ファマックは魔力切れ、……戦力は半減だよ」

「俺の……せいか？」

「違うのか？」

「……まぁ、ゴドワンもファマックもポーションですぐに復帰、軍としては〝君〟という、どうでもいい小戦力を除いて、たいしたダメージを負ったわけではない」

どうでもいい小戦力……か。

「なら、なぜ？　今なら敵はいないはずじゃ……」

「そう、シナイ島を奪還できる唯一無二のチャンスだった」

シナイ島最北端の湖沼地帯。そこから先は、ホッカリー砦を抑えている限り、覇王軍は北の港から一歩も動けない。そして、先端戦力を失った覇王軍を一気に海に追い落とすことができるはずだった。

だが……。

「エリンは、お前の元から離れなかったよ……三日間、付きっきりで看病だ……」

ふと、気付けばエリンの愛用するハンカチが額《ひたい》にあてられていた。

「エリン抜きで攻略できなかったのか？」

エリンは責められない……『勇者』だから。俺は責められる……『猟師』だから。

「今さら何を言っている⁉　八家将が一人だけという保証もない。港にさらに戦力が待ち構えていれば、勇者エリンを欠いた我々では勝ち目がないことくらい知っているだろう⁉」

勇者の強さは一騎当千——いや、一騎で人類を超える。まさに人間兵器だ。俺の「姪」が、ね。

それ故か、もはや人類はエリンにおんぶに抱っこ状態だ。要するに、あんな小さな子に……世界の命運を背負わせている——。

「エリンは？」

気安く呼ぶ俺にエルランは苦々しく顔を歪《ゆが》めると、

「別室で休んでいる……三日間も不眠不休で、お前なんかのために治療し続けていたからな」

普通のケガや呪い程度なら神官や、ポーションで癒すことができる。しかし、旧魔王軍や覇王軍の将軍クラスが放つ瘴気は、通常の毒や呪いとは一線を画《かく》すもので、およそ通常の人類の知るあらゆる加護を寄せ付けず、呪いの炎で人を焼き尽くす。

例外を除いて。

それは勇者の使う数々のスキルの一つ「スキルの同調」——勇者が触れているモノに、一時的に勇者の最強無敵のスキルと同様の恩恵をもたらすものだ。勇者の持つ強力な恩恵を分け与えることで、覇王軍の将軍クラスの瘴気すら癒し、中和することができる。

もし、その助けがなくば……最上級のポーション——神薬と言われる「ソーマ」や「エリクサー」が必要になるのだろうが、数に限りもあり高価な品のこと、ただの『猟師』に使ってくれるものではないだろう……つまり、エリンがいなければ、俺はとっくに死んでいる。それだけは間違いない。

「会わせてくれ……」

チッ、とわざとらしい舌打ちをして、エルランが肩を貸す。これでも勇者小隊のメンバーだ、人格はそれなりなのだろう。バズゥを嫌っているのが分かりつつも、ケガ人に手を貸すくらいの気遣いはできるようだ。

「寝てろと言いたいが、エリンはお前を心配してここから動こうとしないからな……」

だから、先に会わせてやると、

「いい、一人で行ける」

これ以上、こいつの繰り言を近くで聞いているのはウンザリだ。

あぁ、そうさ。負けたのは俺のせいだよ……！　なんもかんも俺のせいだよ……！

俺だって、なんでこんな化け物みたいな集団にいるのか分からない……。

上級職「雷鳴剣士《ライトニングソード》」のエルラン
上級職「神殿騎士《パラディン》」のクリス
上級職「暗殺者《アサシン》」のミーナ
特別上級職「精霊獣使い《ルーンテイマー》」のシャンティ
特別上級職「超重装騎士《カタフラクト》」のゴドワン
特別上級職「大賢者《アッカーマン》」のファマック
そして、唯一無二の特殊職「勇者」のエリン
そして…………ありふれた中級職「猟師」のバズゥ

これが現在の勇者小隊の全メンバー。ここに連合軍から選抜された勇者軍のサポートが若干入れ代

わり立ち代わりで入る、と。

ご覧になればわかると思うが、並居る強者の中で——異色の存在……それが俺だ。どうみても、場違い。立ち位置が定まっていない。

なんでそこにいるんだか……？　よほど、強いのか？　実は中級職と上級職の垣根を越えて最強だとか？

違う違う違う——何度も言うが、俺が人類から選りすぐりの精鋭に名を連ねている理由はただ一つ。俺の最愛の姪——エリンの……勇者エリンの保護者、ただそれだけだ。そう、それが俺の存在理由——。

エルランの肩を無理やり引き離すと、煤けた扉を開けて廊下に出る。一度焼け落ちたホッカリー砦はところどころ火災の跡を残している。急いで修復されたのだろうが、まだまだ廃墟の雰囲気が消せない。

しかし、資材は潤沢。なんたってここは人類の最前線拠点だからな。

「おい、今は深夜だ。エリンも寝ているだろう」

「顔を見るだけだ」

「ふん……奥の手前のドアだ、いいな？　皆寝ているんだ静かに行けよ」

一々《いちいち》勘に障る言い方だが、あれで勇者小隊の隊長なのだから世も末だ。——あ、とっくに末の世だったか。

薄暗い砦の中をヨロヨロと歩く。まだまだ整備の行き届いていない砦の中は油断すると大きな物音がする。確かに夜の事、皆寝静まっているかもしれないのだ。だから、静かに歩く。

猟師スキル「静音歩行《サイレントウォーク》」

山で獲物を追う『猟師』の基本スキルだ。中級職とはいえ、勇者軍の一員として日々最前線に身を置いていたおかげで、既に「猟師」としての天職レベルは最高域を突破、――完成している。

そんじょそこらの『猟師』とは格が違うとだけ言っておこう……『猟師』限定な。その片鱗を見せるように、まるで山にいるかの如く、無音で砦を歩く。徐々《じょじょ》に体の感覚も戻り、普通に歩く分にはフラつくこともなくなった。そして、明かりが漏《も》れるドアを見付けると、それがエルランが教えてくれた奥の手前の扉だと分かる。

あぁ、エリン……エリン……エリン、エリン。すまなかった、頼りない叔父さんで――。

ガチャ、

「でさー、エルランの奴」

「えー、まんざらでもないって」

「拙者、その手の話は苦手で」

「でも、他に碌《ろく》なのいないじゃん、爺のファマックに、堅物ゴドワン、あとは――」

「あーバズゥ？　あれはないね～」

「ないないないない」

「拙者、バズゥ殿は――」

「っていうか、エリンはあんなののどこが良いわけ～？」

「……叔父さんはカッコイイよ」

「えーー超悪趣味だ……よ……って」

…………。

……。

花園、バライソ、パラダイス、
うん……。

裸が～――い～ち、にぃ～、さぁ～ん、しー……死？

え、俺、死んじゃう？　え、ここエリンの部屋だよ……ね？

え？　薔薇《バライソ》いぞ？　更衣室《パラダイス》？

えっと――――。

わークリスって、スレンダーで美乳ぅぅーー。

へ～ミーナって、着やせするんだ、すっごいおっきいです……。

おーシャンティって、ロリっぽいし、チッパイなのに、乳《にゅう》の主張が素晴らしい……。

……エリン……立派になったなぁ～しみじみ……。

――――失礼しました……。

ガチャ、

「「「まてこらぁぁぁぁぁっぁぁっぁ！！！！！」」」

覇王軍最強の一角八家将……!!　何する人ぞ……！　魔将エビリアタン――お前は強かった……。

だけど、今ほど怖くはなかった!!　そう……怖くはなかった！

チュドーーーーーーーーーーーン！！！！！！！

ここに世界最強の女どもの集中砲火が炸裂し、廃墟寸前のホッカリー砦の上半分が消し飛んだとだけ言っておこう。

第4話「勇者小隊除籍」

ゴゴゴゴゴゴゴゴゴゴゴゴゴ……。

聞いたこともない音がホッカリー砦の地下、尋問室に響いていた。その部屋の壁には種々様々な拷問具が飾られ、皮膚片やら、血なんかがこびりついていて、どれもこれも実用品だと分かる。

それらの恐ろしさに相《あい》まって、女たちの醸《かも》し出す――変態死すべし！　のオーラがこの音を立てているようだ……。

審理開始――。

「申し開きは？」

「ありません」

「理由は？」

「エリンに会うために」

「何故《なぜ》足音を消していた？」

「皆を起こすと悪いと思い」

「更衣室って書いてたよね？」

「暗くて気付きませんでした」

「ノックとか普通するよね」

「エリンだけだと思ったので」

「反省は」

「十二分に」

「何で生きてるの？」

「えっと、たまたま運が良かったんだと……」

「しね」

「勘弁してください」

「臭うんですけど」

「風呂に入ります」

「弱いんですけど」

「はい、精進します」

「ロリコン」

「断じて違います」

「おっさん」

「あ、はい。年齢的にはそうです」

「死ね」

「勘弁してください」

「息するな」

「無理です」

「シネ」

「勘弁してください」

当初尋問だったはずが、段々後半悪口になってきているのは気のせいだろうか……。

エリンを除く女三人が次々に俺を責めるが、申し開きはない。

昨夜、エリンの部屋と間違えて更衣室に真正面から突撃をかました剛の者として、拘束されていた。

幸いにも緘口令《かんこうれい》が敷かれたおかげで勇者小隊を除けば、連合軍から支援に来ている勇者軍の面々にはバレていない。

が、いつまでそうしていられるやら……。

ただ、断じて言うが、あれは事故だ。俺も命が惜しいので、人類最強の女たちの更衣室に丸腰で突撃をかますようなことはしない……――いや武装していたとしても、絶対しないけど！

「エリンの部屋は下の階！　全然場所違うんだけど⁉　言い訳にしては苦しいんだよ！」

グィイと襟首《えりくび》を掴むのはキッツイ目をした金髪美人の暗殺者《アサシン》ミーナ。彼女は、裏社会の凄腕らしい
……人類の危機ということで、裏社会も最高戦力を差《さ》し出してきたとかなんとか。そんな女性とは思えぬほどの筋力から、片腕で持ち上げられる様《さま》は傍目《はた》にもカッコ悪い。

「落ち着けミーナ……バズゥ殿はスケベだが、卑怯者ではない」

微妙な――援護してくれてるんだか、してくれていないんだかよく分からない発言で止めてくれたのは、蒼髪蒼眼の神殿騎士《パラディン》のクリス。神官由来の奇跡と、浄化を伴う剣技を得意とする攻防一体化のバランスタイプだ。堅物で無口だが、それゆえ仲間の信頼も厚い。

「でも、足音殺してた……」

小さな声でモジモジしながら話すのはホビット族と人間のハーフであるハーフホビットのシャンティ。茶色のフワフワ髪に大きな目が小動物を思わせる一見《いっけん》すると少女に見えるが、繰り出す精霊術は至高。その一言に尽きる。

若年にして、才能の塊とされる唯一無二の存在。彼女は、至高の精霊獣使い《ルーンテイマー》の才女だ。

条件さえ整えば、精霊龍すら使役できるという。今は白く輝く子犬のような精霊狼を常時呼び出し、足元で遊ばせていた。その他に、室内にはイケメンの富豪剣士エルランに、堅物の鉄壁騎士のゴドワンも控えている。……草臥《くたび》れた爺さんことファマックは、部屋の隅で居眠りしてござる。

ちなみに、あだ名はバズゥが勝手につけていた。いや、そんなあだ名連中よりも……なぜか、エリンの姿がない。庇《かば》ってくれるのは彼女くらいなものだ。切実に……いてほしい。

「え～っと……エリンは？」

「別室にいるよ。君に覗かれたのがショックらしくてね」

エルランがわざとらしくため息を吐《つ》きつつ教えてくれる。

「いや、覗いてないっつの！　部屋を間違えただけで……ってエルランだろ？　昨日部屋を教えたのは……！　しかも足音を消したのも、そもそも……」

「おいおいおい……俺はエリンの部屋を教えただけだし、皆寝てるかもって、アドバイスしただけだろ？　途中までは肩も貸した……でも一人で行ったのはお前だ。さらに足音を態々《わざわざ》スキルで消したのもお前が勝手にやったこと……俺がそんなことやれって言ったか？」

「い、いや、確かに言ってはいないが……ゴニョゴニョ」

申し開きをすればするほど、ドツボに嵌《はま》っていく気がする。

「と、とにかく、エリンを呼んでくれよ……俺が悪いんだったら謝るし……！」

皆……とくに女性陣からジト目で睨まれる。

「こいつダメだよ……何かあったらエリンエリンて……何が保護者よ」

ミーナがあきれ交じりにほざく。

「む、エリン殿は、本質的にバズゥ殿を庇ってしまう……公平ではない、か……」

クリスも顎《あご》に手を当て考え込んでしまう。

「エリン……バズゥの家族だもん……庇って当然、だけど、そろそろ限界」

シャンティの言葉が、今回のことだけでなく、色々溜りに溜まったことの発露の様に漏れでる……。

「げ、限界って……」

「まぁ、みんな言葉を借りるなら、最前線で覗きをするような不届きも許せないが……なによりお前は……」

足手まといだ――――。

その言葉言ったのがエルランだったのか、ミーナだったのか、他の誰かだったのかは知らないが……。

俺の漠然と感じていた不安を言葉にした。所詮、俺は中級職――「猟師」でしかない。上級職が並居る中で、どうしても一歩も二歩どころじゃなく――三歩四歩と見劣りするだろう。

そして、伝説級の装備で身を固めた勇者小隊のそれと比べると、武器だって特別なものではない。

一応、ドワーフに頼んで作った特注品だが……魔族や覇王軍相手には、少々見劣りする「火縄銃」だ。

ま、猟師の職業で持てる武器の限界はそんなもんだ。要するに、天職の制限ゆえか、俺が使えるのは猟に使う「猟具」に「武具」のみ。

そんなものに、神代から伝わる伝説の装備などあるはずもなく……せいぜい人類の生存圏で作られる装備に限られる。

エルランの使う「雷鳴刀」や、クリスの使う「降魔真剣」、ミーナの「森の長老《神話級のダガー》」等々の超絶装備に比べると見劣りする感があるのは否めない。銃の利点である弾の初速が剣を上回っても、所詮は鉛《なまり》の弾丸。時には神剣すら弾いて見せるという魔族の将軍クラスに、対抗など出来ようもない。

そして何よりも――――。

「エリンは、お前を気にし過ぎている。お前を庇い、お前のために攻撃が鈍《にぶ》る。……なぁ、お前って……この戦争に必要なのか？」

エルランの容赦のない一言。男性陣のファマックとゴドワンは黙して語らず――味方も敵対もしないが、積極的に庇うでもない。

「エルランのいうとおりよ！　もう限界……こいつがいなければとっくにシナイ島も奪還して、北大陸に乗り込んでるのよ！」

「エリンも、バズゥがいちゃ……戦えないと思う……」

「む、たしかに一理はあるが、うぅむ……」

少なくとも女性陣の二人はバズゥ排除に動いている。

「な、なぁ……俺に……勇者小隊を――抜けろってことか？」

俺は、兼ねてより自分も感じていた不安を言葉に出す。

「……そうだ――ずっと考えていた。この戦いが始まり――エリンがお前をどうしても連れていくと言い出してからな……」

五年前、エリンが去り、しばらくの後――俺は保護者義務として、急きょ促成訓練ののち勇者軍の尖兵――勇者小隊に編入された。有無を言わさぬ処置だったと覚えている。

慣れない闘いの日々。厳しい訓練……殺し殺される闘いの日々……。

そこで、ようやくエリンを見付け……守ると決意した。あの日、泣き別れた少女を命続くまで……最愛の家族で、姉の忘れ形見――エリン《俺の姪》を。

だけど、戦いの日々は一般人でしかない俺には厳しく、努力だけではどうにもならないことが続いた。結局、守るはずの姪に守られ、助けられ、庇われてきた。それが澱《おり》となり、俺を苛《さいな》んでいたのも確か。

いつか、自分のせいでエリンに取り返しのつかないことが起こるのではないか、と。エリンはバズゥを守るためなら骨身を惜しまない。自分の身を犠牲にしてでも守ろうとする――どっちが保護者なんだか……。

「だから、いい加減……お前自身で理解してくれないか……？」

それでも、俺は――。

「やれやれ……じゃぁ仕方《しかた》ない。人類の基礎は、融和団結。……さぁ公平に投票と行こうではないか」

エルランは、まるで最初から考えてでもいたかのようにそう宣《のたま》う。

「挙手にて決めよう。――猟師バズゥ……彼の同行を認めない者、挙手してくれ」

エリン、ゴメン……。

紆余曲折はあれ――俺は帰郷の途《と》についていた。

第5話「海路にて」

クークァー……！

クァァーー……！

海鳥がよく通る鳴き声でバズゥを迎えてくれた。揺れる船室よりは、外の方が気分がいい。

中型の貨物船は、目前に迫る小さな漁港に向かって帆を立てて進んでいた。

真っ黒に日焼けした船員が忙しそうに動き回る中、俺は邪魔をしない様に欄干《らんかん》によりかかり潮風に当たることを楽しむ。船首が波を割り、文字通り滑るように進む様は中々圧巻だ。その視線に先に、いかにも寂《さび》れた——と言った感じの漁村らしき港が見える。

そう思っているうちに、小さく見えていた漁港があっと言う間に近づきつつあった。

「兄ちゃん、もうじき着くぜ」

ニカっと男らしい笑顔を浮かべた、いかにも船長といった風貌の男がバズゥに話しかける。

「ありがとう……助かったよ」

「なぁに、どうってこたねぇよ。金も貰《もら》ったしな」

貨物船にとって漁港など、普通なら用はないところだ。嵐でも避けるなら別だが、そうでもないなら荷揚げ施設もない港に寄る意味はない。水深も浅いのだろう。寒い地方特有の、巨大な海藻が海面下をユラユラと踊っているのが見えた。

「もうちょいで内火艇《うちびてい》を降ろすからよ、そいつに乗ってくれや」

「あぁ、何から何まで——すまないな……」

「気ぃぃにすんなって！　久しぶりの故郷なんだろ？　湿気《しけ》た面《つら》すんなよ！」

バンバンと背中を叩き、ガハハハと豪快に笑い飛ばす船長の顔を見て、俺も鬱屈《うっくつ》した思いを多少なりとも薄める。それでも完全に晴れるとまではいかないが……。

「なんでぇ？　戦場帰りなんだろ？　故郷に女は待ってねぇのか？」

「ん……まぁ女っていうか、女性……ならいるけどね……」

ぼんやりと、寂れた酒場を思い出す。

「なんでぇ？　含みのある言い方しやがって？　あんだぁ……母ちゃんか婆ちゃんか？」

「まさか、どっちも顔も思い出せないくらい昔におっちんじまったよ」

ケッと、笑い飛ばすバズゥ。そうだ、待っている。待ってくれている女性《ヒト》はいるんだ。

「ん〜、じゃぁこれだ？」

ウヒヒと笑いつつ、小指を立てる。船乗りの古い習慣だったか？　小指を立てるのは恋人だとかそれに近い女性を指す。

「それこそまさか、だよ。ま、妙齢《みょうれい》？　の女性だよ……」

「はぁん、そりゃいいことだ。って割には戦場が気になるみてぇだな？」

結構図星を付いてくる船長に、恨みがましい目を向ける。

「ほっといてくれ……」

「はっは〜……戦場にも女がいたのか……色男だね〜ガハハハハ」

ほんと、ほっといてくれ……。

――叔父さんっ。

「っっエリ……っぅく」

耳元で姪の声が聞こえた気がして、俺は思わず振り返る。しかし、目の間にいるのは髭面の船長だけ。

「おぃおぃおぃ……おめぇさん、戦場に心を忘れて来ちまった口かぃ？」

心か……そうだな、心《エリン》を忘れたんだろうな……。

「つかぁ～……湿気た面すんなや。もう、ここは前線とはかけ離れた内地だぜ……シナイ島のことは忘れろや……」

慰めたいんだか、揶揄《からか》いたいんだかよく分からないが、船長は背中をバシバシ叩いて豪快に笑う……もう相手にしねぇ。

「……兄ちゃん、――忘れろ……戦場は、内地まで持ち帰っていいもんじゃねぇ」

突然真顔になった船長が、俺を見据えて言う。どこか知った風な船長。輸送船とは言え軍籍……シナイ島を行き来する船だ。彼は彼なりに、なんらかの物語を秘めているのだろう。

「分かったよ……」

その視線に押されるように、俺も絞り出す。苦い思いと一緒に、――戦場の空気と後ろ髪を引かれる思いを……。

「さ、内火艇の準備ができたみたいだ。――忘れ物はないな？」

ない――と、示さんばかりにポンポンと背負った背嚢《はいのう》（リュックの事）と、武器の入った布袋を掲《かか》げて見せる。

「はぁぁん……長い武器だな〜槍かい？」

「相棒さ……」

ハラリと覆っていた布がめくれると、美しい細工を施された銃口が顔を出し、陽光にギラリと輝く。

「あんた銃士《ライフルマン》だったのかぃ？……シナイ島じゃ苦労したんじゃないかね？」

船長のいう真意――。「苦労した」云々は、魔族相手に銃は効かないということを指しているのだろう。

それが人類の出した結論で、戦場の真理、通例――常識だった。なんたって、魔族が展開する障壁は、物理攻撃を簡単に弾く。ゆえに、弓士《アーチャー》や銃士《ライフルマン》の放つ武器は、鉄の鏃《やじり》や鉛の弾丸である以上、物理攻撃の制約を免《まぬが》れない。

現在確認されているスキル攻撃には、魔族の障壁を貫くものもあるのだが――スキルの制約が必ず課《か》せられる。

例えば、近接攻撃でいうと、剣や槍などの武器が体に触れているものはスキル攻撃を乗せることができる。しかし、矢や弾丸は体から離れたとたんスキルの効力が失われてしまう……という制約があるのだ。現在確認されている遠距離攻撃系のスキルは、その攻撃動作に起因するものがほとんどで、攻撃そのものにスキルを乗せたものは確認されていない。ゆえに、鍛えた剣士ならば放てる属性攻撃「火炎斬」のような火の属性を持った攻撃は、――弓士《アーチャー》のスキルにはない。

酷い制約だが、そういうものだ。一見すれば「火炎矢」なんてありそうだが……ないのだ。弓矢を放った時点で属性は失われ、ただの物理攻撃に成り下がる。代わりに、弓士《アーチャー》のスキルとしては、

「高速撃ち《スピードショット》」「多段撃ち《マルチショット》」なんてものもあるのだが……物理攻撃が効きにくい魔族相手には非常に歩《ぶ》が悪い戦いを強いられる。

そのため、シナイ島の戦いでは弓士《アーチャー》系列や銃士《ライフルマン》系列なんて天職持ちはほとんどいない……せいぜい荷物運びに使われるくらいで、勇者小隊はもとより、勇者軍には必要ない職業とされていた。

「あぁ、シナイ島では苦労したよ」

船長の言う「苦労」とは真意が違う……どこかズレた様子で言う俺。船長は憐みの目で見ているが——もはやシナイ島の戦いのことは姪との思い出にすぎなかった。

第6話「ポート・ナナン」

ヨーイショ、ヨーイショ！

ヨーイショ、ヨーイショ！

男たちの威勢のいい掛け声に従って、力強く進む輸送船の備え付けのボート——内火艇がスルスル進み、漁港の桟橋に近づく。チャプチャプと波が桟橋を叩く音が聞こえるまでに近づくと、接舷する少し手前で、まだ距離があるにもかかわらず俺は立ち上がった。そして、如才なく艇を指揮する年《とし》かさの将校に礼を言う。

「世話になった！」

船長を少し小さくしたような、人好きのする笑みをした将校はニッと笑うとおどけて敬礼して見せる。それを受けた俺も苦笑しつつ、ササッと敬礼を返し――ピョンと桟橋に乗り移った。

「じゃぁな！」

軽い跳躍で内火艇を離れた俺は、今にも崩れそうなボロボロの桟橋に立っていた。

船員に手を振り別れを告げると、波に揺られてフラフラと漂う頼りない桟橋を抜けて、漁港から村へと続く道を歩いていく。懐かしい道のりでは、潮風と干した魚の匂いが鼻腔をくすぐった。その景色は寂れた雰囲気まで記憶のままだ。

「湿気た雰囲気も昔のまま、か――変わらないな……」

村へと続く粗末な道を歩きながら首をかしげる。勇者とその従者を出した村として、このさびれた漁港の村「ポート・ナナン」も当時は随分と持て囃《はや》されたのだから、もっと栄えてそうなものだが……。

まぁ、勇者と従者を輩出したとは言っても、元々俺の家族は流れ者一家だった。

両親が根なし草だったものだから――病を得てこの村で身動きできなくなり、仕方なく住み着いただけなので純粋な故郷とは少々事情が異なる。だから、勇者の故郷としての地位は少々弱かったのかもしれない。せっかく知名度を上げるチャンスだったのに村としては残念だろう。

もっとも、ここ以外に故郷があったのかは覚えていない。どうせ、ガキの頃の話だ。それに、あれだ。二人ともあっけなくおっちんじまったものだから、最後まで聞けず仕舞いだった。――そもそも俺自身、ガキの頃の記憶なんでよく覚えてない。

とにかく、その後は――酷く苦労した思い出しかない。両親が残したのは、ちょっとした銭とまだ小さな俺と姉貴の二人だけ。本来なら、王国の救児院に引き取られるか……人攫《ひとさら》いに売り払われるかのどっちかだったろう。だが、たくましき俺の姉貴は、僅かな蓄えを食いつぶすマネはしなかった。

その僅かばかりの蓄えでボロボロの酒場を買い取り、商売を始めた。娯楽のない村の隙間産業に目を付けたということだ。閉鎖的な村社会とはいえ、一見善良な村人はいい顔をしなかったものの、多少の同情もあったのだろう。格安で廃屋を譲ってくれた。事故物件だとかいっていたが――まぁボロボロの元酒場というだけでお察しだな。

　ともかく、それなりにちゃんとした店舗を手に入れた俺たちは、ガキなりに頭を使い、酒場を経営

――姉貴と二人で切り盛りしていた……。

　器量良しの姉貴のことだ。幼いながらもどこか色気のある雰囲気で、看板娘として活躍。村のエロ爺どもがよく来ていたっけな。……そのおかげで、ソコソコに食えるだけの金を得ることができたのだから、エロ爺どものことは、今のところ良しとしよう。

　とは言え、貧乏も貧乏。ギリギリの生活だった。それゆえ、故郷と呼ぶにはあまりにも苦い思い出ばかりだが――俺はここ以外に帰るべき土地を知らない。

　いつか……戦争が終わった日に帰ってくるだろうエリンのためにも、ここにいることは必要だと思うし、思いたい。――世界を救ったあいつが帰る場所を残しておくのも務めだろう。

　……俺は一緒についていくことはできなかった。色々努力したが、結局は仲間に疎まれてギブアップした負け犬だ。だから、今できることはエリンの故郷を守るくらい。そう言い訳じみたことを考えながらも、歩くたびに触れる故郷の空気を感じ、懐かしさとともに思い出して、苦く滲《し》みる思い出に耽りながら、俺は歩を進める。一歩一歩と、寂れた村の道を行けば、数年とは言え染み入るように思い出が溢れた。嗅覚をくすぐる、強烈な魚臭さと獣臭が漂う道は慣れ親しんだものだ。よそから来た人間なら間違いなく顔を顰めるだろう匂い、だが……懐かしい。

エリンの旅に同行してから、数年ぶりの帰郷《ききょう》だ。

寂れた村を道から見上げる。耕作面接は僅か。海岸まで張り出した山に押し出されるようにして残った土地に辛《かろ》うじて家屋が張り付いている。そんな感じ……。

段々畑の様に家々が階段状に連続している特徴的な風景。地層の僅かな風化痕を掘り下げ家々をへばり付かせているものだから、薄っぺらい村の割に、家々の標高差はかなりある。海岸に近い家と上層の家は三十m以上の高低差があった。そして、俺の家……兼酒場は村の上層。わかるだろうが……まぁ、あまり土地のお値段が高くない場所だ。とはいえ、こんな土地だとそう変わらないんだけどね。空きがなかっただけとも言える。そして、俺は階段とも、踏跡ともつかない道を家に向かって歩く。

その途中途中の家で、村人が大荷物の俺を見て驚いた顔をしている。——知らん。

そんなことよりも……一歩一歩近づく俺の家。俺は脇目も振らずにそこを目指しているが、当然村人の目に触れる。その度に、すれ違い——置き去りにした背後でヒソヒソと話し声が聞こえる……無視。

——少しづつ大きくなる家の影。だが、まだまだ遠い。その前に、縁側で猫を撫でていた御婆さんが俺に気付き、片目だけパチリとあけて姿を追っている——無視。

……上層から微かに香る。まるで風が生家の匂いを運んでくるようだ。

威勢のいい声で魚を売り歩いていた男がバズゥに気付いてひっくり返る——無視。

……家の壁の染みまで数えれるほど近づく。

年若いチンピラ風の男達が、ニチャッと粘ついた笑みでバズゥの荷物に目を光らせている——無視。

村を守る……いや、集《たか》りに来ている村の衛士が俺の出で立ちに口を開こうとする——無視。

上層につくと……開いた家の戸から薄暗い店内が見える。そして人影も。

……あぁ、帰ってきた。生きて帰ってきた。おめおめと一人で帰ってきた。

ザッザッザッと、荒く舗装された道を踏みしめる。……そして、少しだけ浮いた汗を軽く拭う――。

昔は、こんな大荷物で漁港から歩いて帰れば汗だくになったものだが……勇者軍での生活は多少なりとも……（『猟師』レベルはMAXだが）俺を鍛えていたようだ。その健脚のもとたどり着いたのは、建付《たてつ》けの悪いドアの先――その家は開放状態だった。見れば、そこには死んだ姉さんの拘《こだわ》りなのか異国風の文字が掛かれた暖簾《のれん》という布がかかり、そして見た目を引く赤い紙造りのランプがあった。

さらに、鼻腔をくすぐるのは漂う肴《さかな》の匂い……。

そうだ、ここだ。この店だ。この地方は資源に乏しく、貧しくてあまり料理のレパートリーは増やせないので、一日一品の日替わりメニューに力を入れているという……その他はありふれた物ばかりの小さな酒場。

一品メニューと、その他諸々《もろもろ》……寂れた村のうらぶれた酒場――――エリンを置いてきた後ろめたさもさることながら……懐かしさがこみ上げてきた。

後ろから、さっき無視してきた何人かが後《あと》をつけてきているが……知らん。そんなことより、と――ゆっくり歩いて、暖簾をくぐる……。

「いらっしゃぃ……ま……」

鈴が転がるような透《す》き通った声は、最後まで続かず……。

味見をしていたらしいスープの入った木のオタマを持ったまま硬直する――少女。

――バズゥ……？

「ただいま……キナ」

第7話「キナ」

「ただいま……キナ」

　さして広くもない店内に、俺の言葉が響く。客はおらず、掛ける言葉はただ一人――カランと落ちる木のオタマを置き去りに、ヒョコヒョコと歩く少女。

　その片足の動きは鈍く、一見して腱が切れていると分かる。それでも、少女は進む。脚を引き摺《ず》り、着の身着のまま――。

　少女の顔には様々な感情が溢れている。嬉しさ、驚き、戸惑い――懸命さが顔に現れると同時に、信じられないと言った顔。バズゥはバツが悪そうに、頭をポリポリと掻《か》いた。

　そんな仕草のうちに目前に迫った少女が俺を両手で抱きしめた……。

「おかえりなさい……バズゥ」

　フワリと漂う魚醤の匂いに混じり、甘酸っぱいような優しい香りがする。――キナの匂いだ。軽く頭を一撫でするると、うるんだ瞳《ひとみ》でバズゥを見上げる。幼いような外見のためハッとするほどの美人ではないが……どこかはかなげな印象のガラス細工を思わせる線の細さと、美麗な碧《みどり》色の瞳。くすんだ髪の色は白髪――その中に僅かに混じるのは細雪《ささめゆき》のような銀色。耳は尖りスラリと長く伸びる。エルフ特有のソレだ。全体的に顔立ちも体も幼いのだが、醸し出す雰囲気は母親の持つ抱擁感《ほうようかん》がある――

不思議な少女。

こんな、うらびれた酒場に似合わない美しき少女――いや、歳の頃は不明。彼女は一度も語ったことはないが、種族の特徴はエルフの特徴そのもの。人里に降りることも稀《まれ》とされ、ましてや人と交《まじ》わり生きている等、そうお目にかかることはない。

そんな存在がここにいる理由。――胸糞の悪い話だ……。

先代勇者の置き土産――と言えば、美辞麗句にすぎないが、ようは捨てていった従者のようなもの。従者というのもまた、随分とオブラートに包んだ物の言い方だ。

まぁ、どういう用途で彼女が先代勇者の元にいたのか――俺の口からは語りたくない。当時から脚は不自由だったのだが……――それが用途に関係ある理由か、はたまた別の理由か知らない。知りたくもない。

要するに、彼女は先代勇者に置き去りにされた。いや、捨てられたのだ。

あの野郎は、姉さんに手を出した挙句――飽きた玩具を捨てるかの如く、この酒場に少女を置き捨てていった。

そんなこんなで、俺との付き合いは、十数年に至る……出会った当初からこの容姿で、変わることがないのはやはりエルフ故だろうか。置き去りにされた少女を、姉さんは家族として扱い――今に至る。そう、今では血のつながりはないが、家族の一員だ。

エリンも随分と慕っていた。――そう、エリンだ。

「急に、どうしたの？　エリンは？」

やはり、間髪入れずエリンの無事を聞くキナ。エリンのことを話すのは、躊躇《ためら》われる。

だって、俺はエリンを――――。

うぅ……――つく、ぐぅ……。

苦い何かが喉元を登ってくる……吐しゃ物でもない、咳《せき》でもない――ナニカニガイモノ……。

……エリン、エリン、エリン、えりん。

「落ち着いてバズゥ……」

小さな体で俺を抱きしめるキナ。その手に力が籠《こも》る。スッと背中まで回された手が優しく擦《さす》る。

癒す様に、あやす様に、愛す様に――いつの間にか涙を流していた俺の視界は、淡く濁っていた。

「ゆっくりでいいから、話して……」

ウン、ウンと子供の様にシャクリあげながら、キナに導かれて寂れた酒場のカウンターに腰かける。

隣にかけたキナが、薄く割った濁酒《どぶろく》を差し出してくれた。

口の滑りをよくしたい俺は、ためらわずに一気に飲み干す。懐かしいフルーティな味わいが口に広がる。貧しかった頃は、甘味が欲しくてよく姉貴の目を盗んでコイツを飲んだものだ。それに、まだまだ小さかったエリンに味見させて、姉貴に殺されかけたこともあった……そんな時はキナがこうして後でこっそり分けてくれたっけ。

コップに残った濁った水分がドロリと底に溜まり、まるでその様が自分の卑《いや》しい感情の発露に見えて――瞑目《めいもく》せずにはいられなかった。

キナに話すのは自分への言い訳。心優しい少女に付け込んだ懺悔《ざんげ》の真似事《まねごと》。さりげなく注《つ》がれるオカワリに気付きつつも、ユラユラ揺れる濁った水面に映る――暗い自分の影を眺めながら、ポツリポツリと話し始める。

揺れる水面《みなも》は、不安定な自分の心そのもの。未練、憤《いきどお》り、後悔、苛立ち、エリン、エリン、エリン――。

エリン――俺の姪。

「キナ……聞いてくれよ」

最終的に、俺が勇者小隊を抜け――エリンを置いてきた本当の理由と出来事……。

第8話「鬼神のごとく」

努めて感情の籠らないように平静の声で話す。まるで他人事《ひとごと》のように、どうでもいいことの様に、何気ないことの様に――。

そうでないと、俺の涙腺がもちそうにないから……。

やるせなさと、キナの底なしの優しさに溺《おぼ》れてしまうから……。

どうしようもない悔しさと、愛おしさが溢れてしまうから……。

キナ聞いてくれよ……。

ここを出た日から、毎日毎日……。

毎日毎日。剣戟の音が常に付きまとっていた――エリンが「手厚く保護」された後――連合軍の突然の呼び出しに、取るものも取らず家を出た俺を待っていたのは……。

勇者小隊に合流するまでの、シゴキともいえるキツイ訓練。文字通り血反吐《ちへど》を吐きながら鍛え直した体はもはや一《いち》『猟師』のものではなかったが……それを上回る化け物クラスの人類の英雄たち。出自も高貴なモノたちばかりで、平民でかつ貧乏人で無学で浅慮な俺は――陰日向《かげひなた》と、差別を受ける日々。それでも、エリンのためを思い必死の思いで食らいつき学び努力し、何とか前線に立てるまでに鍛え上げた。

そして、ようやく出会えた――あの日。見知らぬ者に囲まれ、戦いの日々に身を置くことを強要された姪……エリン。暗く沈んだ顔は、世話役や護衛に囲まれてもなおのこと――暗く沈み生気を感じられなかった。

エリン。あぁ、エリン。ようやく、ここまで来れたよ。

……？――叔父さん……？

俺を見て――、瞳に生気が戻る姪っ子。姉さんの面影そのままで……俺の唯一無二の肉親。そう、最後の肉親。血と縁《えにし》。

パッと立ち上がり、俺の加齢臭が少々漂い始めたその胸に、躊躇いなく飛び込んでくるエリン。人類最強の姪は、華奢で小さく……愛《いと》おしかった。

ゴメン……待たせたな、と――俺が伝えれば満ち満ちた笑顔を見せたエリン。

だが、再会を喜んだのも束の間。勇者の活躍で南大陸の失地を回復した連合軍は、勇者軍を再編成。精鋭の中からさらに選抜――人類最強部隊、勇者小隊の編成が行われた。選抜された勇者小隊を尖兵に、ついに反撃を開始。

北大陸侵攻の序章……シナイ島制圧作戦が開始された――――。

のちに地獄のシナイ島戦線と、呼ばれるかもしれない……血で血を洗う、この世の地獄の大戦線。

当初の予想とは違い、勇者小隊をもってしても大量の戦死者に次ぐ戦死者。先頭に立つのは、勇者エリンと脇を固める最強編成――勇者小隊。

それでも、人は死ぬ。勇者は死なない。

上級職の英雄でさえ死ぬ。それでも、勇者は死なない。

人の命が羽よりも軽い戦場――エリンの望みがあったとは言え、保護者として――無理矢理勇者小隊の編成に加えられた俺。そして双肩に人類の命運を背負わされたエリン。

俺達がともに戦い、生きた日々は、最悪の戦線と化したシナイ島戦線。まさに――地獄の日々だ。

南大陸から侵攻する人類の前に立ちふさがる覇王軍の縦深陣地。敵の前線基地たるシナイ島は、人類を寄せ付けない罠と、敵と、悪意に満ちていた。連合軍も徐々に勢い衰え、無敵の勇者小隊だけを頼りに遅々と戦線を進めるだけの毎日。ついに連合軍は、損害に耐え兼ね行動停止し、支援の勇者軍で前線を構成。勇者小隊だけを攻撃戦力として活用する事を決定した。

勇者の力だけを頼みにし始めた人類は、小さな少女の心などお構いなしに――前へ前へと進めと命じる。

倒れ伏す英雄たちを乗り越え、進む勇者。

不死とすら思える体は、多少の傷などものともせず癒し尽くし、倒れた英雄も、彼女の力で死の淵《ふち》を覗きさえしなければ立ちどころに回復させる。

魔族の長を引き裂く膂力に、覇王軍の英雄すらも怯《ひる》ませる闘志。

千の軍勢をなぎ倒す技《スキル》と魔法の混合に、万の魔族を浄化する勇者の力。

強敵も、魔族も、覇王も、――勇者さえいれば打ち破れる。

千の犠牲よりも、勇者を前へ！

万の死体よりも、勇者を前へ！

億の負傷よりも、勇者を前へ！

前へ！　前へ！　前へ！

歓喜する人類は、エリンを祭り上げるが歩みを止めさせはしない。

進め！　進め！　進め！

進め進め進め進め進め進めぇぇぇぇぇ！！！！！

エリンが、まだほんの少女であることなどお構いなしに——人類の希望という重りを手足に縛り付けて……「魔族を切れ」「覇王を討て」「敵に容赦するな」と強要する!!

彼女が、心が、姫が泣いているなんて知りもしないで————。

「でも、貴方がいた……」

「そう……思っていたんだ」

エリンが鬼神のごとく立ち回る中、何もできず他の英雄と同じようにエリンの背中を見ているだけしかできなかった。そして、時にはエリンも取りこぼす。勇者が討ち漏らした敵が殺到し、それを叩き伏せるだけの英雄達。

だが、覇王軍の長は、全てエリンが切り伏せた。英雄達は、ただエリンの背後を守るだけ。俺もそうだった。

保護者として連れてこられたものの……保護されているのは俺。時に傷つくこともある。どんなに防いでも隠れても覇王軍の数は圧倒的。強大なまでの魔法にスキルは、流れ矢のごとく——無力有力など気にもしない。

俺が傷つけばエリンは、守ろうとする。

どんな戦機があろうとも、どんな機会があろうとも、どんな正義があろうとも——。その血だらけの顔で笑って「大丈夫だよ」とほほ笑む。ダイジョウブダヨ——って言うんだ。言うんだよ。そう……イウンダヨ——エリンが……。

仲間は傷つき、時には死ぬこともある。だけど、エリンは顧《かえり》みない。戦いが終わるまで決して振り返らない。すべてをなぎ倒し、切り割き、突き殺すまで止まらない。

俺を除いてエリンは止まらない。止めない、助けない、救えない。

俺だけ、バズゥだけ、叔父さんだけ、大丈夫だよ——って。大丈夫だよって……。

「バズゥ……あなた……」

「うん……勇者小隊の連中が俺を弾劾《だんがい》したとき……ショックだった、だが同時に……ホッとしていたんだ」

だって、俺はただの『猟師』で——姪は『勇者』なんだぞ。

「ついていけないって……ずっと思っていた。怖かった、辛《つら》かった、疚《やま》しかった——だけど、エリンを一人にできなくて……できな、くて、ぅく……」

キナなら慰めてくれる……そして、この期待を裏切らない少女は、優しく背中を撫ぜる——。

「だけど、だけど、我慢したんだ……抵抗したんだ……ずっとずっと支えていかなければって、あの日のエリンを忘れられなくて！」

この店から連合軍に連れていかれる……泣き腫らした顔のエリン、暗く沈んだエリン、悪鬼羅刹《あっきらせつ》のごとく戦うエリン、大丈夫だよって言ってくれたエリン——。

姪は鬼神のごとく——。

――タ・タ・カ・ウ・ン・ダ・ヨ……「ダイジョウブダヨ」って。

「でも、バズゥは帰ってきた……何があったの？」

キナが聞く。それはワザと感情の籠らない無機質さを伴っていたが、それすらも優しく感じられて、

「勇者小隊の面々に、罵倒《ばとう》されたんだよ――お前はいらないって」

第9話「それでもお前がいるなら俺は全てを――」

罵倒されたんだよ――お前はいらないって……。

キナの碧色の眼差しに見つめられる最中《さなか》、どうしようもないウジウジとした辛気臭い胸の内をぶちまけていく……この子なら、黙って聞いてくれるからと――。

あの鉄錆びの籠ったような匂いのする、ホッカリー砦での一室を思い出し……胸の内を吐露《とろ》する。

※

挙手にて決めよう――。

挙手を求めるエルランに促《うなが》されて、種々様々な反応を見せながら――彼または彼女らはそれぞれの意思を示した。

挙手の結果、バズゥ排除に賛成したのはエルラン、ミーナ、シャンティの三名。意外といえば意外な結果。少なくとも女性陣からは全員総スカンを食らうと思っていたのだが……。

神殿騎士《パラディン》のクリスは、難しい顔をして腕を組んだまま瞑目している。

「クリス⁉」

「どうしたです⁉」

驚いたのは、ミーナ達女性二名だ。当然、バズゥを追放するものと思っていたのだが――。

「む。どうしたもこうしたもない。先の件とは分けて考えるべきだろう」

重々しく口を開く。ミーナとシャンティもその件では少々バツが悪いのか。

「いや、まぁそうなんだろうけど……」

と口が鈍る。その空気のままであれば、半数は俺の残留を希望しているようにも思える。

「ただ、な。分けて考えたとしても……バズゥ殿がこの先、無事に戦っていけるのかという問題に目を向ければ……む、正直わからん」

真剣に悩んだ様子でクリスは呟《つぶや》く。

「お、俺は……今までだって生き残ってきた――これからも」

「ちょっとお前は黙っていてくれ」

キザったらしい様子で言うのはエルラン。

「クリスは残留に――賛成というわけではないんだな？」

「ン……む。二択で言われるとだな……む、そう、だな……む」

「なら、今は保留としよう。……で、だ」

ジロリと睨む先は男性陣。ゴドワンとファマック。無口な重装の騎士と、老練な賢者だ。

「君らの意見は？　棄権票だなんて卑怯な真似をするのか？」

卑怯と言われてピクリと表情筋をうごめかせたのは重装騎士《カタフラクト》のゴドワン。全身鎧は、一度脱ぐと着るのが面倒ということで、今は兜だけ脱いでいる。その下にあるのは如何《いか》にも頑迷そうな顔つきのソレ。四角い顔に、同じく四角に切りそろえた黒い短髪と黒い瞳。顔を無数に彩る大小の傷は、血管が浮き出てなお生々しい。

「某《それがし》は騎士。――王の命でここにいる。彼の者の処遇を決めるのは我らではない……」

頑《がん》として言い放つのは、バズゥがどうのこうのではなく、彼の使命感のみだ。言ってしまえば、「俺の知ったことではない」というところ。

「それは棄権票と同じだ……それでいいのか？」

もう一度、ジロリとエルランを睨み付けると、「好きにしろ」といって押し黙る。ヤレヤレと大げさな身振りで呆れを表現している。キザ野郎め……。

「爺さんは？」

それなりに長い付き合いなのか、気安い様子でファマックに聞くと、

「人は多いほどええ」

「は？」

ポカンと聞き直すエルラン。

「人が多ければワシも生き残る可能性があるしの……カカカ」

あっけらかんと言ってのけるクソ爺。要は、弾除けになると言っているのだ。

「呆れた爺さんだね。ま、いいや。爺さんは残留賛成ってことね」

「どっちでもええわい。ファァァァ……ワシは寝るぞ」

それだけ言うと、どうでもいいとばかりに出ていく。なんか一番感じ悪いんですけど……。

「爺さんはああ言っているけど、実際問題として、足手まといがいると——正直こっちの身も危ないんだよ」

ペンペンと右手を叩いて見せ、チラッとわざとらしくゴドワンを流し見るエルラン。先日の戦いで、右腕を骨折したというゴドワンが苦々しい顔をする。

「そ、そうよ！　大体アンタって何の戦力にもなって無いじゃない！」

ミーナが勢いを取り戻して猛然とバズゥに食って掛かる。

「『猟師』なんてね、戦闘職じゃないし、武器だって貧相！　魔族相手に火縄銃なんか効くわけないでしょ！」

俺が背負う、仰々しくも二丁立ての猟銃をこれ見よがしに指し示す。

「そ、そんなことは！」

心外だ。『猟師』のスキルだって戦闘に十分活用できる。

「『猟師』の気配察知系スキルだって、警戒ができるスキルだって馬鹿にはできないだろう！」

直接的には戦闘に寄与できないので、俺は基本サポートに回っている。猟師の専用スキル、気配察知系スキルや警戒スキルは敵の探知にそれなりに有効だ。

「はぁ？　そんなもん私の『殺気探知』の方が優秀だし、ファマックの『千里眼』ならもっと範囲が広いわよ」

と、にべもなく切り捨てられる。

「サバイバル技術だってある……食料に困ったら魔物の肉だって……」

猟師スキルの『解体』は、サバイバルになくてはならない。山の知恵の一環として食用の植物だって見分けがつくし――。

「はぁぁ？　あのゲロまず料理で貢献してるつもり⁉　あんなもの、田舎育ちのアンタ達くらいしか食べないわよ！」

うぐぅぅ……。

「じゃ、じゃぁぁ、銃の狙撃で援護もしてるぞ！」

猟師スキルがＭＡＸの状態では、射撃技術はもはや神域に達している。飛ぶ鳥だって撃ち落とせる精度だ。

「いや、それ‼」

「うん、それ……」

「あーーそれな……」

ミーナだけでなくシャンティ、エルランもウンウンを頷《うなづ》く。ゴドワンとクリスもピクリと反応……。

え？　え？　なんぞ？

「それさー、すっげぇ煩《うるさ》い」

「五月蠅《うるさ》いです……」

「うるさいし、目立つ……あと、火薬が臭う……」

えーーーーー……火縄銃全否定じゃないですか？

「そもそも、飛び道具とか魔族に意味ないし！　うるさいし！」

「せっかく隠れてるのに、自分で居場所をバラしてるです……あと、うるさいです」

「エレガントじゃない。スキルも乗せられないし、牽制にもならないし……うるさい」

ミーナさんにシャンティちゃんにエルランさぁ～ん……今言う、今日言う？

「む。うーーむ……確かにちとウルサイ……かな」

「……確かに鎧と兜に反響するが……ぬぅ、ウルサイと言える、か……」

えー武人コンビもちょっと思ってたの？

「え？　っていうか、……え？」

ジロリと睨まれる。

「銃、うるさい？」

コクコクコクコクコクコク、頷く頭が、い～ち、にぃぃ～……ごぉぉ～……えーーー……ボクイラナイコデスカ？

…………………。

「さて、色々意見があるようだな。で、だ――」

ねっとりとした目でこっちを見るエルラン。どうしても俺を追い出したい気配を感じる。でも、それはできない……エリンを置き去りになんて！

「ま、勇者様にお伺い立てようじゃないか？」

え――⁉……ギィ――と扉が開き。俺の最愛の姪がそこに佇《たたず》んでいた。茶髪交じりの赤毛は短くまとめられているが、精いっぱいのオシャレとしてツインテールを象《かたど》る。俺と同じやや黄みがかった肌だが、むしろ調和がとれており色白な印象を際立たせている。そして、髪と同じく赤みがかった瞳は――今は暗く伏せがちで、長いまつ毛が寂しげに揺れる。

全体的に小柄な体は、白く輝く軽装鎧に包まれて尚、年相応の女性らしい曲線を描いている。それでも細身の印象はぬぐえず、スラリとした体のせいでむしろ年相応以上にふくよかな胸部の主張が目立つ。華奢な印象の双肩は撫で肩で頼りなさげに見える――――が、彼女は勇者。人類最強だ。

「エリン？」

「……」

「――叔父さんは……帰った方がいいと思う、よ……」

エリンは生気のない顔で、――ボロボロの姿をした俺を見る。

スッと、それだけ言ってエリンは去っていった。

「お、おい！　エリン！」

思わず追いかけようとした俺をエルランが押さえる。

「行ってどうするんだ？」

「そ、それは……」

「取り消してくれとでも言うのか？　彼女はお前の身を案じて、ああ言ったというのに」

うぐ――――。

本能的にエルランの言葉に反論したくなるが……エリンが俺の身を予てから案じていたのは事実。

だが、エリンが俺を否定？　帰れ？　カエレと……？

バカな⁉　これからも守るって、一緒に居て欲しいって、ずっとずっと……それが……――なぜ？

確かに……確かに、今回は手ひどくやられたというのもある。それがゆえに、必然的に今日という日が招かれたのかもしれない。しかしどうにも、エリンの様子は、取りつく島もないと言った感じで不自然だ……。

なによりも、絶妙のタイミングで、まるで狙っていたかのような間《ま》だった。それゆえに、もっと言葉を重ねる必要もあるのだろうが……決定的に、俺は打ちのめされていた――。

「勇者様を入れれば、お前の残留反対は四人――他も決して賛成というわけじゃないみたいだな。ま、爺さんは賛成らしいがな」

エルランの言葉に何も返せない。

「どうするんだ？　帰るなら早い方がいい。定期便は今夜にも出るらしいぞ」

エリンに別れを……。

「君のせいで遅れた北部軍港の奪還作戦――明日から本格的に戦いは始まるんだからな」

無理……か。そうさ、どんな顔をして会えというのだっ！

正直、誰に反対されても残る気でいたのだが……エリンに否定されてしまったら――何の意味がある？　意味なんてあるのか――。

第10話「だからオッサンは酒を飲む」

「それで帰ってきたのね…」

キナがそっと俺の手に自分の手を重ねる。悔しさと情けなさで震える俺とに同調し、鎮めるために――。

「くそ!!　アイツ等……ずっと仲間だと思ってたのに！　エリンだって!!　俺が守ってやるって……!!」

重ねるキナの手を握りしめ顔に押しつけ、涙と鼻水出べチャベチャのそれを擦り付ける。キナはちょっと困った顔をしていたが、何も言わなかった。

「俺だって出来ることをしてきた。みんなのことを守ったことだってある！　エリンだって、俺に傍に居て欲しいって言ってたんだ！」

もはや娘も同然の姪。姉さんが死んでからは、キナと二人で懸命の育てた可愛い可愛い俺の姪。

なのに、なのに、

「エリンは俺を否定したんだ!!」

エグエグとしゃくりあげる背中を優しくさするキナ。みっともなく泣き喚くオッサン……それは、誰にも見せない――見せたことのない弱気な姿。

訓練でも、戦場でも、地獄でも！　例え血反吐を吐こうとも、泥を啜《すす》ろうとも、肉を抉られようとも――男は泣かない。オッサンは啼《な》かない。叔父さんは哭《な》かない。

だけど、いいだろ!!　今だけは泣いたってさ……。

夢の様な、愛の様な、泡の様な――愛しき美しき抱擁の中で……。

「バズゥ……」

ゆっくりと否定もせず、追従《ついじゅう》もしないで……キナはいつまでもいつまでもバズゥをあやし続けた――。

「ゴメン……帰ってきて早々《そうそう》に……」

ようやく落ち着いたころには、日も随分と傾きじき夕飯時になる頃合いだった。酒場であるここも、そろそろ客が来るだろう。

「いいの……バズゥが無事でよかった」

フワリとした笑みを浮かべるキナを見て、また泣きそうになるいい年をしたオッサン。

「キ、キナは……責めないんだな？」

俺は恐れていたことを確認せずにはいられなかった。

「責めるって……何を？」

「その……」

キナにとってもエリンは娘のようなもの……いや、妹――かな？

「エリンを置いて……一人帰ってきたことを……」

それだけがずっと心残りだった……その日、エリンに別れも告げずに、エルラン達に言われるままに船に乗って帰ってしまった。もうエリンには俺なんかよりも頼りになる仲間がいる、親離れ……保護者なんて必要ない――そう自分に言い聞かせて……言い訳して……。

「私はバズゥが帰ってきてくれただけでも……嬉しい」

恐ろしいまでの抱擁力に、飲み込まれそうになる。そうだ、キナは昔からそうだった。

決して否定せず、追従せず――ただ求めるがままに、人を癒せるヒト……。

「でも、バズゥが責めてほしいなら……そう言ってほしいなら、言う、よ」

グググっと俺の背中をさする手に力が加わる。ほんの少しだけど、その変化はよくわかった。キナとて、抱擁力の内側には自己を秘めている。そこには、俺の勝手な行動に対する憤りもあるはずだ。

――ないはずがない。

「ゴメン……御免よ、キナ。……俺は……本当は分かってて聞いた。ほんとに……すまん」

キナの優しさに付け込んで、許しが欲しかったのだ……なんて、腹立たしいほどの自分勝手さ――。

唾棄すべきクソ野郎……先代勇者やら、エルランにとやかく言えたもんじゃない。いや、同じ穴の狢《むじな》か——。

「わかってる……いいの。バズゥが帰ってくれたのは、本当に嬉しい。だからエリンのことは、また今度……」

今度がいつかなんて知らない。今度は来ないかも知れない。今度は今をおいてほかにないかもしれない。謝罪やお礼と同じ……タイミングを逃せば話せなくなる。だけど、今は……今はどうしても話せない。エリンについて、話せない。キナも分かっている。俺も分かっていた。

どうしようもなく、無力で卑怯な大人がここにいるという事を——。

第11話「黄昏時」

冷たい海の彼方に太陽が沈んでいく……それに伴い、徐々に薄暗くなる店内で、俺とキナの静かな息遣いだけが響いていた。

遠くで鳴る潮騒の音に交じり、静かな店内にはキナが料理していた鍋が弱火で泡立ちコトコトと小気味よい音を立てている。そこに交じり、トクントクンと互いの鼓動が耳に優しく響いていた。

この空間、この空気、この空の元で——荒《すさ》んだ心が解《ほぐ》れていく。完全な癒しはないが、キナはとても気遣ってくれている。ありがとう——。

そこに、ザスザスっと無遠慮な足音が近づいてくる。そして、

「キーナちゃん、やってるか～い!?」

ガラの悪そうな、真っ黒に日焼けした中年が暖簾をくぐって入ってくる。

「あ、いらっしゃい」

パッと身を離したキナ。

そのまま、キナが営業用の声で返すと、男が目ざとくバズゥに目を付ける。

「およ？　おめぇ……バズゥか？」

「……あ、オヤッサン？」

懐かしい顔だ。漁師の網元で、この辺一帯の漁師を束ねるリーダーってやつだ。

この店の常連でもあり、昔は流れ者の俺達一家にそれなりに良くしてくれた。ま、それなりに……だけどね。一応、村の顔役の一人だ。

「どうしたんだよ？　エリンちゃんとシナイ島にいるんじゃなかったのか？」

実際、「いる」なんていう、そんな軽い言葉で存在を証明できるような場所じゃないのだが、間違ってはいない。

「あ、あぁ、ちょっと里帰り中だ」

ほうほうと、物知り顔で相槌《あいづち》を打つ。当然、エリンの素性や俺のことも承知している。数年前にここを旅立って以来の久方ぶりだが——たまに、キナに便りも出していた。

その辺から俺達のことも多少は知っているだろうに——オヤッサンは戦争とは言わない。

「はッは～……あれか、……お前、暇《いとま》を貰ったんだろう？」

ドッキン！

「お、図星？」

このオヤッサンという人物は歯に衣を着せぬ言い方をする。昔からこういう人だから別にいいのだが、正直――俺は苦手だった。『漁師』と『猟師』という、立ち位置の違いもある。まぁその辺は追々《おいおい》話そうじゃないか。

「まぁ……そんなとこだ」

ボソボソっと零《こぼ》す俺を見て、ニヤッと笑うと背中をバシバシと叩き、

「ダーハッハッハ！　そりゃそうだ！　連合軍の精鋭に『猟師』だもんな‼」

「うるせぇよ……」

言い返すのも面倒くさくなってきた。

「拗《す》ねんなよ～……で、いじけて帰って――キナちゃん～！　ナデナデして～ってか？　さっき乳繰《ちちく》り合ってただろ」

下種《げす》顔でウリウリと突き回してきやがる。くっそー……キナとくっ付いている所を見られたのが、バツが悪くて思わずそっぽを向いた。やっぱり一目で気付かれていたようだ。

キナはキナで顔を赤くすんなよ……誤解招くだろ！

「ん～、で。エリンちゃんは？」

キョロキョロと店内を見回すオヤッサン――。

「いねぇよ……」

「あぁん？」

ジロっと睨まれる。

「いねぇっえ、っってんの‼」

ヤケクソになって叫ぶ俺に、

「おめぇ……そりゃどういう意味だ？」

あぁ、くそ……なんで他人に話さにゃならんのだ。第一アンタ関係ないだろ！

「エリンはシナイ島で立派に勇者やってるよ！」

半ば《なか》ヤケクソに、叩きつけるようにオヤッサンに言葉をぶつける。言いたいことがあるなら言ってみろや――ゴンっと、頬《ほほ》に衝撃。

――いってぇ！……アンだ此奴《コイツ》‼

「イって‼　手イってぇぇ‼」

思いっきり殴ったのか、真っ赤に腫れた手をブンブン振って痺れを取ろうとしている。

――殴られたのは当然俺の方で、殴ったのはオヤッサン。頬には多少なりとも痛痒《つうよう》を感じたが……。

「おうコラおっさん、何の真似だ？」

伊達に勇者小隊にいたわけじゃない。最弱で、足手まといだったかもしれないが――少なくとも、地獄のシナイ島戦線を生き抜いてきた。訓練と戦場の苦労は、天職のレベルを最大まで引き上げた。

その際に、ランクアップや、転職の機会もなくもなかった。しかも費用は、なんたって勇者小隊。出せるだけのものは、下っ端にも出してもらえた。少なくとも、給与面では勇者小隊はべら棒に高い。

それは勇者軍や連合軍の比ではない……。

だが、少しでも戦力に――エリンの助けになるためには、ランクアップや転職をして、再度訓練をしている暇などなかった。中級職でもＭＡＸなら、なんとか生き残る程度には戦うことができた。それで、戦力になりえたかは――また、別の話だが……。

だから、何年も海で鍛えた『漁師』とは言え、軍で専門の訓練を積み、戦場で命のやり取りをしていた人間に勝てる道理はない。その拳はバズゥに大きな痛痒を与える事さえ困難だろう。

舐めるなよ……中級職とは言えレベルはＭＡＸ。そんじょそこらのチンピラなんて目でもない。多分、成りたての上級職より強いはずだ。

「いって～……!!　何だ、テメェ鉄板みたいに堅いじゃねぇか!!」

人をいきなり殴っておいて何て言い草だよ！

「舐めんなよ。腐っても勇者小隊の斥候《スカウト》だ、こらぁ！」

一応、斥候《スカウト》としての仕事を日常的にこなしてきた。ほとんどが暗殺者《アサシン》ミーナの下位互換という扱いだったが、戦闘もこなせるミーナを早期に酷使しないため、戦闘外では俺がそういった役割を果たしていた。

「アンだぁぁ？　ガキがチョコっと硬くなったからってエバってんじゃねえぞ！」

オヤッサンはオヤッサンで一歩も引かない。ブットイ腕をこれ見よがしに捲《まく》り上げる。

「ちょっと……二人とも」

そこに割って入るのは癒しの天使――キナ様。

「ち……」

不機嫌そうに、ドカと座るオヤッサン。――俺殴られ損ですがな。

「キナちゃんは知ってんのか？」

「え？　えぇまぁ……」

困った顔で頷くキナに、オヤッサンはまた不機嫌そうに舌打ちする。

「っかぁぁ〜〜！　どうせ、キナちゃんに慰めてもらって満足してんだろ、おめぇはよ〜ック……。」

言いたい放題言いやがって——。

「オラぁ！　言い訳してみろや……エリンちゃん置いて、一人逃げ帰ってきたんだろうが！」

田舎の事……集落全体で子供の世話を見るような風潮があったから、オヤッサンもエリンのことは当然知っている。元は流れ者の子供とは言え、——子供は可愛い。子供にまで差別を押し付ける様な意地の悪い人間も、早々いない田舎の村。そして、酒飲みとくれば、それはまぁ〜子供を可愛いがるものだろう。——ロリコンじゃないよな？

ちなみに酒飲みのオヤッサンは独身で子供はいない。そんなやつだから度々《たびたび》店で酒をかっ食らっている時に、チマチマと手伝いをしていたエリンの事は特に可愛がっていた気がする。……だが、他人は他人だ。

「うるせぇな……アンタに話すことなんかない」

それだけ言い捨てると、店の奥へ退散する。この酒場は店舗兼住居。奥は、俺たちの家だった。

「おう待てこら！　逃げんじゃゃねぇ腰抜けがぁ！」

ったく……まだ飲んでねぇのに、もう酔っ払いみたいなおっさんだぜ！　相手にしてられるか……。

店から続く土間を抜け、靴を脱いでから一室しかないリビング兼寝室兼キッチン……まぁ一ＬＤＫってやつ？　にドカドカと上がると、旅荷物を隅っこに放り出し床に寝転がる。

ドサッと、体を投げ出すと、懐かしい家の匂いが鼻腔をくすぐった。狭い間取りも、妙にしっくりと来る。ここは、ランプくらいしか明かりもないような薄暗い空間だが、まだまだ夕方の乏しい明りが部屋を照らしていた。少々寒いが、採光用の窓は開け放ってある。

唯一の暖房は、部屋の中央を占める囲炉裏《いろり》で、そこには燃えさしがあるだけで火の類は入っていない。それは、うっすらと灰の匂いが漂うだけで、かえって寒々《さむざむ》として見えた。

店の方でまだ、オヤッサンが騒いでいるが、キナが上手く取りなしてくれてるようだ。それにしても……痛いことを言われた——。

「一人逃げ帰った……か、エリンを置いて、ね」

まさにその通りだ。恐ろしい戦場、この世の地獄——最前線……そこから逃げるつもりはなかったと言えば嘘になる。そうだ、ある意味きっかけが欲しかったのかもしれない——いい機会だとばかりに。とは言え、エリンのことを思えば、やはり心は重い……。そう、重いシコリとなって残っている。

逃げ出したかった……できることならエリンを連れて。

だが、それはできない。ただの『猟師』で何の戦果も残せず、替えなどいくらでも利く俺とは違いエリンは『勇者』なのだ。

覇王軍の将軍すら刈り取るエリン。大軍すら一騎当千の力で薙ぎ払うことができる。

一方の俺はと言えば、精々が敵の斥候《スカウト》を仕留めたり、勇者小隊の雑用や前線での見張りを引き受けたりする程度。

そうして俺は逃げもせずに彼女の陰で、隙を見て銃を撃ち、時には囮にもなったりと……。それさえできれば、あとは勇者小隊が……『勇者』が何とかしてくれる。

姪の……エリンの陰で生きながらえる卑怯者——それが俺だ。

エリンが戦う。エリンが救う。エリンが何とかしてくれると期待しながら……。

エリンが、エリンが、エリンが、と。

そうだ、誰も彼も俺も……彼女を、エリンを頼った――ハハハ、そりゃ帰った方がいいわな。でも……まさか、エリンに直接言われるとは思わなかった。

戦闘外じゃ、叔父さん叔父さんって――可愛かったのにな～……あのエビリアタンとの戦闘の前だって、そんな素振りはなかった。エリンの明確な拒絶。それは違和感を感じこそすれ、確かめる事すら今更《いまさら》できない。結局は自分に起因することだ。

要は、見限られたんだ――そう、いつの間にか随分と嫌われていたらしい。

そりゃそうだ。逃げて隠れて邪魔をしてたんじゃあな。守るつもりが守られて――。

ハァァァ……嫌になるぜ自分がよぉぉ！

ぼーっと低い天井を見つめ、徐々に暗くなりつつある部屋の明度に合わせてゆっくりと意識の帳《とばり》を降ろしていく。シナイ島も、今は夕方かな……エリン……元気でやってるかな――？

勇者小隊1「勇者はどうした!?」

シナイ島、ホッカリー砦攻防戦。

バズゥがシナイ島を去り、勇者小隊が再編成を始めていた時のこと。人類が奪還したホッカリー砦を、再度奪わんと覇王軍が軍勢を押し進めてきた。

湿地帯のゆえ、回廊の出口さえ見張っていれば——という油断があったことは否めない。覇王軍は唯一の入り口と思われた回廊をすり抜け、背後に回り勇者小隊と勇者軍を包囲し、連合軍と分断。これに伴い連合軍は、後方に浸透し始めて連合軍の補給戦を脅かす動きを見せる覇王軍への対策として、勇者軍との連絡線を一時的に遮断する。

圧力に耐えかね、出血を防ぐための一時的な処置だというが……それが一時で済むはずがない。結果、連絡線を断たれた勇者軍は孤軍奮闘し、ホッカリー砦に立て籠る。

しかし、物資は先細りし、負傷者の後送もままならない。再度、補給路を構築するべく、決死隊が幾度となく出撃し、連合軍と連絡を試みるも失敗し、甚大な被害のみが積み重なっていく。

当然、勇者小隊も手をこまねいていたわけではない。最強の戦力である勇者小隊を先頭に、覇王軍の要所を攻撃せんと偵察を重ねるが——反撃を警戒した覇王軍は、近接攻撃を控えて遠距離魔法攻撃戦に終始する。

正確な着弾は、勇者軍の駐屯兵力を徐々に削り取っていった。

勇者軍も、やられるばかりでは無く反撃の魔法を度々放ってはいたが、反撃する魔法攻撃の兆候を察知すれば、覇王軍はすかさず対魔法攻撃を実施。遠距離火力で圧倒し、勇者軍の反撃力を粉々に打ち砕いていく。

それは、雲霞《うんか》の如く——先の敗北など、まるでなかったかのような兵力。

そして、速やかな兵力の展開は、勇者軍の脆弱《ぜいじゃく》な警戒線《ピケットライン》を早々に無力化し、後方に浸透してみせた。

さらには、早々に有力な観測点を確保してから、正確な遠距離魔法攻撃を実施するというまるで狙っていたかのような布陣は勇者軍を以《も》ってしても反撃の機会など見つけられるはずもなかった。

そして、凄まじい猛攻と遠距離からの魔法攻撃に、砦の主要部も次々に失陥《しっかん》し、残すは一部の施設と本丸のみとなり……。

「くそ！　覇王軍め……どうやって廻《まわ》りこんだ！」

眼下を見下ろせるバルコニーの欄干を蹴り飛ばし、悪態《あくたい》をつくエルラン。

「氷魔法じゃな……湿地を凍らせて強引に突破したようじゃ」

千里眼で偵察していたファマックが何でもないように言う。

「ファマック！　分かってたんなら、なぜ知らせない！」

「カカカ、無茶言うでないわ。四六時中《しろくじじゅう》千里眼で監視しろって言うのか？　無理じゃ無理じゃ」

結構なピンチだというのに、ファマックは気にした風もない。

「ミーナ！　お前の『殺気探知』はどうした？　何故、殺気に気付かない！　覇王軍の大軍だぞ？　浸透されていたらとっくに気付いていていてもおかしくないだろ！」

八つ当たりの対象を探すかとでもいうように、誰彼構わず噛《か》みつくエルラン。そもそもが隊長たるエルランに責任は起因するのだが、それから目を背《そむ》けているようだ。

「サイッテー……アンタが戦力温存とか言って斥候《スカウト》を下げたんでしょ？　敵の斥候《スカウト》が一々殺気を放つはずもないし……第一こういう仕事は、バズゥの役目だったはずだけど？」

警戒線《ピケットライン》も兼ねる斥候《スカウト》は、常に警戒し続けるため体力、精神、そして命の消耗が激しい。当然、未帰還者など日常茶飯事だ。現在、その役目は勇者小隊を支援する勇者軍が主に担《にな》っていた。

彼らは、激しい損耗に耐えつつ役割を分担しつつ行っている。また、勇者小隊が斥候《スカウト》活動を実施しない理由としては、先端戦力たる勇者小隊のこと、体力を消耗するだけでパッとしない斥候《スカウト》の任務など誰も引き受けないという事情もあった。

それに、何と言っても勇者だ。彼の者がいれば奇襲を受けたとて撃退できる、と――その慢心もあり英雄たちは地味な任務など顧みない。

そんなものは、下級職の任務だと決めつけて……見向きもしない。だが、疎まれつつも、姪の安全のため、安寧《あんねい》のためと、前線も前線――最前線でその過酷な任務を引き受けていたのはただ一人。

勇者小隊所属、斥候《スカウト》のバズゥ・ハイデマン。

これまでバズゥがただ一人、小隊の斥候《スカウト》を務めており、必然的に軍の先鋒――全体的な斥候長《スカウトリーダー》のような立ち位置となっていた。

生き残りをかけての、創意工夫。できることをやるために、勇者軍の斥候チーム《レコン》ともよく連携し、様々な戦略情報を収集した。結果、そのために防げた危機は数多し。

おかげで敵の兵力の集中の兆候やら、逆襲、増援及び再編成からの攻勢の兆候も全て察知。さらには、奇襲攻撃を幾度となく事前に察知していたのだが――人間……起こらなかったことは、手柄になりにくいものだ。

起こらなかったこと等、起こらないのだから誰も気づかない。当然だ。

逆に、起こったことは責任問題。

その渦中にいる限り、全員が当事者なのだから、あの時にと「タラレバ」の話がバンバン飛び交うというわけだ。まぁ、事ここに至って、誰の責任かなんてことを言い合っていること事態、無駄なことなのだが……。

「くそ！　バズゥの奴…無責任な！　斥候《スカウト》の申し送りなんて、何も聞いていないぞ！」

自分たちで追い出しておいて酷い言い草だ。

「む、どうする？　ここも長くはないぞ」

クリスが繰り言など無駄だと言わんばかりに、エルランの妄言には参加せず剣を磨きながら問う。

「余裕そうだなクリス！」

エルランはもはや狂犬と化して、だれかれ構わずに噛みついている。

「む、余裕？　まぁそうだな。お前の取り乱し具合に比べれば余裕だな」

フフンと、挑発的に笑うクリスの態度に顔を赤くして腰の刀に手を掛けようとするエルラン。

「クリス殿……今は抑えられたい」

グっと、クリスの右手を抑えたのはゴドワン。エルランではなく、クリスを抑えたのは、ゴドワンが武人同士で通じる何か、で——クリスが相当苛立っていることに感づいていたからだ。

さり気ない動きだが、右手には明らかに力が籠っていた。

「む、すまない……気が立っていたようだ」

「……分からんでもない」

ズンと音をたて、腰を下ろすゴドワンと背中を合わせるクリス。

「勇者様は、どうしちゃったの？」

シャンティが不安そうな顔でエルランの服をクイクイと引っ張る。まるで子供にしか見えないが、シャンティちゃん……これで立派な大人である。

「知るもんか！」

グイっと服を引っ張ってシャンティを払いのけるとエルランは肩を怒らせて部屋を出ていく。——

部屋といっても、半壊し空が見える望楼の一つなのだが……。

見下ろす階下には既に覇王軍の旗がそこかしこに見える。兵力の移動を見れば、幾つかの施設では未だ戦闘が続いているらしい。しかし、勇者軍のほとんどは降伏するか戦死したようだ。

もはや、静まりつつある戦場では、覇王軍の魔族や傭兵の息遣いしか聞こえない。そのうちに、またどこかの施設が陥落したのか、覇王軍の威勢の良い鬨《とき》の声が響いてきた。

ここもいつまでもつか……。

人類最強戦力である、勇者エリンの戦いありきでここまで進軍してきた人類は、あっという間に劣勢に立たされていた――。

勇者、勇者、勇者………。彼の者は――。

第12話「冒険者」

アハハハハハハ……。

ゲラゲラゲラゲラ……。

ウフフフフフ……。

イ～ッヒッヒッヒ……。

耳に触る下品な笑い声が反響し、意識が覚醒する。ゲラゲラゲラと笑う声が嘲笑《ちょうしょう》に聞こえ、実際はなかった場面だというのに、まるで無様な俺をあざ笑う勇者小隊の面々の不愉快なソレが頭をよぎる。

仲間から追放された瞬間を思い出し、不意に泣きたくなる——とくに、あの時に浴びせられたエリンの言葉……。

思い出す最中も笑い声は止まない。だけど、耳をすませている内に、不快感は懐かしさへと変わっていった。

酔客《すいきゃく》の笑い声。

キナの作る料理を注文する声。

触れ合う陶器の音。

俺の、俺たちの店の音だ。

……あ、そうか——俺、家に帰って来たんだった。

薄暗い天井は、低く。見覚えのある染みをぼんやりと浮かばせている。背中を預ける床の感触を感じながら、周囲の気温に意識を向けると、寒々とした見た目に反して部屋の中は温かい。その、柔らかな暖かさを感じて目を向ければ、囲炉裏には長持ちする炭がくべられており、軽く灰が被《かぶ》せられていた。

キナが気を利《き》かせてバズゥのために、火を起こしてくれたのだろう。その気配に全く気付くこともなく眠りこけていたようだ。店舗からは酔客の笑い声が響いている。その声を聞いて、結構、繁盛してるみたいだな？　と思い至るが……笑い声に交じり、陶器が割れる音が響き、どったんばったんと騒がしい。

……随分と騒がしい客どもだな。

ここを離れる前の酒場と言えば、随分と寂れていたもの。せいぜい漁師が一日の終わりに一、二杯と安酒をかっ喰らう位で、とても繁盛していたとは言えない。だが、この賑わい――それもこれも、キナが苦労して維持していたお陰だろう。

むぅ……エリンや俺がいた頃より流行っているのはなんとなく釈然《しゃくぜん》としないが……まぁ、キナ一人だけのほうが、それを目当てにした客が来るのかもしれない。――キナは美しい。見た目は幼い外見をしているのに、それは可愛いという表現は当てはまらず――やはり美しいのだ。儚《はかな》げな印象に、不自由な体。鈴を転がすような澄《す》んだ声に、アンバランスな肉感的で蠱惑《こわく》的な香り。看板娘どころか、宣伝塔だ。

ま、それを目当てに来るような……一杯で一時間も二時間も粘るような客は叩き出していた。飲まねぇ客は、いらねえ客だ。

万事が万事、俺はそんな調子だったので、プリプリ怒るエリンによって料理の下拵《したごしら》えに、掃除や薪割り等の力仕事と言った人前に出ない下働きをさせられていた。一応、肴くらいは作れるんだが……美人が造るメシのほうがいいとは、当時からオヤッサンの言《げん》だったな。そもそも、俺は『給仕』じゃない……本業は『猟師』。だから店の手伝いは、その手隙も手隙――時間があるときだけ。実際に切り盛りしていたのは姉貴。……死んでしまってからはキナとエリンだ。

ガチャーーン!! ゲハハハハハ!

酒もってこぉおい! うひゃはははは!

……それにしても、騒がしいな。漁師連中は、粗暴《そぼう》だが――ちょっとこれは度を越している気がする。

それに……陶器の割れる音に交じってなんだなんだ?

ヤメテクダサィ……!

女の子が嫌がってるような……――ッ!!

キナ⁉

慌てて起き上がると、店舗に突撃する。一足飛びに、住居と店舗を分かつ薄っぺらい垂れ幕を跳ねのけると、

「ギヒヒ…いいじゃねぇかよ姉ちゃん～」

「酌をしろ酌を～！」

と、まぁステレオタイプにキナに絡むチンピラが二人組。それを面白そうに眺めるのは、周囲を埋め尽くす雑多な職業の――一見して冒険者とわかる連中だ。

この村の住人とは思えないが……なんだコイツら？……漁師たちもいるにはいるが、隅っこの方で小さくなってチビチビと酒を飲んでいる。キナの事に気付いているはずだが、助けるそぶりはない。

おいおいおい？　アンタら海の男だろ？　村の住民が絡まれてたら助けろよ！

……オヤッサンはいない。居たら助けてくれたのだろうか？

「ねぇちゃん、ほらほら、あんたのせいで汚れたんだぜ？　ちゃんと後始末《しまつ》をしてくれよ～」

「ゲハハ、モリよぉそれ以上汚れようなんてねぇくせに！　ゲハハ」

頭が悪そうで、僕たち「ブラザ～♪」とか言ってきそうな知能レベルが低そうなオッサンが二人。ガタイだけはいい。

一人はモヒカンでデブ。斧を背負ったパワータイプ。もう一人はスキンヘッドのやせ形。素手だが、腰には鉤状になった鉄の爪がある。武道家だろうか。

それらの周囲にも剣やら杖を持った冒険者風の連中。――パッと見、剣士やら魔法使いがたくさん

いる。どれもこれも老若男女と様々で、亜人までいやがる。この雰囲気どこかで……。

「や、やめてください……」

両腕を掴まれ、吊り下げるような姿勢を強要されているキナ。それを舐める様に厭《いや》らしい目で見ているチンピラ――死刑だな。

ズンズンと歩き、近づくが、誰も俺に気付かない。――いや、何人かは途中で気付いたらしく、驚いた眼をしている。それもこれも、『猟師』のパッシブスキルである『山の息吹』を使用しているためだ。天職ＭＡＸレベルのそれは、山や狩場にいれば、ほぼすべての気配を遮断し、獲物に接近できる。街中では効果が乏しいが、田舎だと多少なりとも効果が上昇するらしい。

そのため、ポート・ナナンのような田舎ではバズゥがスキル使用中に限り、近づくまで気付かれないはずだ。ワザワザ使うつもりもなかったが、睡眠をとった際に、戦場の癖《くせ》で使用していたようだ。

そうでもしなければ、寝首を掻かれてもおかしくない地獄の最前線にいた。身を守るためなら何でも使う。猟師スキルでも、戦場で身を隠すに適したものは何でも使う――パッシブスキルとカウンタースキルｅｔｃ……。

「ヒヒヒ……姉ちゃぁぁアァアアア――っっ、イデデゲゲッゲゲ!!」

ギリギリギリと、モヒカンデブの髪を背後から掴んで持ち上げる。奴の方が体がデカいのでチョコっととしか持ち上がらなかったが、高さは関係ない。

「な、なんだてめぇ！」

ありきたりなセリフを放ち警戒するのは、痩せたハゲ。

「ここは俺の店だ。ウチの子に乱暴するなら、それなりの覚悟あんだろうな……？」

凄みを利かせて睨み付けると、痩せたハゲが一瞬で顔面蒼白になり、震えだす。いわゆる『猟師』スキルのようなものだが、そんな大仰《おおぎょう》なものではない。単に山で狩りをするときの様に、獲物の命を奪うその瞬間と同じ気持ちで睨んでいるだけだ。

銃で首を切り落とす様に――。銃口の先に見据えた心臓を撃ち抜くように……。

――すなわち……命をいただく、と。

第13話「叔父さん激おこですよ」

命を頂く――。

ブワッ！　と、冒険者の数名がのけ反るほどの殺気が迸《ほとばし》る！　命のやり取りが激しい者ほど、その気配に敏感なのか、ダラダラと冷や汗を流し自らの得物《えもの》に手を伸ばす。目の前の、凸凹コンビは多少の威圧に気付いたぐらいで余り効果はないようだ。精々、多少なりとも威圧感を感じたくらいだろう。

「アダダダダ！　離しやがれ！」

ジタバタを暴れるモヒカンデブ。

「まず、キナを離せ。それからだろ？」

デブを吊り上げる俺と、デブに吊り下げられるキナ。キナは両手を抱えられているせいで息が詰まり苦しげだ……その姿は痛ましい。

「わ、わかったわかった……」

乱暴な手つきでキナを離すモヒカンデブに対して、素早く突き飛ばして、痩せたハゲと一緒に纏《まと》めて店外に放り出すと――……落下するキナを危なげなく抱き留める。一方で凸凹コンビは、「ぎゃぁぁ～」とか言ってすっとんで行ったが……知らん！　そのまま港まで転がっていけ。

アホ二人を見送るわけもなく、俺はキナを見下ろした。今、腕の中には温もりがある。小さな体は、悲しいくらいに軽い。良い香りと、美しき少女の柔らかい体――。

いわゆる御姫様抱っこだが、キナの青くなった顔は、それどころじゃないようだった。これは……脱臼――肩関節が外れている？

びっしりと浮かんだ玉のような脂汗に、胸を焦がすような怒りが込み上げる。

「おい、お前ら！　キナが痛めつけられてるのに知らんふりか？」

周囲の冒険者風の連中と、漁師を睨み付ける。

「おいおいおい、客に対してそりゃないいんじゃないの？」

剣士風の男がニヤニヤと笑いながら宣う。こいつは、いち早く俺の気配に気づいた奴だ。それなりにできるのだろう。

「客だぁ!?」

ギロッとひと睨みすると、ニヤけた顔が不意に引き締《し》まり、反射的に背中の剣に手を伸ばそうとする。

――やめな、と。剣士の隣にいた魔法使い風の女が、剣士を止める。

「すまなかったね～……いや、なにあいつ等はここいらでも粗暴な奴でね。給仕さんが酒を零したもんだからいきり立ったんだよ。給仕さんも素直に謝らなかったもんだからね～」

脂汗を流し青い顔で震えるキナは、それでもしっかりとした意思で首を横に振る。

「この子は違うと言ってるみたいだが？」

「おや、そうかい？」

女魔法使いは、見た目は美人だが……蛇の様な油断ならない雰囲気を醸し出している。正直苦手なタイプだ……暗殺者《アサシン》ミーナを思い出す。

「あいつらが足ぃ、引っ掛けるのはオラは見たで……」

その時、ずっと押し黙っていた漁師の一人がボソッと呟く。

「アンだテメェ!!」

それを威嚇《いかく》するように黙らせようとする剣士。

「ほう……どういうことだ？ ウチの子と別の客が証言してるんだが？」

ジッと女魔法使いを見ると、奴は何でもないように両手を上げるとあっけらかんとして言った。

「あ～らら？ そうだったかしら？ ウチからはそう見えたってだけだよ？」

チ……知らぬ存ぜぬか。

「もういい。キナに落ち度はない！ それでいいな？」

「好きにすれば～？ ウチらには関係ないことだしね」

うんうんと頷き、また酒を飲み始める剣士と女魔法使いとその他諸々――しかし、剣士風の男が睨みを利かせたせいか、漁師達は居心地悪そうにソソクサと立ち去ろうとする。

「おい！ お代《だい》、置いてけよ！」

ドサクサ紛れに金も払わず行こうとする漁師。その顔は「？」だ。

あ？ どうことだ？

「い、いいの……」

ろくに動かない手でキナが俺を留める。それを見て、これを幸いとばかりに漁師たちが去っていく。

「あ、おい！」

腕の中のキナが止めるので追及はできなかったが、釈然としない思いは残った。ウチはツケなんてやってたか？

「ククク」

女魔法使いが面白そうに笑っている。何やら事情を知っているようだが、

「バ、バズゥ……降ろして」

腕の中でイヤイヤをするキナに促されて地面に降ろす。肩は外れたままだ。

「キィィナァァ～？　どうすんの～？　治すぅ？　安くしとくよ～？」

ケケケと、女魔法使いが意地悪そうに聞く。

「それとも、王子様が来るまで待つ？」

ニタニタと笑うくそアマ……何だか知らないがイラついてきた。

キナは何やら葛藤《かっとう》しているようだが、女魔法使いに向かって、

「お、お願いします……」

と懇願《こんがん》する。女は女で驚いたのか？

「あれま？　どうしちゃったわけ？　ま、いいけど～、高くつくわよ～？」

ニヤリと顔を歪めると、杖を持ち上げ詠唱の構え……魔法使いの治療魔法、簡易版のヒーリングか？

「待てッ」

キナの前に回り込み、女魔法使いを見下ろす。

「何よ？」

面倒くさそうに杖を放り出す。

「いくら取る気だ？」

高くつく――と言う。葛藤しながらもそれを受け入れようとしたキナ。なにやら、お金の問題が鼻に付きはじめた。

「あー、そうね～。銀貨十枚ってとこかしら？」

はぁ？

第14話「間男」

銀貨十枚だぁ？

「王国銀貨か？」

「当たり前でしょ？　連合銀貨は受け付けてないわよ」

はっきり言ってぼったくりもいいところだ。たったこれだけの治療で、しかも今とってつけたように考えたような金額の提示。それが銀貨十枚……この金額は、ちょっと庶民ではありえないレベルだ。

例えば、『猟師』見習いの一カ月の稼ぎは王国銀貨で十枚程度。また、この国の正規兵で特別職国家公務員である近衛兵の換算でいえば、戦争のない時期なら一カ月の給金は王国銀貨で三十枚程度。要は銀貨一枚もあれば、慎ましく暮らせば一家で三日は何とか食いつなげる額。

ちなみに、連合銀貨については、まぁ後述したいところだが……粗悪銀貨と言えばわかるだろうか。

——で、王国銀貨十枚と言えば、この店の売り上げで最大級稼ぎ出しても出せるかどうかという額。

……今の繁盛具合ならできなくはなさそうだが——どうにもこの繁盛には裏があるようだ。

「キナ。相手にするな」

「でも……」

肩が痛むのか顔を顰めている……これでは治療しなければ仕事にならないだろう。医者に見せるにしてもこんな時間やっているかどうか。それにこの体で行くのは無理がある。うーむ、俺が連れていくのも吝《やぶさ》かではないが、

「ちょっと痛いが、我慢できるか？」

「え？　えぇ……」

青い顔で頷くキナ。俺に対する信頼感は損ねていないようだ。

「あら？　魔法使えるの～。『猟師』さん」

俺のいで立ちから、『猟師』であることを看破し、揶揄う女魔法使い。……『猟師』に魔法は使えない。当然だ。

——だが、技術はある。

「息を吸って、キナ……止めて！」

素直に言うことを聞くキナの華奢な肩に力を籠める——ゴギリっ!!

「——ツッ——————！！！！」

キナが苦悶《くもん》の悲鳴を上げるが、素早く抱き留め——押しとどめる。

「すまん！　ごめん!!」

グググゥゥと抱き留め、悲鳴を胸の中で消化させる。それは一瞬の痛みではあるが、相当な激痛であることはよく知っている。その光景をみた冒険者たちも絶句していた。

素手や格闘技術で戦う事を身上とする、モンクや武道家風の冒険者だけは、ほぅと感心したような目を向けている。

「あ、あんた鬼畜ねぇ」

女魔法使いですら、自分の肩をさすって痛そうにしている。が、その女は急に眼を大きく見開くと、驚いたように口を開けた。一種、間抜けな表情なのだが——。

俺はハッとして背後に目を向けた。いや、向けようとした、と言うのが正しい。俺にしては、ここまで接近を気付かないなんて……——。

「その子を離せ……下衆《げす》め！」

ピタリと首筋に当てられる冷たい刃物の感触。振り返らなくともわかる状況。腕の中のキナが小さく震えた。

「警告は一度だけだ」

キュリ、と首筋の刃物が向きを変える。冷たい刀身から熱が発せられたような気がした。

いや、違う……ツツ、と垂れるのは俺の血。

着の身着のままだった勇者軍の野戦服の襟元が、ジワリと滲む。

「ま、待ってキーファさん！」

プハッと、バズゥの拘束から首だけ出すと背後の男に懇願する。――キナ……？

「キナさん！　大丈夫ですか⁉」

キナの声に僅かばかりに動揺した気配の男。俺はその隙に、さり気なく首筋の刃物から逃れようとするが、そんなに甘い相手ではないようだ。切らず逸《そ》らさず薄皮一枚で刃を固定させたまま、器用にキナと会話している。

「今助けますっ」

「ち、違うの！　この人は違うんです」

焦ったようなキナの声に、男もようやく事態を察したのか俺に意識を向けた。

「どういうことですか？　この暴漢が何を？」

どこか鼻につく言葉遣い――エルランを思わせるキザな話し方だ。

「ち、違うんです。暴漢じゃありません！　この人は……」

ん？　そういえば……キナにとって、俺ってなんなんだろう。と、首筋に刃をあてられながら、場違いなことを考える。

実際、驚きこそすれ、こんなものはピンチでもなんでもない。――腐っても元勇者小隊、伊達に地獄のシナイ島の最前線で戦い続けていたわけではない。

それが姪っ子におんぶに抱っこ状態だとしても……あの日まで戦い続けてきたことはバズゥの血肉になっていた。

だからよ……キナそんなに心配――。

「――とても大切な人なんです‼」

ん～～⁉　キナぁ？？

「んな！！？？　なななななななな……」

背後の男が声を震わせる。キナが変なことを言ったのだろうか？……んむ。大切な人か――いいね。

俺もキナが大事だぞ。……エリンと同じくらいにな。だって、家族だもんよ。

「どどどどどど、どういうことですか⁉　いつの間に、こんな間男《まおとこ》を？？」

おいおいおい、どっかの公衆住宅の若妻とアンアンするおっさんみたいな言い方するなよ。誰が間男ですか⁉　俺からすりゃ、お前の方が十分間男だよ！

第15話「キーファ」

間男って言われちまったよ……ってそりゃ、俺のセリフだ！　男の動揺を逆手に取り、キナを抱きしめたままカウンタースキル発動――『山との同化』！

発動した瞬間、俺を含む身体周辺の気配がスッと希薄になり、同時にキナの体温を強く感じる。ドクンドクンと、腕の中で脈打つ小さな心臓。攻撃型スキルの『山の息吹』に対して、防御型スキル『山との同化』は、敵意や命の危機を感じた際に、山や自然――周囲と一体となり、気配を極めて薄く小さくしてやり過ごすというもの。

動きが少なければ少ないほど、発見率は下がる。ただし、常時発動は不可能で、あくまでも危機回避の手段である。それでも、戦場の足手まとい――勇者小隊曰くビビリの俺は、戦場ではしょっちゅう発動していた。そうでもなければ一瞬で命を刈り取られるのがシナイ島戦線。偶《たま》に気配が薄すぎて放置プレイにされることもしばしば。

とは言え、無敵には程遠いスキル。なにせ、強い魔族や勇者小隊の連中には効果が薄かったのだ。だが、そういった特殊な状況を除けば、非常に優秀なスキルでもある。ゆえに欠点もあるかと思いきや、今のところ発動タイミングが難しいことと、放置プレイにされることを除けばそれほどない。

それどころか組み合わせ次第では、ある意味で無敵のスキルかもしれないとすら思わせる。街中では効果は半減するが、それはスキルレベルである程度補える。ただし、上級職相手には分《ぶ》が悪い所もある。

それでも、天職MAX状態のスキルは、中級職とはいえ田舎町ならもはや透明人間のごとく振る舞える。少々動いても、たかだか田舎の冒険者風情に気付かれるものではない。こいつの利点は、カウンタースキルでありながら発動時間が長く、攻撃動作に連接できることだ。この状態で鉈を抜いて、寝首を掻くことも不可能ではない。

さらに『静音歩行《サイレントウォーク》』等と組み合わせれば、効果は指数関数的に上昇する。今も、自身の纏う『山との同化』の気配遮断に、キナごと巻きこみ周囲を煙《けむ》に巻いている。

ゆっくりと男の凶刃から体を離し、キョロキョロする冒険者を尻目に立ち上がる。ようやく正面からお目見えした男は――エルラン……か？　いや、でも？？

勇者小隊の隊長エルラン――によく似た姿と、雰囲気の男だ。親戚だとか言われても、納得してしまいそうになる。

栗色の髪に、切れ長の瞳――腹が立つくらいのイケメンで長身、とこれまたエルランとそっくり。

髪の色と瞳、背格好もよく見れば違うところも多々あるのだが、――まぁ、似ている部類だろう。

瞬間、言い知れぬ腹立ちのようなものが湧き起こる。どうやってもこの手の奴は、俺を傷つけるのが好きらしい。言葉のナイフに、暴力と――どっちも相手を慮《おもんぱか》るというところがない。まだ、直接的な暴力に訴えないだけエルランの方がマシな気もするが、……エリンに見限られる原因に、アイツも多少なりとも噛んでいる。とはいえ、この感情ははっきり言って八つ当たりのようなもの。この男には関係のない話だ。

腰から鉈をを抜き出すと、キナが「ヒッ」と小さな悲鳴を上げる。大丈夫と、彼女を左手一本で抱え背中を擦った。

「大丈夫……」

キナを支えたまま、鉈を構え男に向き直る。さすがに、それなりの腕はあるのか、この男――たしか、キーファといったか――は、ようやく俺の姿に目を留めた。驚いた顔をしているが、剣の構えを解《と》くような真似はしない。

なるほど、腕は確かなようだ。冷たい刀身と視線は俺を見抜く。

突如、剣を正眼に構えたキーファの姿を追って、目線を虚空《こくう》に向ける冒険者たち。ここまで注目を集めると、『山との同化』は効果を失う。あくまでも周囲に気配を溶け込ませるだけで、物理的に透明になったわけではない。

言ってみれば、蚊《か》のようなものだ。腕に止まった蚊を叩き潰そうと振り下ろすが、空振《からぶ》る――すると、今の今まで目の前にいた蚊を見失う。そんなことってあるだろう？　要はあれの人間版と言った感じ。

蚊だって、別に消えたわけじゃない。目立たぬ動きと、背景、体の色なんかが溶け込みやすいから、すぐに見失う。――と、俺は解釈してる。実際のところは知らないけどな。

「何だお前は？　今何をした？」

「さぁな」

答える俺に、ようやく周囲の野次馬どもが俺の存在に気付く。その目は語っている。うぉえええええ⁇　い、いつの間に⁇　って感じだ。

……端《はな》っからここにいたっつの！

「よぉ、キザな兄さん。物騒な物仕舞《しま》おうや？」

年上オーラを出して、キーファを引かせようとする。対人コミュ力《りょく》は高い方ではないので、上手いやり方を知らない。少なくともプライドの高い奴ならこんな言い方をして、ハイそうですか――とはならない。

「なんだと⁉」

ほれみろ……――やっちまった。どう言ったものか……。

んー。あ！　そうだわ。……ここ俺んチだわ。迷惑な客を摘《つま》み出す権限くらいある。

「俺はこの店の主《あるじ》だ、迷惑な客は出て行ってもらおうか？」

嘘は言っていない。今は、キナが実質、店長というか女将というか家主だと思うが――名目上、この家は俺の家だ。もちろん、家族みんなの物だけどな。

「はぁ？　何を言っている？」

俺が言いたいわ。

「ここ数年ほど、家を空けていたが……ここは俺の家で、店だ」

文句あるか？　と。

「何を馬鹿な……ここはキナさんの店で――」

キーファが言葉を紡ごうとすると、胸の中でキナが体を固くする気配があった。キナ……？

「――店の権利はギルドのものだ」

第16話「ハイデマン」

店の権利はギルドのものだ――。

…………。

「はぁぁ？？？？」

ん、んんん、……んな？　んなななななな……なんなんなん……なんだって？？

「……何の話だ？」

俺は今、ボケっとした顔をしているのだろう。構えていた鉈をブランと垂らし、無防備な格好になる。

視線は、キーファとキナの間を行ったり来たりとする。

店？　権利？……ギルドぉぉ⁇

「キナ？　あー……どういうこと⁇」

腕からキナを開放すると、立たせる。まだ青い顔をしているが、どうもそれは痛みのせいだけではないらしい……。

「あ、あの……そ、その……」

顔を歪めて、その端正《たんせい》な表情を悔しさと悲しみで染める。キナから否定の言葉はない。

事実を告げられないから、言い淀《よど》んでいる――そんな感じだ。

「どう言うも、こう言うもない」

シャリンと剣を収めたキーファが、懐から一枚の羊皮紙を取り出す。高いとは言え――紙だって出回っているのにワザワザ羊皮紙を使うという……キザったらしい気取り屋のボケ。

「ん――?」

ズラズラと字が書き述べられているが、

「おっと失礼……浅学な田舎者に字が読めるはずもなかったね」

フンと、一々鼻につく言い方で、羊皮紙を掲げ持つと訥々《とつとつ》と語って見せる。

「――以上をもって、冒険者ギルド＝ポート・ナナン支部を『キナの店』に設置する。同日をもってキナ・ハイデマンはギルド従業員として勤務を命ずる――諸国連合《ユニオン》、ギルド協会冒険者管轄局」

要約すれば、

――お前んち借金まみれ。はよ返済せぇや？　ん？　払われへん？

じゃ～、しゃーないな。ウチで一括返済にしたるわ。とりあえず、担保《たんぽ》は店とアンタな。それから、ギルドが支部置くから店使わせてもらうで、&キナちゃんアンタ今から従業員な、骨身を惜しまず働きなはれ。

まずは、給料天引きで借金返済やで。期限は知りまへん。ま、生きてるうちには返せるんとちゃい

まっか～――ってことらしい……。

どういうことか、店の権利がいつの間にかキナになっているし、そして、キナから冒険者ギルドに代わっている。

ついでにいえば、キナがハイデマンって……えぇぇ？　キナとは、家族だけどー血縁関係ないんですが……？

？？？　と、「？」マークを二個も三個も浮かべる俺に、キーファがファサと髪をかき上げながら言う。……いちいちキザだな。

「ま、ここに証文がある以上、誰が何と言おうとこの店はギルドのもの――そして、キナさんも僕のモノさ」

キザったらしく笑うキーファを無視して、羊皮紙を流し見る。字が読めないと侮《あなど》るな。勇者軍の訓練で叩き込まれたわい！　得意じゃないけどなッ。

それにしても……どういうことだ？　冒険者ギルドだと……？　ド田舎、ポート・ナナンに？

しかも、ウチの店の名義が色々弄繰《いじく》り回されてるぞ？　借金の開始は、俺がこの村を経って暫《しばら》くの後《のち》――経営が悪化したのだろうか？　そして、借金は積もりに積もって…誰に借りて誰に返したのかもわからない状態。

発端《ほったん》は、ちょっとした元本《がんぽん》から始まり、利子の返済が遅れて――利子のためにまた借金……おいおい、自転車操業どころの話じゃないぞ。

完全に、どーしよう～もない状況だ。そんでもって、最終的にギルドが出張ってきたってわけか。

商人やら有力者から借りた借金が、ドンドン嵩《かさ》んで……債務整理、と。なるほど、ギルドが借金の一元化と担保を確立——……あ？　んで、なんだこりゃ？

——返済計画ぅぅぅ⁉　なんだよこれ。

チラリと流し見た、借金返済の簡単なスケジュールだが……こんなもん返せるわけないじゃないか——⁉

積もり積もって、王国金貨三千枚って……おいおいおいおいおい。この村中の金を集めてもそんな額ないぞ？

どういうことだ？　この店にそんな価値が——？

いや。いやいやいや、待て待て待て、……——あると言えば……ある。

ジッと俯《うつむ》くキナを見ると、足元に小さな水滴が降り注いでいる——キナ……。

そうか……悠久の時を生きると言われるエルフ——その人を永久雇用しようというのか。

人間よりも遥《はる》かに長く生き、聡明《そうめい》で美しい種族——エルフ。キナがそれだと聞いたことは無いが
……白い肌、美しい容姿、年月を経ても変わらぬ年恰好、——尖った耳。

なるほど……ド田舎で生きる美しきエルフに、こいつか、どいつか、ギルドの誰かが目を付けたということ、か。

王国では、奴隷の所有は禁じられている。そのため、金持ちの下種共は合法的な奴隷として、借金で縛った婦女子を下働きとして雇うことがある。

或《ある》いは、借金の末に破産に追い込み、破産者を作る。彼らは、命以外の一切の権利を債務者に委《ゆだ》ねなければならない。

所謂《いわゆる》金で縛った……合法奴隷だ。この腐った世界では、それがまかり通る。

だからってな……。だからってなあ！　この子は俺の家族のキナだ。

——泣いている……キナが、キナが泣いている。

美しい相貌《そうぼう》に朱《しゅ》が差し、悲しみと恥ずかしさと…悔しさで——泣いている。

大粒の涙が零れ、頬を伝い、顎に溜まり、——床に落ちる。

温かい、そして苦く辛く胸が張り裂けそうな味のする……涙。

泣いている。俺の家族が——泣いている。

第17話「涙の代償」

——泣いている……。

泣いている。家族が泣いている。俺の家族が——泣いている……。

金。金。金。

金のために？

ギルドだかなんだか知らないが、俺の家族を泣かせるとは良い度胸だ。

「わかったら君は、さっさと帰ってくれたまえよ」

ポンポンを肩を叩き俺をサクっと無視すると、キナに歩み寄り——その肩に手を置くと、ポゥと、明るく暖かな光を灯す。

「『癒しの光《ライトヒーリング》』……さ、これで大丈夫」

直接見たわけではないだろうが、キナの痛む箇所を適確に治療して見せるキーファ。この男、剣士かと思ったが……神官系統らしい。上級職にも見えないが、人は見かけによらない。

俺には鑑定系の能力はないので、雰囲気で天職を察するのみだが、キーファの天職は様《よう》として知れない。剣士としても、神官としても能力は高そうだ。

近い存在と言えば勇者小隊のクリスと同じ神殿騎士《パラディン》だろうが、早々いる上級職でもない。どちらかと言えば剣術が使える神官と言ったところか。いわゆる剣士系統は例外を除いて魔法は使えない。

「ん？　まだいたのか？　そういえば……なんだっけ？　キナさんの～大切な人だったかな？　えっと……」

「家族だ」

ジロリと一睨みすると、キーファが馴れ馴れしく置くその手を払いのけてキナを背後に隠す。

「おいおい。何の真似だ？　キナさんはまだ勤務中だし、客でも冒険者でもないなら出て行ってくれないかな？」

それだけいうと、キナの顎についっと触れて、溢れる涙を指で掬《すく》って見せる。

──普通にやればいい男なのだろうが……涙の原因はバズゥとギルド、そしてキーファに起因する……逆効果だ。

「さ、キナさんは仕事に戻って？　いいね」

「は、はい。キー……支部長」

支部長……？　こいつがギルドの偉いサンだと？

支部……──ポート・ナナンのことか？　いや、まさかだな。どうみても、かなりの偉いサンだ。

でなければギルド上層部が作成したらしい証文を、そうそう田舎の支部長ごときが持てるはずがない。つまり、かなりの大物……下手をすれば、王国の支部長かもしれない。

まぁ、だからどうした——と言ったところだがな。

「それと！　お前ら、依頼《クエスト》も受けないで食っちゃ寝してるんじゃゃねぇぞ！……聞けば、キナさんに狼藉《ろうぜき》働いたやつがいるらしいな？」

どこで聞きつけたのか、キナがチンピラ冒険者に絡まれた事実まで知っているようだ。ギルドの長なら耳が早くて当然だが、俺からすればマッチポンプにしか見えない。どうも、キーファはキナの気が引きたいようだ。そんな気配がビンビンと伝わってくる。キナは自分のモノだとか言ってたしな。

男女のそれに詳しいわけではないが、キナの嫌悪感に反して、馴れ馴れしい男を見ているとなんとなくわかる。

それまで成り行きを見守っていた女魔法使いが、媚《こ》びるような目で、

「キ、キーファさぁん～仕事は終わりだよ。もうこんな暗いんだ、仕事帰りの一杯ってやつだよ」

さっきまでの勝気な様子が失せて、へこへこと平身低頭。剣士風の男も追笑《ついしょう》している。

「キナちゃんに絡んだのは、モリとズックですよ……ほら、あのモヒカンデブと痩せハゲの——」

「あー……あのデブとハゲか……」

モリとズックはデブとハゲで通じるようだ……まぁあの見た目じゃな。——つぅかモリって可愛い名前だな、おい。

「そ、そうです……うちらは関係ないです——へへへ」

小物感《こものかん》丸出しの剣士風の男。キーファはそんな小物など知らぬとばかりに、カウンターに入ると——

――奥に設《しつ》らえてある豪華な椅子にドカっと座り、キナが整理したらしい紙束に目を通し始めた。

「バズゥ、ゴメンね。話はあとで……」

キナはオズオズと俺の背後から出ると、カウンターに戻り、手早く酒を作るとキーファに差し出す。キーファは女が見たら、一発で惚《ほ》れそうな爽《さわ》やかな笑みを浮かべて「ありがとう」なんて言ってやがる。歯まで光ったぞ、おい。――すげぇなイケメン。

しかし、キナは顧みることなく、酔客の相手に戻る。キーファも冒険者たちも、騒ぎなど最早《もはや》知らぬとばかりに、ザワザワと喧騒を続けた。

バズゥは完全に無視された格好だ。時折チラっと、キーファが視線を寄越《よこ》す。いかにも、邪魔だ消えろと言わんばかり。

しかし、応じる気はない。ここは俺の家だ。

それに、舐められてたまるか！　勇者小隊にも居場所がなくなり、家に帰っても居場所がなくなる――どんな冗談だ？

エリンは俺を見限り……そして今度は、キナを奪われる。

ふざけるなよ……。

ふ・ざ・け・る・な・よ!!

さっきの証文……あれには、穴がある。この店も、キナも、完全にギルドの支配下に落ちたわけではない。キーファもキナも言ってみれば一時的な雇用関係――借金は未だ返済中なのだ。

証文にはこうある――「借金の返済意思があり、日間の返済額の金貨一枚分を超過する金額の返済があった場合は、返済が行われる限り権利を一時返還するものとする」――と。つまり、借金返済中は、ギルドの権利はキナに戻ってくるというわけだ。完全にギルドから離れるわけではないが、金を払っている限り。この店の権利はキナのもの。返済の一助としてギルドに雇用したが、同時にギルドを設置して……そこの責任者ともしている。

借金の完全返済後はその辺の権利がどうなるかは知らないが、キーファが握っているギルドの権利は、一時返済中はキナに返還される。要は、ギルドに縛り付けて、最終的に返済不可能なまで追い込み、ここに居座ったようだが——そうはいかない。返済計画にある金貨一枚分の返済をすれば、とりあえず一日だけキナがギルドマスターだ。

そして、ギルドの権利も同時に行使可能。売り上げなどは正規の金額を収めることになるが、それ以外のギルドの収入はギルドマスターのキナのものになる。うまく、ギルドを運用していけば借金は返済できるかもしれない。それも従業員ではなくギルドマスターとして、だ。

まぁ、ギルドの運用なんてそう簡単なものではない。依頼《クエスト》の受領に、冒険者への斡旋《あっせん》——と簡単な流れはこうなるが、ギルドの儲《もう》けが発生するのは仲介料のみ。

あとは酒場の売り上げだが、これはまぁ雀の涙だ。結局、一番儲かるのはやはりギルドへの依頼《クエスト》と斡旋、その仲介料収入となる。

例えば銀貨十枚の仕事なら。だいたい二割～三割が仲介料、残りは冒険者となる。が——ここで儲けを大きくしたいなら、歩のいい依頼《クエスト》……それの仲介料を多くとる等の方法がある。

誰でも出来て、安全で簡単な仕事は人気がある。儲けは少ないが初心者向けだと常に安定した依頼《クエスト》と斡旋が可能だ。薬草採取やら、低級の害獣《モンスター》駆除何かがそれにあたる。

そういった依頼《クエスト》を大量に熟《こな》していけば、案外簡単に金は溜まるかもしれない。

ま、その前に乗り越えるべき障害がある。要は借金の一時金の返済だ……。

俺は、店に背を向けると住居部に向かう。我が物顔で店と住居を行来きする俺を、キーファが無茶苦茶睨んでいたが――知らん。

待ってろキナ……。

第18話「やるせない思い」

店舗から住居部へ。さして広くもない酒場だ。進めばすぐに俺達の住居部分へつく。そこを分かつ垂れ幕をめくると、内部は店舗と違い、闇に沈んでいた。囲炉裏に残る炭の火がチロチロと見えるが、光源にはなり得ない。

そこで、スキル『夜目《キャッツアイ》』の発動。

このスキル――言わずともわかるだろう。山で長期間過ごす猟師ならではの、闇を見通す目だ。とはいえ、真昼の様に見えるわけではない。こればかりは、天職レベルＭＡＸでも仕方ないだろう。それでも、明るさには不自由しない。色が抜け落ちたような景色は、緑を基調としてモノクロに世界を映す。だが、行動には全く支障がない。サッと靴を脱ぎ、土間から板床へ上がると、戦場にいるがごとく足音静かに進む。妙に耳の残るギシギシという板床が無粋な音を立てた。

特に足音を潜《ひそ》める必要もないのだが……まぁ、もう癖だなこれは。

探すでもなく、一直線に進む。そして目当てのものは……あった。旅荷物だ。大きな背嚢は勇者軍の支給品で、沢山のポケットと、頑丈な生地に防水性抜群――と中々に性能が高いが、別に特別なものではない。他に、異次元収納のアイテムボックスなんてのもあるが、高価な代物で――俺には型落ち品しか配給されなかった。

あれはあれで色々面倒なので、俺は普段使いのモノは背嚢に入れる派だ。いちいち水筒やら財布やらをアイテムボックスに入れる奴の気が知れん――とはバズゥ談。

さて、と。……ん――あった。

ズシリと重い革袋。ジャリジャリと立てる音は、澄んでいるがどこか下品だ。それだけを手に、再び引き返す。おっと、『夜目《キャッツアイ》』解除っと。

再度酒場に姿を見せると、その様子に、一瞬シンと静まり返るが――俺を無視してまた喧騒が戻った。俺の姿を見たキナが、ホッと胸を撫でおろしているのが分かる。彼女は、不自由な足を引き摺り、マメマメしく働いていた。酔客のわけのわからない注文にも愛想よく接し、精一杯の速さで運んでいる。傍から見れば――手伝えよ！　と思うだろ？　彼女はそういった気遣いを嫌う。病人のように扱われるのが嫌だというのだ。だから、旅立つときにはこの店を任せたし、――家にいる間も彼女が水を汲むと言えば、黙って任せるに徹した。足は不自由だが、働けないわけではないというのが彼女の言い分だ。

実際は――役立たずとして、置き捨てられるのが怖いのではと、俺は考えている。先代勇者に置き去りにされたのは、彼女に深い傷を残しているのだろう。まったく、酷い話だ。……姪を――置いてきた俺が言えた話じゃないが……。

ぬ？　ぬぬぬ……ぬぅー……とすれば、先代勇者にも事情があったのかもね……クソ野郎なことに変わりはないがな。

唸《うな》りつつも、並居る冒険者や酔客の間をスイスイとかき分けるように進み、キナの傍《かたわ》らに立つ。目を合わせると、軽く微笑む。視線の先には、どこか不安そうなキナの顔。

――大丈夫。頭に軽く手を置き、頷く。それだけで事情を察したのか、彼女は驚いた顔で俺を止めようとする。

「バズゥだめ！」

――いいんだよ。カウンターにズカズカ入ると、ほろ酔い顔のキーファの前に立つ。

「なにかな？」

店に戻った時からずっと俺の動きを追っていたのだろう。チラとも目を離さず、じっと俺の顔を注視している。

「受け取れ」

ポンと投げる革袋。慌てた様子もなく、軽く片手でキャッチして見せるキーファ。しかし、見た目より重いその袋に一瞬だけ顔を顰める。『猟師』でしかない俺が軽く投げるものだから、中身がスッカスカだと思っていたようだ。

ジャリンと立てる音に、怪訝《けげん》な顔をする。

「これは？」

クイっと顎でしゃくってやると、キーファは渋々《しぶしぶ》と言った感じで、袋の紐を解き中身を検《あらた》める。最初は無表情、次に驚愕《きょうがく》、そして赤い顔をして、最後に真っ青になる――。

「何だこの金は！」

ドンと革袋をカウンターに叩きつけると、ジャリンと中身が一部零れる。キィン、チンチリン――と澄んだ音を立てて転がるそれに、金にがめつい冒険者の視線が集まる。途端に、シンと静まり返る店内。キナだけはオロオロとし、ギュッときつく瞑目する。

「き、金貨だ、ぜ」

乾いた声を出したのは、またアイツ。剣士風の男。澄んだ音を立てたそれは、今燦然《さんぜん》と床で輝いていて、それを無遠慮に拾い上げようと手を伸ばす。落ちた金貨は数枚程度だが……彼らの稼ぎの何倍もの価値がある。ゴクリと喉を鳴らし、油断ならぬ目つきで牽制し合う冒険者たち。すーっと何気ない動作で拾い上げようとした剣士風の男が――。

「ギャアアァァァァ!」

鋭い悲鳴があがり、男が手を抑えて飛び上がる。見ればキーファの剣がざっくりと地面に突き立ち、剣士風の男の手のひらを突き破り――裂け千切っていた。

人差し指と中指の間が酷く広がり、歪《いびつ》な手となったそれは、ダラダラと血を滴《したた》らせる。慌てて女魔法使いが『魔法の癒し《アースヒーリング》』を唱え男の手を応急処置する。だが、チャチなヒーリング程度では傷口を塞ぐのがやっとだろう。結構な時間をかけて治療魔法をかけなければならない。

うぅぅと、脂汗を流しながら痛みを堪える剣士風の男を尻目に、キーファが冒険者達をギロリと睨み、

「今度、勝手に触ったら手では済ませんぞ」

と、凄みを利かせる。そーっと手を伸ばしていた盗賊《シーフ》風の小男が「ヒッ」と声を漏らして慌てて引き下がった。そして、睨みを利かせて黙らせた後、キーファが俺にゆっくりと向き直る。

「何のつもりだい? こんな金……どうしろと?」

「借金の返済だ……」

ケッと、吐き捨てるように俺は宣った。

第19話「一時金」

――借金の返済――……もちろん、王国金貨三千枚なんて馬鹿げた額をホイホイ払えるはずがない。だが、全額返済は無理でも、一部の返済はできる。サッと証文に目を通した結果、キナに支払われる給金は日当が王国銀貨換算で一枚。――なるほど……破格だ。そのうえ、従業員として働いている間は、利子の増加はない（利息が消えるわけではない）。要は、元本に掛かる利子だけ払えばよい。すなわち、債務整理時の金貨二千五百枚時点の利息のみでいいということだ。これが、二千五百枚分の利子、……～からの二千六百枚分の利子、……～からの二千七百五十枚分の利子、……～からの三千枚分の利子――と、その分の利子が発生していたら、利息だけで王国軍が買えるだけの額に膨れ上がる。それをなしにしてやる――という、一応その辺は救済措置、ということらしいが。金貨二千五百枚分の利子だって莫大《ばくだい》な額だ……。

具体的に言えば、――大分オマケしてあるが……一日当たり王国金貨一枚。ッて、一日で金貨一枚……バカですか⁉

呆れる程バカげた話だがそれでも、何とかしてやると言わんばかりに、キナの給金には色が付くということらしい。ギルドの仕事をこなし、働きに応じて歩合《ぶあい》の賃金が別に支払われるという。ま、これだけ聞けばかなりの好条件だ。だが当然のこと、しっかりと借金の返済は盛り込まれている。証文にもきっちりかっちりと、借金の返済額は一日あたり王国銀貨換算で十枚の返済を求めると……要は金貨一枚分だ。………うん、――アホか⁉　と。もっぺん言う。アホか⁉

つまり、キナが歩合の賃金なしに働いたならば、毎日借金は増えていく寸法……銀貨一枚の返済をして九枚の借金を背負う……？　およそ、金貨一枚はかわらない。毎日金貨一枚相当の借金が増えるということ。うん、はっきり言って無理。何度でもいうが、普通にやっていては無理⁉　そこに酒場の維持費に自分の食費などの生活費……さらにギルドの経営と――どう考えても、借金返済の目処など立とうはずがない。これは巧妙でも何でもなく、バカの書いた借金返済計画だ。こんな契約しているキナも……どうかと思うが、これ以外に条件がなかったのだろう。だが、救済とは程遠い。利息の雪だるま式の増加はないとは言え……一番最初に結んだ契約段階の借金は生きているということ。これが利息ありきだったら、借金額は天文学的数字に上るのだから……まだマシと言えるのかもしれない。

まぁ……、キナもそのあたりを付けこまれた可能性がある。一応、返済の金額やら細かい帳簿《ちょうぼ》なんかが付いていたので確認すれば、キナはキナなりに頑張っていたらしい。歩合の賃金で、時には半分程度の銀貨五枚を返していた形跡も見られる。――が、それでも日々借金は膨らんでいく。金貨三千枚程度で済んでいるのもまだマシなのかもしれない。ギルドが債務整理した時点で、金貨二千五百枚ほどの借金……なるほど――ここまでの時点で、元の債務者からの借金が雪だるま式に増えていたようだ。こんな村じゃどうやっても金貨二千五百枚もの財産は出てこない。おそらく、最初は針の穴程度の小さな借金だったのだろう。例えば金貨十枚――それが、暴利やら金利やら利子が嵩みに嵩んで気付けば、あら不思議。――キナちゃん借金まみれ……って感じか？　ん～と、最初の債務者は……

ポート・ナナン漁労組合……なるほど、漁師どもの組合か。それほど暴利ではないが、安くもない。
ただ金貸しとしては比較的良心的だ。……比較的ね。金利も、まぁトイチ程度……すぐに返せば——
うん、無理。

　で、だ。よく見れば、その金利の一部を返すために、隣町の金貸しやら、得体のしれない貿易商にまで金を借りている。そんでもって冒険者ギルドっと……ここで、初めてキナの名前がキナ・ハイデマンになっている。まぁ、身元のハッキリしない人間にギルドは金を貸さない。何らかの身分を証明する必要があるだろう。それで、どっかの誰かが入れ知恵をしてキナの身分を確定した——まぁ、村の長老あたりが追認すれば、ハイデマンの姓を名乗ることもできる。結婚だとか、養子縁組——ん、色々手段はある。その辺の戸籍やらなんやらは教会の管轄だ。教会請負制度というやつで、王国が言うには、教区の信徒の数を掌握するためらしいけど、——教会としては色々な宗派・信仰のある者をゴチャッと管理しろと言われても困るだろう。実際、そのせいで宗教宗派が有耶無耶《うやむや》になりつつあるとか……。

　いや、それはどうでもいい。ともかく、身元がはっきりしたと同時に、——元々姉貴が死んで以来、有耶無耶になっていた酒場の名義はキナが望むと望まざるを得ないまま、名実ともに店の主になった？（なってしまった？）そしてキナは、ギルドに債務整理されて、合法奴隷モドキに成り下がったと——ま、そんなこんなで、借金少女キナちゃんは爆誕したわけで～す！……って、ざっけんなよ、おぃ!!

　キナに対して全く含みがないわけじゃないが、どいつもこいつも搾取することしか考えていない。
借金の原因はよく知らないが、少女を騙《だま》くらかして食い物にしようとしている銭ゲバどもの構図が明《あ》け透けに見える。どこのどいつが一番悪いのか知らないが、今のところ冒険者ギルドが一番悪い気がする。もしかすると、哀れな少女を救済する意図があるのかもしれないが——俺からすれば知ったことではない。店は俺たち家族の物だし。キナは、ギルドの所有物ではない……家族だ!!

いいだろう。いいだろう。いいだろう。いーだろぅぅ!

キナ・ハイデマンか、——上等だ。端っからそうしていればよかった。キナは家族……ハイデマン家のキナだ。家族を守るためなら、最前線にでも行った俺。例え今は負け犬でも、目の前で家族が蹂躙されそうになるなら、ギルドだろうが、モリとズックだろうが、支部長のキーファだか知らないが、——纏めて相手してやらぁ! あ、でも覇王軍は……ちょっと勘弁。めっちゃ怖いねん……あの軍隊。あれは、もはや天災です。一般人じゃどうにもならん——。

ともあれ、別に殴り合いの喧嘩をするわけじゃない。連合軍での教育と訓練、前線での命のやり取り、後方支援と徴発《ちょうはつ》……そして、生き馬の目を抜くような酒保商人とのやり取り。はたまた占領地での軍政補助——何でもやったし、やらされた。そうしないと生き残れなかったし、居場所がなかった。最後には自らリタイヤしたとはいえ、可愛い姪のため命を削って骨身を惜しまず働いた経験は今も俺の中に生きている。だから、肉弾戦じゃない方法、例えば今回のような銭ゲバどもの頭脳戦だってそう簡単に負ける気はしない。俺を殴り合いしかできない脳筋といっしょにするなよ。金で喧嘩を売られたら金で買ってやろうじゃないか。俺が短絡的にキーファをぶっ殺すとかすると思うか? 世間は甘くない。犯罪を見逃されるほど社会が優しいとも思っていない。だから、合法的に戦ってやろうじゃないか。

支部長?——ジャリが粋がるな!

ギルド？――いい度胸だ！

借金？――上等さ！

金貨三千枚？――むぅ……ま、まぁ――まずはキナを開放する。それが第一だ。証文通りにいけばとりあえず、一時金でひとまず解決する。それにやりようもある。キナの肩書は、当ギルド――冒険者ギルド＝ポート・ナナン支部『キナの店』のギルドマスター、ってことになる。ならばやることは一つ。一時金を払ってみせる。そして、借金返済の意思があるなら、――返済が行われる限り権利を返還するものとする……ってことだろ？　権利の返済として、支部長の監督下からキナが自分で自分を一時的に買い直せるということ。ま、一時的に、ね。それでも、従業員から一気に大出世。払えないと高をくくっていたんだろうが、な。これで文句ないだろ？　だからよぉ、権利を返還してもらうぜ！

ほら、お望みの金だ。目ん玉かっぽじってよぉく見やがれ！

第20話「それが家族というもの」

大金の詰まった革袋を間に挟んで睨み合う二人の男。ジッと動かない俺とそれを睨み付けるキーファ。

……オロオロするキナ。

ふと、空気が弛緩《しかん》しキーファが動く。

「いいだろう。確認するぞ」

クイっと顎でしゃくると、冒険者が慌てて散らばった金貨を拾い、革袋に戻す。それをチラとも確認せず、キーファが革袋を逆さにする。

ジャリンジャリンキリイリリイイィィンン——と、かなりの量の金貨と銀貨がカウンターにぶちまけられる。いくつかが楽し気に踊り、クルクルと回転して互いにぶつかり合うと澄んだ音を立てた。

「ふむ……王国金貨に銀貨。……それと連合金貨と銀貨もあるな」

ピンピンと、指で金貨と銀貨に選別。連合貨幣は触れたくもないとばかり、一緒くたにして革袋に放り込んでいく。おぅふ、連合貨幣……人気なさ過ぎ。実際——混ぜ物が多くて、しっかりとした両替商でもなければレートが分からないのだから、仕方がないだろう。彼らでさえ、この貨幣を扱うのを嫌がる。見た目は同じで、中身が別物なのだから当然だ。一々全部調べるのもかなりの手間だという。酷いものでは、金貨に見せかけた別の鉱物だったりするとか——世界中の国々で、てんでバラバラに貨幣を作ればそうなるだろう。統一の造幣局ではなく、国々が自分の国の貨幣を作る片手間に共通貨幣として作っているのだが……国によって、制度も精度も適当らしい。

で、だ。キーファが選別した貨幣の数。王国金貨四十三枚。王国銀貨百三十八枚。連合貨幣——ゴミ箱（皮袋行き）だ。

キーファは、指でカウンターをトントンしながら言う。

「ふむ……占めてこれだけだな。借金の全額返済には程遠いようだが？」

ニチャっとした厭らしい笑みを浮かべる。そんなことは、とうに分かっている。

「一時金だ。残りはきっちり返す——それでいいだろ」

ふむ、と顎に手を当てる。その所作がなかなか様になっている。ただのイケメン支部長ではない。もしかして爵位持ちのご貴族様かもな……エルランを思い出すぜッ。

「一時金ねぇ、まぁ、銀貨と金貨あわせて、五十六日といったところかい？　それでいいのか？」

トントントン……と指がカウンター上で踊る。

「あぁ、十分だ」

トントントン、

「ふん。いいだろうと言いたいが……ギルドではね――」

トントントン、

「身元の不確かな者からの借金は受け付けていない。……むろん返済もね」

トントントントントン、

「身元が不確か？　俺がか？」

ト～ント～ン、

「そうだ？　他人が何の義理でこの子の借金を返そうとするのか……ま、理由は想像がつくけどね」

ト～ント～ント～ンと、指でカウンターを叩きつつ、空いた手でキナの顎に馴れ馴れしく触れると、ご婦人が腰砕けになりそうな甘い笑顔を浮かべる。――ケッ！

「そうだ。キナが理由だ。文句あるか？」

金さえ払えば、キナの監視とギルド経営の監督に、わざわざ支部長が出張ってくる理由はなくなる。とっとと御帰り願いたいもんだ。

「ふむ、あると言えばあるし、ないと言えばない」

ト～ント～ント～ン、

「だが、君は他人だろう？　ギルド員でも登録者でもない様だしな。――こんな大金をどうやって手に入れたか知らないが……」

　ト～ントト～ン、

「その服装を見るに、退役軍人かな？　どこの国…………ッ⁉　それ……ッ⁉　勇者軍の制服？」

　トトトトトトトトトン、

「お前……一体？」

　ボロボロで色も変わってしまっているが、れっきとした勇者軍の正式な軍服。ついでに言えば、徽《き》章《しょう》を見れば勇者小隊だと分かる者は分かる。

「俺はこの子の家族――」

　トトトトトトトトトトン、

「バズゥ・ハイデマンだ」

　トン――……。

　そこでキーファの指が止まる。

「……なんだと…………？」

…………。

「バズゥ……ハイデマン？」

　フンと、俺が鼻を鳴らすと、

「勇者エリンの……叔父の……バズゥ・ハイデマン……」

　カリカリカリ、

「この酒場の『元』主で……勇者軍特別編成の精鋭、勇者小隊のバズゥ・ハイデマン……か？」

腐ってもギルドの支部長。耳は早く情報もしっかりと持っているようだ。まぁ、少し間違っているがな。

「元、主じゃない。――今も昔もココの主だ。そして、『元』勇者小隊のバズゥ・ハイデマンだ」

カリカリカリ、と今度は爪を立て始めるキーファ。

「嘘だろう⁉ バズゥ氏はシナイ島戦線で負傷したはず、そんなにすぐに回復して、ましてや戦争中に帰ってくるなんて出来るもんかッ」

ガリリリリ‼ 終《しま》いには、自らの爪を剥がさんばかりに突き立てる。

むぅ……ほんとのことを言うと、ちょっとバツが悪いな。実際、事実は事実なのだが……まさか、小隊長のエルランから正式に除籍されて帰ってきたなんて早々言えたもんじゃない。

「嘘も何も、俺はバズゥ・ハイデマンだ」

何度もキナがそう呼んでいただろうに……興味がなければ記憶にも残らない、ってか？ ケッ……ふざけた野郎だ。おらよ！ と、ポイっとばかりに軍隊手帳を渡してやる。そこには、人物証明欄にでっかく「名誉除隊」‼ っていうスタンプが押されているが、勇者小隊の正式なものだ。寄せ集めの連合軍ならいざ知らず。勇者軍、そして勇者小隊の身分証は早々に偽造できるものじゃない。詳しくは知らないが、かなり魔法的ななにやらがほにゃららされているらしい。詳細？ 知らんよ。

キーファが、ガシっと手帳を掴んで確認している。その目が、小さな手帳の文字やら番号やら印鑑やらサインやらを追っていく。こんな小さな手帳でも、記載された認識番号に、名前、部隊歴、連合軍の上級大将の略式職印もきっちり入っている。それに名誉除隊とは言え、一応は予備役扱い。完全に軍籍から抹消されたわけではない。場合によっては再招集もあるかもしれないが……まぁ、今はない、か。俺みたいな足手まといが、前線くんだりまで再び呼び戻されるなら――それは最早、戦争の末期状態だと思う。

キーファはと言えば、ガリガリと爪でカウンターを引掻きつつ、名前も職印も全て本物だと見抜いたのか。プルプル震えている。そして、映りの悪い魔道撮影機で撮られた顔写真――ちょっと映りが悪いからあんまし見てほしくないが――と、俺を見比べ始めた。

「なななななななな………」

ガリン！　と、爪が折れ曲がらんばかりにカウンターを削る。……痛くねぇのか？

「……本物だ、と⁉」

まさに驚愕といった表情。

「これでいいか？　さっさと金を持っていけ！　ついでにその汚いケツを捲って帰って愛人に磨いてもらえや」

ガリリリリリ‼　おいおいおいおい、爪爪爪ぇぇ……カウンター傷だらけにすんなよ……。

「く！……いや待て！　キナさんとお前は他人！　そうだろ⁉　部外者の金も早々とギルドは受け付けんぞ‼」

……部外者？　スッとキナの背後に回ると、肩を抱くように包み込んだ。いい匂いがする……。

「バズゥ？」

オロオロしていたキナが、戸惑った目で俺を見上げる。心なしか目が潤んでいる。

……だから、顔を赤くするなよ！――照れるわ……。

「この子は、」

「お、お前！　キナさんから離れ――」

「キナ・ハイデマン――俺の家族だ」

「――ぐぅぅぅ……!!」

第21話「現行犯は私人逮捕ができます」

キナは家族だ――と、すっごいカッコつけて言ってしまった。ヤバイ、今更ながら恥ずかしい。すっげぇ見られてるし……。

キナはキナで……感極まった顔で涙を溜めていた。――バズゥぅぅ……とか言って顔を赤くする。だ～か～ら止めてって！……こっちも恥ずかしいわ！

ギルドは、店とキナを手に入れるために戸籍を正式に取らせたようだが、それが裏目に出たな。こっちは別に卑怯な手を使ったわけではない。そこにある物を活用しただけだ。臨機応変、創意工夫は戦場で生き残る知恵――そして奥義だ。腐っても勇者小隊所属の斥候《スカウト》、『猟師』のバズゥだ――……、いや元所属か。

「くそ!!　イイだろう！　金は持っていく！　だがな!?　借金はまだまだあるんだぞ！　五十六日後は、また借金返済の日々だ！」

ジャラララと金を集めると、自前の袋に移し替える。けっ……帰れ帰れ！

っと……。

「おぅ、待てゴラ……」

ガシリとキーファの腕を掴み、凄みを利かせて睨む。お得意の『――命を頂く』だ。勇者小隊やら、覇王軍にはち～～っとも効かないが、田舎の支部長ぐらいどってことない。上級職かもしれないが、こっちはこれでも天職レベルＭＡＸ。少々齧《かじ》っただけの上級職なら、効かぬ道理はない。

「うぐ……なななんだ！」

それでも、キーファもできる奴なのだろう。冷や汗にとどまり、剣を拾い上げ柄に手を掛けるだけの余裕はあるようだ。

「銀貨八枚」

………。

「はぁ？」

ボケっとした顔のキーファ――。

フッ……。

……――!!

「キナの借金五十六日分――金貨四十三枚と銀貨百三十枚だろうが……ボォケェ!!」

ゴキシッ!!――と、頭突きを顔面にブチかます。

泥棒の現行犯だ。ふん、俺は悪くない。謝罪も後悔もしません！

「ゲブ！　ぅ、ぐがぁぁ……！　ぎ、ぎっざま～……」

ダラダラと鼻血が溢れる間抜け面。イケメンが台無しだな、おい。

「ご、ごんなごとじでだだでずむどおもっでんのが……！」

ギギギギギギ……と歯ぎしりするキーファ。何言ってんのか、わかんな～い。スッとバズゥから体を離すキナ。

ヒョコヒョコとキーファに近づくと——って、キナちゃぁん？　こんな奴にハンカチ貸さんでいいのよ～。

天使のようなキナは、キーファにハンカチを差し出す。涙目でイケメンスマイルを決めているが……鼻血まみれでは効果半減っていうか、普通に不細工だ。

「ぐぅぅ……ギ、ギナざんにめんじでぎょうのどごろばゆるじでやる！」

あ～はいはい。衛士に言うなり好きにしろや。冒険者どもが目撃者として役に立つかどうかは知らないが、少なくとも、余分に金を持っていこうとしたのはキーファだ。銀貨八枚とは言え、大金と言えば大金でもある。泥棒は泥棒です。殴る必要もないが、殴ってもダメなわけではない。そんなに平和な国でもご時世でもない。泥棒を捕まえれば、私刑《リンチ》なんて当たり前。一応それらを禁じるとはされているが、それ以上に財産と権利を守る法律の方が上位にあるのだから、目を瞑《つぶ》られている所が多々ある。法の整備も意外といい加減なものだ。だからこそ、キナも付けこまれ借金少女に変身しちゃったわけだが……。

にしても、戸籍まで無理矢理作るとは手が込んでいやがる。

「くそ！」と、鼻を押さえたまま、へっぴり腰でキーファが酒場を出ていく。その前に、

「お前ら行ぐぞ‼」

と、酒場の冒険者どもに声を掛けている。あーやっぱり、手下どもか……こんな田舎に、早々冒険者を必要とする依頼《クエスト》なんてない。だって、みんな貧乏ですもの～……大抵のことは自分で何とかしちゃうもんです。

ゾロゾロと冒険者がキーファを追って、出ていく。何人かは行儀悪く「ペッ」っと唾を吐くが——ゴン‼　すかさず、唾を吐くなと、殴る。……天誅じゃ。と、ばかりお行儀の悪い数名を殴ったり蹴とばして、追い払ってやった。

これで空っぽになるかと思いきや……、あ⁉　何人か残ってやがる。

「あんだ、お前ら？」

ジロっと一睨み。あ、あの女魔法使いも居やがる。剣士風の奴も……あと何人かと一緒に。

「ん〜？　酒場でギルドでしょ、ここ？　冒険者がいて何かおかしいかしらぁ？」

飄々《ひょうひょう》とした雰囲気そのまま。キーファにヘコヘコしていた姿とは思えない。

「いや、一緒に出て行けよ」

俺は面倒くさそうに言うが、

「べっつに、俺らキーファさんの手下じゃないし」

剣士風の男は酒をチビチビ飲みながら宣う。なるほど……全部が全部キーファの手下というわけでもないということか。それにしても、支部長に睨まれて良いことは無いと思うがね。

「キーファに目を付けられるぞ」

ど〜でもい〜、とばかりに女魔法使いが「ん〜」とか言って背伸びする。よく見ればキョヌーだ。

……素晴らしい。——バズゥ！　とキナが何故かほっぺを膨らませる。ん？　なんか悪いことしたっけ。

まぁいい。

「好きにしろ。あ、ちゃんとお代は払えよ」

と、無銭飲食はさせない。

ッ！　しまった……キーファの手下どものお代貰ってない……くっそ！

「へ～へ～、払いますよ～」

ぐでーとテーブルに突っ伏し、皿に乗っているツマミをその赤い舌でペロペロと舐める。う～む、行儀が悪い……＆——なんかエロいぜ……——バズゥ!!

って、キナちゃぁん？　さっきから何よ……！　プリプリと怒ったような顔のキナ。赤くなったり、怒ったり忙しい子だね。っと、それより——。

「キナ。……話がある」

ビクっと震えるキナ。キュッと目を瞑るものだから、どこか小動物染みていて保護欲を掻き立てられる。だが、聞かねばならないだろう。こうなったことの経緯を。

「うん……わかった……」

ポツリと零すキナは、既に心を決めている。顔は青いが、もはや隠し事ができる段階でないことは承知しているのだろう。ただ、店が終わってからという約束だけはした。なんとなく事情を知ってそうな冒険者連中が、興味深そうに見ていたが——無視。

……お前らはハヨ帰れ。

第22話「借金少女キナ」

コトコトコトと、目の前の囲炉裏の上で、鍋が耳に心地良い音を立てている。粗末な座布団に腰かけた俺とキナは囲炉裏を挟んで向かい合う。光源は古びたランプの絞《しぼ》った灯《あか》りと、囲炉裏で踊る炭火のみ。室内には、灰と油の香りが漂っていた。

ゴォォ～。

ガァァ～。

グゥゥ～。

プゥ～～……――臭っ！　と、何やら店の方で盛大な鼾《いびき》やら欠伸《あくび》やら、……が聞こえてくる。あの冒険者どものうち、何人かは帰ったが……何人かは閉店後も残っていやがる。寝心地も悪いだろうに、まったく……。

チラッと窺《うかが》えば、おーおーすげぇなおい。せっまいテーブルとイスでゴロンと寝てるし……女魔法使いは、ケツをポリポリ掻きながらテーブルの上でグタ～っと仰向けで眠るもんだから、ローブの間から素足が見えて――素晴らしい！　オパイは重力に従ってちょっと潰れているが、若い張りのあるソレは、主張してやまない……我ここに在り！　と。――素晴らしい！

というのは、さて置き。（あとでじっくり）――キナが言うには、冒険者ギルドは二十四時間営業。酒場が閉店しても、ギルドとしては開けておく必要があるとかないとか？　まぁ、朝っぱらや深夜に依頼《クエスト》も何もないので、ほぼ酒場の営業時間以外は開店休業状態。宿なしの貧乏冒険者が寝床に使うくらいだ。

一応、冒険者なら使用は認められるということらしい。あとは依頼人だとか、ギルド員に役人なんかも使用可能だが……宿泊施設もない、――ただの酒場で寝ようなんてのは酔客か貧乏な宿無しくらいなもの。キーファでさえ、教会の宿泊施設を借りていたらしい。酒場に住居部はあるが、当然キナ専用。故に泊まる場所と言えば店舗しかなく……貧乏人どもはそこで寝るわけだ。で、今はあの有様《ありさま》と──。

そう言えば、いやがらせをする冒険者もいて、寝ているキナを起こしてまで態々依頼《クエスト》の受注をしたり、完了後の換金を要求する者もいたんだとか。時々キーファがそれを諫《いさ》めていたらしいが、──キナ曰く、今思えば、どれもこれもキーファの手下冒険者だったらしい。やっぱりキーファの野郎……『マッチポンプ式、好感度アップ作戦』をしてやがったな？　「お前は、子供か！」と言いたい。キナが好きなら普通にアプローチすればいいものを……せっかくのイケメンが台無しだ。

っと、キーファのことはどうでもいい。

「で……どうしてこうなったんだ？」

バズゥは疑問だらけだ。勇者小隊の給与は高い。さらにエリンの給与はもっと高い。それらの金は酒保での飲み食いや、装備品の修理に買い替え以外に使う宛《あ》てもなかった。だから、定期的に送金していた。

ちなみに官給品以外は基本自前だ。エリンの装備はともかく、俺の装備は官給品もあれば、元からの私物や私費購入したものも多い。そうでなければ生き残れないし、ケチる物でもない。

お金は使ってナンボだ。軍に同道する酒保商人に、流れの鍛冶屋、娼婦とかね。意外や意外──前線でも結構金を使う場面は多い。軍も積極的にそれらの同道を奨励《しょうれい》していた。なんでもかんでも軍でやるとその統制だけで手いっぱいになるから、というのが理由らしいが、俺的には防諜《ぼうちょう》面が危ういと思っている。実際、結構な頻度で情報も漏れていたんじゃないだろうか。

ま、今となっては関係ないことだが……。

「ん……その、お店、なんだけど」

ポツリポツリと話すキナ。俯きがちの顔はイマイチ表情が読めない。そのため、儚げな印象がより一層強くなる。触れていないと溶けて消えてしまいそうな危うさ。思わず伸ばし、抱きしめそうになる手を抑える――。

「結構前になるんだけど……お店の資金繰りが、その……」

話す合間に、キナが鍋の中身を器に移して俺に渡した。じっくりと煮込まれた、不食芋から作ったというゼラチン質の何かだ。――姉貴の発明らしいが……それは、魚醤と出汁をよく吸っていて色がとても濃い。そこに芥子《からし》をチョンと、小皿に擦り付け渡してくれる。陶器製のコップには、少し強めの濁酒が注がれていた。

酒とツマミと囲炉裏の灯りとキナ――とてもいい空間なのだが、話の内容は重い。語る内容は、どこにでもある借金まみれのお話だった。

バズゥ達が旅立ってから一年ほどは、なんとかキナ一人で遣《や》り繰りしていた。無理に店を続ける必要はないだけのお金がキナの手元にはあった。これは、バズゥとエリンの身請け金ともいえる――残された家族のために支給される特別配当の一時金。それらは破格ともいえる額で、贅沢をしなければそこそこに暮らしていけるだけの額だった。普通の強制徴兵なら精々金一封程度だろうが（それでも出るだけマシ）、なんといっても『勇者』とその親族の身請け金だ……安いはずもない。とは言え、豪邸が買えるだけの額でもなく、なんとも中途半端な金額。だが、キナ一人が慎ましやかに暮らすだけなら十分すぎる額でもある。

それらのお金は軍に入隊する前にエリンやバズゥなどが一切手を付けず、置いていった。故に決して、貧しくはなかったのだが……キナは足が不自由だ。そのため店の経営は酷く苦労したらしい。見かねた村人が手伝ってはくれたが、彼らは彼らで仕事がある。それに手伝いといってもタダではない。

それでもキナは店を閉めなかった。

徐々に、体に負担となる仕事——だったが、なんとか頑張って酒場を続けようとする。だが、やはりというか、それまでの無理が祟《たた》り体調を崩したキナは、やむなく人を雇うことにした。

それが過ちだったと……。

純朴そうな青年は、漁労組合からの紹介でキナの店に来た。流れ者らしいが、働きは確かだと組合の太鼓判《たいこばん》付。求人を出しても、なかなか人が来なかったこともあり、キナは彼を雇うことにした。しばらくは、彼の働きもあり比較的楽に酒場の経営ができたという。だが、寂れた村の酒場の資金がなぜ続くのか彼は不思議がったらしい。そこで、勇者エリンの話、その叔父バズゥの話……二人の軍隊への入隊時に支払われた、支度金としての結構な額の一時金——つまり大金の話をした。してしまった。

キナは純粋過ぎて人を疑うことを知らない。だから、優しく、真面目で頼りがいのある青年のことを、心から信頼していたのだろう。……だが、人は簡単に裏切る。

数日後、青年の姿はなかった。書置き一つなく、お金も——なかった……。

それでも、キナは何か事情があったのかと、彼を待ち続けた。すぐに漁労組合なり衛士に通報すれば良かったのだろうが、それをしなかった。在り合わせのモノで何とか経営を続けていたキナだが、おかしな様子に気付いたオヤッサンが青年の事を尋《たず》ねて漸《ようや》く発覚。その頃には青年の行方など跡形もなかったという……。

まったく馬鹿げた話だ。

……それにしても、ふざけたガキだな。見つけたらぶち殺す。五回くらい地獄を見せてから、十回くらい殺してやる！　と、俺は心に決めた。何より腹が立つのが、キナが未だにその青年を信じている節《ふし》があることだ。お人好しにもほどがある。キナは天使かもしれないが、人はたいてい屑《くず》野郎なんだよ。

キナは自分を物差しにして考える。だがそのやり方……そりゃダメだ。彼女の考えで行くと、キナの周りには天使しかいなくなる。――ありえないな。ったく……。

目に涙を溜めて語るキナ。囲炉裏越しに頭を撫でてやったが、それが余計に彼女を苛んだようだ。ポロポロと涙をこぼしながら、そこからの苦労話をする。結局金は戻らず、元々の資金すら失ったキナは、漁労組合に相談。格安の金利で、一時金相当を貸してくれたという。王国金貨で十枚。たしかに、エリンと俺が置いていった金に近い額だが……そんな額が、即金で酒場の経営に必要か？　聞いていた俺はそう思ったが、当時のキナは信用して借りたらしい。

漁労組合の方でも、青年の事情はこちらにも落ち度があると言うのだから、信用しないわけにもいかない。そういわれてしまえば、消えた金をそっくり貸してくれたのは――キナとしては償《つぐな》いに感じられたという。だが、低金利とはいえ、借金は借金。しかも王国金貨十枚相当の金利だ……寂れた酒場の売り上げで返せるものではない。

結局、使いもしない金貨の金利だけが嵩んでいく。最初は、なんとか支払えはしたものの。青息吐息。キナも途中で気付き元金を返そうと思ったのだが、その頃には元金に手を付けて利息を払っている状態。もはや手遅れであった。

そして、遅れがちになる利息の返済に、最初の頃は笑って許してくれた漁労組合も段々苛立ちを募《つの》らせてきた。時には借金取りまがいのことまでされ、家財を奪われることもあったという。終いには、体の要求まであったというのだから——もはや救いがない。さすがにそれは固辞していたが、段々断り切れなくなり始めた。

「ブッ殺《ころ》ですな……叔父さん激おこ」

そこまで聞いた時点で俺が立ち上がり、鉈と銃を準備し始めたものだから——キナが慌てて止める。体に縋《すが》りつき、止めて止めて！　と懇願されては仕方ない……今はな。

ちっ……漁労組合ぶっ潰す。と、密かに心に使う俺は、フンスと鼻息荒く再び話をきく。

キナ曰く、漁労組合と仲が悪くなれば、主な客である漁師たちの足も遠のく。実際、負の連鎖と言わんばかりに、経営は悪化。もはや元本の返済どころではなくなり、利子の返済に追われる日々。不自由な体を酷使して、頼れる伝手《つて》をあたるが上手くいかない。村では、酒場やハイデマンさん家《チ》のキナで通じるが……もともと出自もよくわからないキナ。言ってみれば存在しない人間。元流れ者のハイデマン家に住み着いた、新しい流れ者……戸籍だってあるのかどうか。

浅慮で無学だったかつてのハイデマン家。今は多少なりとも有名だし、訓練を経て教育も積んだが、それまではまともな教育など受けたことすらない。俺の姉貴がどうやって店を手に入れ、現在の権利がどうなっているかなんて誰も知らなかった。キナに至っては、借金返済の宛てもなく、どこの誰かもわからない人間。そんな人間に金を貸す良き隣人など居るはずもない。普段気のいい人間でも、金が絡むと豹変《ひょうへん》するものだ。

そこで仕方なく、隣町の金貸しやら、貿易商に頼んで借金。彼らの理論はよく知らないが、金は貸してくれた——利息返済のための借金。もはやどうにもならない段階だ。それすらも厳しくなれば——

——もう、後は坂道を転がり落ちるがごとく……群がるハゲタカの様に、借金取りと得体の知れない金貸しが集まる。時には、借りた先から紹介されたり、或いは親切に話しかけてきた人からも借りたという。

いや、さ。それはダメだろう。しかも聞けば、十一《トイチ》どころでない所にまで……。

結局どんどんどんどん、どんどんどんどん借金は膨らみ、気付けばギルドによる債務整理が入り——

——金貨二千五百枚という恐ろしい額になり果てていた。

「ちょっと待て、なんで俺たちに連絡しない？」

疑問はそこだ。そこに集約する。

そうだ。雑魚で足手まといとはいえ俺も勇者小隊のメンバー。——給与は大変良い。エリンに至ってはちょっとした大名なみ。叔父さんより高給取りです——エリンは叔父さんよりお金持ちなんです。

えぇホント……叔父さん泣くよ……。

「便りは、送った……よ……何度も何度も！　何度も何度も何度もナンドモナンドモナンドモォォ!!」

キッと、俺を見据えるキナ。ハァハァと、荒い息。俺の無配慮にも思える言葉が彼女の感情の琴線の何かに触ったらしい。一瞬だけだが、俺を責める様な目が心に刺さる。

だが、ちょ、ちょっと待てよ——！

「え？　待て待て待て！　俺は、便りなんて一通も貰ってないぞ？」

訓練参加時から、キナの事は気にはなっていた。送り先は王国軍ないし、連合軍の軍事郵便に宛てれば、時間はそれなりに掛かるがちゃんと届く。もちろん検閲なんかは入ったりするわけだが、それは戦争中なのだから仕方ない。軍事郵便は、既定の料金で安くもないが、ぼったくりでもない金額だ。

度々利用していたし、キナから来る手紙を心待ちにしていたのだ。特に訓練初期の頃は、ね。結局、帰郷する今日まで、一度も手紙が来ることはなかったが……。

戦争中は、エリンとともにいることができた。そして、二人して話し合ったものだ。キナの近況が気になるのは当然の事。戦争と訓練と再編成の合間を見て、便りが来ていないか、連合軍の郵便担当者に直接乗りつけたりもした。だが、便りはないという。

当時の俺としては、疑問はあったが、どうすることもできない。だから、こっちが連絡しないせいかもと思って、エリンと一緒に手紙を書いて送ったりもした。併《あわ》せてお金も。

実際、エリンと俺は相談して、何度もお金と一緒に手紙を送っている。文盲《もんもう》だったバズゥもエリンも教育を経て文字が書けるようになった。まぁ書けなくても、代筆という手段もあるのだが……だから、キナからも代筆なり何らかの手段で手紙を出してくれるものと期待していたが、一通も来ない。

——来ないものだから、忙しいのだろうかと諦めていた。それにしても……。

キナ曰く、困窮《こんきゅう》してから手紙を何度も出したという。困窮しての金の無心など、キナの性格からすれば、恥ずかしかっただろうに……でも、それを押して助けを求めた。それほど必死だったのだろう。

それに気付けなかったのは痛恨の極みだ……愚かな自分たちに腹が立つ。

それにしても、キナは字が書けたのか。困窮時には代筆を頼むお金もなかっただろうからと、今推測したのだが、——ちょっと驚きだ。いや、そんな事は、今必要な情報ではない。それよりも大事なことがある……。

「もしかして……俺たちの送った金や……手紙……届いていないのか？」

俺もエリンも、薄情なつもりはない。薄情なわけがない！

足の不自由なキナが、一人でも苦労しないだけの送金はしていた。入隊時の支度金なんて、すぐになくなるだろうと思っていたから尚更《なおさら》だ。当然、近況を知らせる便りも送ったし、時には役立つ物資も。

「そ、送金だなんて…………――い、一度だって！」

ば、バカな⁉　軍の郵便だぞ？　そりゃ、便りには検閲が入る可能性はあるが、金は関係ないだろう。ちゃんと正規の料金も払っている。

「まさか……一度も……⁉」

「えぇ、手紙も来ないから……ずっと心配で……便りはないのは元気の証だって考えることにした。噂《うわさ》も歌もエリンを褒め称えていたわ。だから元気なんだなって……――だけど、」

田舎とは言え、前線の様子はかなり遅れてではあるが、一応入るには入るだろう。勇者エリンの活躍は、人々の待ち望む冒険譚であり英雄譚だ。

「……だけどバズゥの話なんて一つもなくて!!」

うっ……そうか……地味で目立たない『猟師』の俺。語るべき英雄譚もない俺の情報を誰がもたらすというのか。聞いて楽しい話も何一つない。華々しい戦果もなければ、見目麗しいわけでもない。そりゃ、噂も歌も流れるわけがないわな。

そして、「便り」がなければ噂や伝聞に頼るしかない。キナなりに、情報収集はしていたのだろう。井戸端会議に、吟遊詩人。港に寄る貿易商に、漁労組合。

人の集まるところに噂は集まる。だが、勇者エリンの噂はいくらでも入るだろうが、俺の話はない――当然だ。

「だから、だから、心配で心配で！　心配で心配で心配で心配でぇぇぇ!!　お店だって辞めてもよかった！　だけど、いつか帰ってくるかもしれないバズゥたちの家！　その大事な場所を任されたんだもん！　もし、辞めちゃったらバズゥ達が消えてしまうんじゃないかって‼」

キナは、感情を吐露する。不安で、怖くて、悩んで、辛くて、寂しくて、悲しくて、悲しくて悲しくて悲しくて悲しくて……──そうだったに違いない。

あまり怒ったり、人に怒鳴《どな》るような子ではない。いや、あまりどころか……俺達に、こんな風に怒鳴ったことなんて、これまでに一度もない。それだけに衝撃を受ける。

彼女の感情の激流を受けて、その思いを慮る。だから、彼女がどんな想いで店を続けていたのか看破できてしまった。

それは……そう、それは言ってみれば愚かな思い込み。店を続けたのは、彼女なりの願掛けだったのだろう。ただあるだけのお金で、日々を怠惰《たいだ》に過ごすことができなくて……日々を忙しく過ごすこと、そして──俺達がいた生活の延長を続ける事で、心の安定を保っていたのかもしれない。

あぁ、愚かで愛おしいキナ。人はどこかで、何かで誰かと繋がっていたい。手紙はそれを繋ぐものだったはず。だがそれが届かない。

だから、キナは日常を続けることで繋がりを保っていたかった。

だから、この店から逃げられなかった。

だから、キナは今もここにいた。

キナは家族だが、血のつながりはない。まったくない。ただの一滴も──。

だが、それ以上にある繋がりは、情だ。愛情、友情、慕情、情、情、情……。

共に生き、笑い、泣いた日々の思い出と──未来。

「すまん……もっとちゃんと……何かできたはずなのに」

言葉にすると実に陳腐《ちんぷ》。もっとちゃんとなんてできない。あそこは、地獄の最前線。死と隣り合わせの戦場で、姪を差し置いて休暇に戻るわけにもいかず――そもそも休暇もない。

そりゃそうだ。エリンは常に先頭で戦う。バズゥを差し置いて先頭で……常に先頭で――だから、その姿を追うのに必死で、夢中で、身を粉にして――戦うだけ。故郷を思い出すのは、ちょっとした間隙のみ。

便りを書くのが精いっぱいだった。だから、その先のことを考えもしなかった。キナから手紙が来ないことを訝《いぶか》しくも思いながら、追跡調査をしなかった。その気になれば……少し調べればわかったはずだ。どうせ理由は簡単なこと。どっかのバカが、途中で金を抜いたのだ。その痕跡を消すために、手紙すら消去した。

……そして、キナの困窮の情報すら！――どこかで握りつぶされた。金を抜いたのはどこかの手癖の悪い奴の仕業。きっと楽だったろう。ロクすっぽ調べもせずに、無造作に大金の入った手紙。そりゃ抜くわな……――くそ！　俺は大間抜けだ！！！

そして、キナの手紙を握りつぶした連中。これは候補が多すぎてわからない。いくらでも想像がつくし、その全てかもしれない。例えば、今キナを嵌《は》めたと思われる漁労組合。あるいはギルドの連中。いや、そんな小さな組織でもなく、連合軍の仕業も十分に考えられる。勇者に届く手紙。そんなものを調査もせずに渡すような組織じゃない。ちゃんと検閲がある。

そして、内容を吟味《ぎんみ》し――勇者に届けば、里心がついたり、あるいは精神的な不安定さをもたらすと判断。黒塗りすらせず、完全証拠隠滅……最初からなければ気にもならないって寸法。

……どいつもこいつも——人をなんだと思ってる！　エリンは人間だぞ!?　俺だって人間だ！　家族だっていれば、待ち人だっている。それを、自分たちの都合《つごう》で握りつぶしやがって！

漁労組合や、ギルドに感じた殺意以上に、——世に、世界に、人間に腹が立った。

「ご、ごめんなさい……バズゥはちっとも悪くないのに……私酷いこと言った」

ボロボロボロと大粒の涙をこぼすキナ。酷いことでも何でもない。ちょっとした感情の発露《はっろ》にすぎない。だが、人を信じ——愛するキナはたったあれだけの言葉ですら、口にするのも烏滸《おこ》がましいと考えている。こんな子がひどい目に合う世の中なんて、狂ってやがる。——あ、とっくに狂ってるか……。

「事情はなんとなくわかったよ……」

金も、思いも、温もりも、全て届いていなかった。そして、少女は苦悶し苦悩《くのう》し苦労し、溺れそうになっていた。俺にできることはそんなに多くない。でも姪を置き去りにしてきた俺でも出来ることはある。

俺の自己満足にすぎないかもしれない。でも……それでも——‼

やる！　やるさ！

キナはまだ俺を見限っていない……キナは俺が必要だという。キナは救いを必要としている。

やるさ！　やるともさ！

借金の残り……大よそ王国金貨三千枚か？　それを五十六日で、ね。もう一日は終わる。残り五十五日………ギルドめ。

たかが大金、されど大金、それでも大金……中々の強敵だ！

だがなぁ……元勇者小隊所属斥候《スカウト》、『猟師』のバズゥを舐めんなよ‼

第23話「我が家の朝」

冷たい風の気配にバズゥは目を覚ます。

冷える夜を、冷たい世の中を、その辛さを二人で避けるけるようして、くっ付いて眠った昨夜《よる》。

隣にあったはずの温もりは、いつの間にか消えていた。布団の中に残る香りが、存在が確かにあったことを思わせる。

——ったく、借金取りめ、予備の布団まで持っていくことはねぇだろうに……。

未だに残る、寝起きの気だるさに抗《あらが》うことなく、布団の中で伸びをする。一組しかない布団は、お日様の匂いとキナの香りが残り——芳《かぐわ》しい。寝起きのボンヤリとする意識のもと、目を刺激する陽光を手で遮《さえぎ》る。採光の窓は薄く開けられており、陽光が闇を弱々しく割いていた。

——朝か……。

一日が始まり、朝の兆しに——キナは既に起き出しているようだ。戦場を離れてそれなりに日が立ったとはいえ……もう、俺の神経は故郷にいた昔の暮らしに馴染んでしまったのだろうか。キナが、隣からいなくなった気配を全く感じなかった。まるで消えるように……。

それは、暗殺者《アサシン》や覇王軍の特殊部隊《コマンド》のようだった。

——あっちゃ〜……気配を感じないなんてな。バツの悪さを感じて布団の中で身動《みじろ》ぎする。戦場じゃ、ちょっとした異変を察知して目が覚めた。ましてや、斥候《スカウト》をしているときは、殆《ほとん》ど熟睡をした覚えがないくらいだ。

だからだろうか？　故郷に帰ってきて神経が弛緩しているのかもしれない。いや、それもあるが——純粋にキナに敵意が……全くないからだ。誰も傷つけない。善意の塊とでもいうか——うん、やっぱ天使だな。キナが敵意をもって動くなんてあり得ない。敵ではないから、戦場においてきたはずのあの首筋がチリチリするようなざわつく感じ……敏感だったはずの神経もまったく反応しないわけだ。それにしたって、俺がまったく気付きもしないとは……すげぇなキナは。

妙なところで感心しつつ、ヨッと体を起こすと、手早く寝具を片付けた。囲炉裏の鍋には何もないが、店の方から良い香りが漂ってくる。飯はこちらで作るよりも、店で作っているのだろう。昨日の冒険者どももいる。キナの事だ。気前よく、飯でも振る舞っている可能性が高いな。

……ったく、お代取ってるんだろうな？

微妙に守銭奴《しゅせんど》かつ庶民じみた考えを持った、かつての勇者小隊斥候《スカウト》——じつは高給取りの俺は、……小銭すら許さん！　とばかりにのっしのっしと歩いて店舗に向かった。バサッと、垂れ幕をのけると、明るい店内の眩しさに目を細める。角度を上手く調整して作られた採光用の窓は、店内の熱気を逃がさず丁度良い温度を提供してくれていた。暖房の元は、キナが立つ調理台から発せられた熱だろう。無駄な熱はない、とばかりに張り巡らされたダクトが、煙を外に排出するとともに、上手く店内を温めている。その暖かさを幸いとばかりに、酒臭い冒険者どもが未だ惰眠《だみん》を貪《むさぼ》っていた。

お、女魔法使いは起きてるな。オパイようございます〜なんてね。うむ……立派なものをお持ちで。

「オハヨ」

黒パンを千切り、むっしゃむっしゃと頬張りながら軽い調子で挨拶してきやがる。無視するのもアレなので、軽く頷いて返す。その様子に、ニィィ……と、何が面白いのか笑っていやがる。

「なんだよ？」

「別にぃ～」

なんとなく含みのある言い方をしているのが気に障ったが、追及するのも馬鹿らしい。

「ちっ」

舌打ちしてから、キナの作る朝メシにありつこうと後ろを通り過ぎる。

「女の子泣かしちゃダメよ～」

と、すれ違いざまにボソッと言われたものだから、思わず振り返って顔をガン見してしまう。また、ニィィ……と笑っていやがる。こいつ、昨日の話聞いてたな。

「お前にゃ関係ない」

・・・・

にべもなく言い捨てると、キナに話しかける。

「おはようキナ」

「おはようバズゥ」

ニコっと笑うキナ。昨夜見た、あの沈痛な様子はどこにも見られない。

「はい、朝ごはん」

そう言って膳に乗せた料理を差し出す。これまた死んだ姉貴の拘りだ。なんでもどっかの田舎の国の風習なんだとか。料理を膳に盛って出すべし！　多分、どっかで適当な情報が混ざってるぞ。と思ったが言わないでいた。——結局そのまま……な。

並べられた料理は驚くほど手が込んでいる。女魔法使いが食べているのは黒パンに薄いスープ、それにチーズとザワークラウトくらいなもの。一方俺の朝めしは、焼きたての匂いがする白パンと、コッテリとしたクリームシチュー。そこに新鮮な野菜を切り、彩り鮮やかに盛り付け、海藻を散らしたサラダ。さらにイワシのオイル漬けと、カリカリのベーコンが付く。

「ちょっとぉぉ！　キィナちゃん～差別ひどくなぁい？」

いつの間にかのぞき込んでいた女魔法使い——言い難いな、オパイと命名しよう。とか失礼な事を考えていたら……ジロッと睨まれる。だって谷間が——。

「ジーマさんは、冒険者です。規定《きてい》の物しか出せませんよーだ」

フフンとキナらしくもなく、意地悪なことを言ってソッポを向く。けれども顔は笑っている。いつもやっているようなやり取りなんだろう。多分、キーファあたりは豪華な飯を作らせていたような気がする。で、それを見てジーマが揶揄う——と。……ん、オパイ改めジーマね、なんとなく覚えておこう。

「ギルドにはメシの規定もあるのか？」

興味を覚えてキナに聞く。

「う、うん……なんでも、粗食に慣れるもの冒険者の仕事——とかで一番安い定食だと、基本はこれしか出せなくて……」

バスケットには黒パンがぎっしり。それと、スープが基準らしい。

あー、チーズとザワークラウトはキナなりの優しさなのね。

「ちゃんとお代もらってるのか？」

途端に女魔法使いの目が泳ぐ。

おい……!?　お代、代金、おーかーね!!

お店で食べ物を買ったらお金を払いましょう……知ってるよね？　知らないのは乳飲み子ぐらい。

女魔法使いは子供ではない。いい大人だ、オパイが……じゃなくて――と、いうか乳飲み子以外なら幼い子供で知ってるからね。

で～……？　そこんとこどうなのよ？

「えっと……、た、たまに忘れちゃって……」

そして、なぜかキナが申し訳なさそうに言う。って、いやいやいや、そんなもん忘れるかよ！

まぁいい、キナはいい子すぎる。度が過ぎるほどに……――じゃ、ここは俺の出番だな。

「ん」

代わりに俺が女魔法使いに、ズィっと手を出し要求。泳ぐ目……キョ～ロキョロ。

「ん」

ズィ――――。

「う……わかったわよ」

渋々、胸の谷間から出した革袋、そこから銅貨を出す。しめて五枚……安《やす》ぅぅ!!　ってか、君はどこに財布を仕舞ってるのかね……と、オパイを鑑賞しつつ銅貨を受け取る。

ちょっと生ぬるい……うん、ちゃんと王国銅貨だ。連合銅貨はいわずもがな……。

「次からはちゃんと貰えよ」

キナに手渡し、釘をさす。

「ごめんなさい……」

ちょっと泣きそうな顔になるキナ。責める様な目をするジーマ。――ってお前が悪いんだろが！

「お前らも、今度からちゃんと払えよ」

ジロリと、きっつく睨み付けると……やっぱり目が泳いでいやがる。無銭飲食にギルドで雑魚寝とか、どんだけ金ないんだよ！　っと、借金少女キナがいる手前、それ以上言えない。ん……借金少女っていうか……この場合の借金て、俺も背負う話じゃん⁉　え、そう言えば……家族宣言しちゃったし……いや、実際そうだし――で、えぇ⁉

借金オッサン爆誕？　いや、語呂《ごろ》的に、借金叔父さんか………うん、どこにでも居そうだ……――泣いていい？

「わかったわよ……」

渋々頷くジーマ。――と、来れば話は早い。

「ん」

手を差し出す。

「何これ？」

ズイっと手を出す！

「触らせないわよ～」

キュッと、可愛く胸を隠すジーマ。

「ちゃうわボケ！」

いや、触りたくないわけじゃないけどぉ――って、キナさぁん、その目は止めて～！　ジトッとした目で俺を見るキナ。そして、自分の胸をジーマの御立派なモノを見比べている。キナ……大丈夫、需要はある。

「じゃ、何よ～？」

胸を隠したまま警戒するジーマ。

「今までの分払え」

…………。

「マジデスカ？」

「マジですよ」

…………。

……。

ダラダラと汗を流し始めるジーマ。……おい？　今までいくら無銭飲食してきた⁉

「キナ」

「百五十日ほど……かな」

さすが家族、言いたいことを適確に捉《とら》えて教えてくれるキナ。

「嘘嘘嘘嘘ぉぉん⁉」

ブンブン首を振るジーマ。おおうオパイが……――痛《い》って、キナさん。痛いって‼

オパイを観賞するバズゥの防御を、かる～く貫通するような抓《つね》りを二の腕にかましてくるキナ。ええ～キナさん。結構強かったりする？

「無理無理無理無理無理ぃぃ！」

おいおい……いつまで君はブングラブングラと、三つの塊を振り回すかね。頭はわかるけど、オパイ凄いことになってまんがな。

「え～っと……銅貨五枚かける百五十日？」

「んっと、朝と夜はいつも……時々、昼も……」

ってことは、百五十日×二回の～時々三回ね。＋三十食くらいにしとくか。

「え～……占めて銅貨千六百五十枚になります、ジーマさんよ」

ニカッと爽やかに微笑む。

…………。

「むぅぅりぃぃぃ！！！」

ウチはいつもニコニコ現金払いだよ。

「あ、連合銅貨は受け付けておりません」

はっはっは。

「むぅぅりぃぃぃ！！！」

はっはっは。知らん知らん。食べたらお代、これ常識。

「銀貨でもいいぜ。えーと……銀貨十六枚の銅貨五十枚ね」

「いいぃぃぃやぁぁぁあ！！！」

うっさいなーこの女。体で払わすぞこの野郎！　あ、女郎？

「どうしたジーマ！」

騒ぎに、眠りこけていた冒険者も目を覚ます。昨日の剣士風の男が飛び込んでくる。って、君ぃ剣背負ったまま寝たの？　痛くなかった？

「いいぃいぃいやぁぁぁああ！！！」

騒ぐ無銭飲食魔法使いジーマ。

「てめぇ！　ジーマに何をした！」

勢い込んでバズゥに突っかかってくる剣士風の男。

「キナ」

「ケントさんは、百五十日分と、お弁当は毎日です……」

ん？　弁当？

「弁当いくら？」

「同じ、一食銅貨五枚」

そう言って、布の包みを見せる。中身は黒パンを切って具材を挟んだサンドイッチ。彩《いろどり》は豊かでおいしそうだ――たぶん、朝の銅貨五枚の定食と同じで、……キナのサービス入りだろう。

「じゃ、銅貨二千二百五十枚な」

敵意をむき出しにする剣士を軽く無視して、手を差し出す。ジーマは今もブンブンと頭と双丘を振ってらっしゃる。

「な、なんの事だ⁉」

「メシ代だ」

………。

「メシ代だ」

ん？　聞こえなかったのかな？　ダ～ラダラと汗流してるけど……。

「メシ代――」

「いぃぃやぁぁ！！！」

うるさいのが増えた……と、そのやり取りの間に、ゾロゾロと起き出す冒険者。一部は既にその様子を聞いていたのか、ソソクサと立ち去ろうとする。

逃・が・す・か!!

座ったまま、ガンッと足を出して通せんぼ。腕を組んで威圧感ムンムン。昨日の今日なので、俺の正体も知れ渡っている。強いかどうかは知らないだろうが、寝ても腐っても勇者小隊。――元ね。

そのバリューは、すっさまじいものがある。威容《いよう》に慄《おのの》いているのか、ダ～ラダラと汗を流し始める冒険者《ぼんくら～》ズ。

ふ。逃げられると思うなよ。――絞り出してもらおうか！

「キナ」

「え～っと……――」

ツラツラと名前と日数が出て来る。ってかキナちゃぁん？……よく覚えてるね。

普段は大人しく優しい少女の、執念の様なものを感じる瞬間だった。多分、顔には出さないけど、結構怒ってたんだと思う。そういえば、漁師の連中も昨日タダ酒飲んでやがったな――あとで絞るか。

こう……キュッ、とね。うん、漁労組合も絞めるついでだしな。やっちゃるわぃ。

で、今は冒険者ズっと。

「――日分……で、ここにいる人たちは全部」

ん。キナ。計算はあとでする。オッサンだから、そんなに記憶力良くないのよね……。

「ななな、何の話だ！」

と、突っかかって来るのは武道家だかなんだかの素手の人。

「メシ代」

…………。

「メシ代」

…………。

「連合銅貨は受け付けておりません」

「「「いぃぃぃやぁぁぁぁ！！！」」」

うるさくなっただけでした……まぁ、銅貨一枚たりともマケんぞ。

なんか、金がないのかジーマが抱いてぇぇぇとか言ってるが……ゴクリ——はっ！　キナさぁん、心揺れてませんからその目は止めて～！　体で払ってもらいたいなんて、ちっともこっちもそっちもないですよ。うん。

「オッパイ、ワンタッチ銅貨一枚で～!!」

ジーマさん、必死やな。

「銀貨でもいいぜ」

にべもなく俺は言い放つ。

いいいいいぃぃぃぃぃぃやああぁぁぁぁぁぁぁ！！！

いい年した冒険者が、ブンブン頭を振る愉快な光景——何これポート・ナナン八景にでもなりそうだな。

はっはっは。キナはどうか知らんが俺はツケなんて認めんぞ。

第24話「皆ニコニコ現金払い～装備品はレンタルです！～」

数分後……。

財布を空っぽにした冒険者の群れが、い～ち、にぃ～い、さぁ～ん、死～ぃ、死屍累々《ししるいるい》。

出せ出せ出せぃ！　全部出せぃぃ！　銅貨ビタ一枚すらマカらんぞ！

次ぃ、剣士風の男ことケント君――！

…………。

あー……銅貨八十七枚て、君ね……今日日《きょうび》子供でも、もうちょい持ってるで。

はい、装備没収ぅぅ！

あん？　ふざけんな、やて？

「……やんのかゴラぁぁ！　ガッタガタにしてやんぞオラァ‼」

俺はすかさずにらみを利かせる。


コトリ……。

うむ、――素直でよろしい。

次ぃ、次ぃ！

はい、没収――。

次ぃ、次ぃ次ぃ次ぃぃぃ！

……どんどん積み上がっていく装備品と銅貨の山。

はい、次ぃ。武道家風の素手野郎ぉぉ!!

そいつは「……えへへ」、とかいいながら恥ずかしそうに前に進み出る。

「あんだこりゃ!?　銅貨十枚しかないってふざけんてんのか!!」

武道家風の素手野郎。お金がないと抜かしやがる。

「いや、ホントなんですバズゥさん！」

いつの間にか「さん」付けだ。

「飛べ」

「え？」

「飛べ」

「いや」

飛ぉべっ！

…………。

ピョンピョン――チャリンチャリン…………。

……シーン。

「もっとるやないかぁぁぁぁい！！！」

「ひぃぃぃぃぃ勘弁してください！　病気の妹がぁぁっぁぁ!!」

「妹何歳だよ」

「えっと…………」

…………。

「知らんのかぁぁぁぁぁぃ！！！」

ったく、どいつもこいつもふざけやがって！

きっちりと払えた奴など、ほとんどいない。しょうがないから装備をフンだくる。なんか、先祖代々の～！　とか言って、銅の剣《つるぎ》に抱き着いてる剣士もいたが、知るかッ。銅の剣を先祖代々受け継ぐぐらいなら買い替えろ。ってか、どう見ても最近買ったもんだろこれ！　なんだよ、隣町の武器屋の刻印《こくいん》入っとるがな。あの武器屋の開店は十年ほど前じゃボケぇ！

んでから、どいつもこいつもロクなもん持っていやがらない。ジーマは立派なモノを持っているが、捥《も》いで売るわけにもいかない。代わりに杖とローブと魔導書を没収。

ぎぃやぁぁぁ！　パパの思い出が～とか言ってるけど。お前の言うパパは実父か？　多分、ちゃうほうのパパやろが！　あ～も～、どいつもこいつも自分勝手なこと言いやがって。今まで好き勝手にメシ食いまくってたんだろが！　払って当然じゃぁぁー!!

言っとくがな…………酒代は、まだ請求してないからな。今すぐは勘弁してやる。計算したら、多分お前ら全員合法的に奴隷労働する羽目になるからな。ったく、優しんだぞ、俺は。

「バズゥ凄ぃ……」

キナが呆気にとられて、積みあがった銅貨や銀貨の山と装備品を見ている。それなりに鬱屈《うっくつ》した思いもあったのだろう。嬉しいのか、エルフ耳がピコピコと動いている。その周囲では、ひん剥《む》かれた冒険者がこの世の終わりみたいな顔をしている。何人かは真っ白に燃え尽きていた。

ったく……。


「おい、お前ら。まだ全然足りねぇぞ……残りはどうするんだ？」

そして、酒代も徴収《ちょうしゅう》していない。チャラにするわけないからな、後回しにするだけだ――うん……

あとでキナと帳簿をつくろう。


「ど、どうしろってのよ」

ローブを剥ぎ取られて、結構ウヘへな格好になったジーマが恐る恐る聞く。

「どうしたいんだ？」

「は、払うわよ、メシ代くらい！」

払えてないから君ぃ。

「ふん。ま、これらを換金して残額は追々払ってもらうとして……だ」

換金と聞いて、ギクリとした顔の冒険者たち。

「う、う、売られるのはちょっと………」

目がグルングルンに泳いだ状態でジーマがおどおどと宣う。

「そ、そうだ！　横暴だぞ！　何の権利があって……！」

何を基準にしてか、急に元気になったケント君が噛みついて来る。

「いや、メシ代徴収する事って横暴か？　権利って、そりゃこっちのセリフ」

ドン！　と、装備品の山に足を乗せていうと、ギギギギギギ………。とか、なんか悔しそうな顔――……俺、悪役みたいになっとるけど……ただメシ代払えって言ってるだけだからね。

「で、でも、それがないとアタシら食っていけないのよぉ」

今度はヨヨヨとしなを作って、縋りつく。

あ〜鬱陶《うっとう》しい。キナがいなけりゃ、その谷間をもっとこぅ……――はい、すみませんキナさん。しかし、こうも寄って集られるとどうにもね。換金するのも面倒くさい。こんな田舎じゃ武器屋も質屋も何もない。

せいぜい雑貨屋くらいはあるけど、……二束三文で買い叩かれるだけだろう。いや、俺は別にいいんだけど。どうせなら、金でほしいのも事実。

「どうするかねぇ」

さて面倒なことになった。ただのメシ代の徴収が、阿鼻叫喚《あびきょうかん》の地獄だ。

「う、あぁ……あ！　そ、そうよ……仕事よ仕事！　ね、仕事してそこからお金払うから！」

仕事だぁ？　冒険者の仕事っていやぁ、あれだろ？　依頼《クエスト》受注して、その成否でお金貰うっていう不安定極まりない奴。そんなにホイホイ稼げるものでもないだろうに……。

実際、メシ代すら払えない奴らばっかり。だいたいこんな田舎に依頼《クエスト》なんてあるのか？

「キナ」

ここは、以心伝心《いしんでんしん》キナちゃんの出番。

「えっと……少しは、支部ちょ……キーファさんが置いていったのがあるけど」

と、ちょっと困り顔のキナ。

あ〜なるほど。こんな田舎にも依頼《クエスト》があるのは、キーファがどっかから引っ張ってきた仕事か。でなけりゃ、わざわざこんな田舎の酒場くんだりまで来て依頼《クエスト》を出すような奇特《きとく》な人は、なかなかいないだろう。漁師連中や、村の依頼《クエスト》なんてたかが知れてるだろうしな。

「見せてくれ」

はい。と、キナが紙束を渡す。王都とかの大きなギルドなら、壁に依頼書を貼ったりもするが、ここはそれがない。まぁ――こんな田舎の二流三流どころの冒険者が集まるような場所で、文字の読める冒険者なんてほとんどいないからだろうな。とは言え、実は俺……キナが文字を読めることにも驚いたよね。まぁそのおかげで、恐らくこの支部では、キナに依頼《クエスト》を斡旋してもらう形でやっていたんじゃないだろうか。

「なになに……『隣国の砦までの護衛依頼』『害獣駆除《モンスター》』『キングベアの討伐』『収穫作業の手伝い』『子守り』……」

んだこりゃ？　え～と、護衛依頼とかはわかるけど、収穫作業に子守りって……うわ、報酬やっす……。

「ど、ど、どうよ？　やらせてみない？　ちゃんとお金は払うから……！」

ふむ……いずれにしても酒場の収入だけでは食っていけないし、借金の返済も無理だ。なら、冒険者どもに仕事をさせるのも手か……。

ギルド経営をしながら借金を返済。あと、踏み倒した酒代とメシ代もきっちり徴収してやる。

むう……金貨三千枚か。いけるか？

んんー……金貨三千枚かー……ぶっちゃけ、ヤバイ額だ。王国近衛兵の生涯賃金相当――まぁ、大金。すっごい大金だ。少なくとも、即金でポンと返せる額ではない。エリンなら、それくらいの金を工面できそうだが……キナのためとは言え、さすがにそれはできない。できないだろう？　姪を……肉親を戦場に置いて、オメオメと帰っておきながら、「お金貸して！」って言うのか……？

ブッ殺ですよ、ブッ殺！　少なくとも俺なら、ケツの穴に手ぇ突っ込んで奥歯ガタガタ言わせた挙句に、鼻に指を突っ込んでサクサクにして喉仏に脳漿ドロドロ溶かして溺れ死なせたるわぃ！

どんだけ、恥知らずだと？

できないわ……できるわけないだろ⁉

………。

いや……最終手段としてやるかもしれないが――少なくとも、キナがギルドに連れていかれるような目に会うなら……最悪、エリンに刺される覚悟で金を借りるかもしれない。しれないが……そう、まずは最善《ベスト》を尽せ。できる全てを成せ。泥を啜れ。吐いた血反吐の分だけ勝利に近づく！

生き馬の目を抜くような、油断ならないギルドの上層部が相手だとしても……！　俺は、走りながら……内臓が飛び散ったことも気付かないまま――敵陣に突っ込む兵士が幾数千といた、あの地獄のシナイ島戦線の斥候《スカウト》だ。

冒険者ギルドか。いいぜ、いいぜいいぜぇ！　金貨三千枚か。上等ぉ！　知恵を絞れ。工夫を凝らせ。創意は無限大。頭から生み出せば元手はタダだ！

……まずは、最低でも一日に銀貨十枚……金貨一枚相当を稼ぎ続ける手段を考えないとな。少なくとも、稼ぎ続ければキナは拘束されない。この家も俺たちの物。そう、キナの一日当たりの利息の銀貨十枚を常に払い続けていれば、キナは自由になれる。そして、少しずつ元本も返していけるだろう。ならば、やはりギルドを経営したほうが道は見えて来る、か。

――で、こいつらね。チラッと、有象無象の冒険者どもを流し見る。仕事が欲しいんだか、やりたくないんだかわからないが……仕事をさせないとメシ代も酒代も徴収できない。ついでに言えば依頼人から預かっている金も、依頼《クエスト》未達成なら返さねばならない。当たり前の話だな。メシ代も徴収出来て、ギルドの収入も入る……ついでに言えば、家《ウチ》で管《グダ》を巻かれないで済む。――コイツらがいつもいるってのは鬱陶しいし……。んむ、一石三鳥と言った感じだな。

ヨシ!!

うんうんと頷く俺を見て、

「なんだってやるわよ!」

ジーマが自信満々に宣う。俺の反応をみて手ごたえありと判断したらしい。ドンと胸を叩いてやる気をみせる。ブルルン……――おぉ～。

「いいだろう。ただし逃げたら承知しない。メシ代はまだまだ残ってるんだ。……と言うか、普通に衛士に通報するからな」

衛士に言ったところで即捕まるわけでもないし、逃げ切るのは容易だろう。しかし、こんな奴らでもギルドに登録しているわけで……ちゃんと人物照会は取られている。無銭飲食とはいえ、一応犯罪者になるわけだ。

まぁ、多少なりとも脛《すね》に傷のあるやつが、冒険者なんて言うヤクザな商売をやっているんだが……どのみち、御尋《おたず》ね者になれば、罪を償わない限り金輪際《こんりんざい》ギルドで仕事はできなくなる。そういうシステムだ。当然だろう? 腐っても国の管理する組織。犯罪者に仕事をさせることはない――はず。

「わかってるわよ!」

ジーマはそれだけ言うと、装備を取り返そうと手を伸ばす。追従した他の冒険者も、次々に手を伸ばし装備を持っていこうとするが――。

「ちょっと……」

「なんだ？」

「足どけて」

「なんで？」

「いや、装備返してよ……それがなきゃ仕事できないわよ」

フフンと、何故か勝ち誇るジーマ。

君らはあれかね。頭がちょっといい感じに、緩《ゆる》くなっていやしませんか？

「これは、ウチのメシ代だろ」

「分かってるわよ！　払うっていってんでしょ！　だから、これがいーるーのー！」

フンギギギと、ローブを引っ張り出そうと四苦八苦している。ケント君も、こっそり剣持っていこうとするんじゃないよ。んで、素手武道家。――お前は何も持ってなかっただろ！　何勝手に人の物をドサクサにまぎれて持っていこうとしてるのよ！　って、銅の剣ぃぃ！　お前は銅の剣に必死すぎ！

装備品の山に群がる冒険者ども。わーわーわーと、鬱陶しい！

「だぁ！　もう離れろ!!」

――カッ!!　一喝《いっかつ》して、冒険者どもを飛び上がらせる。

「で、で、デッカイ声ださないでよ!!」

お前も十分大きいわ！　声もオパイも！――はいすみません、キナさん。

ったく……。

「レンタルだ」

…………。

「レンタルだ」

ん？　聞こえてない？

「大事なことなので二回言いました」

「「「えええええええええ！！」」」

仰《の》け反《ぞ》る冒険者ども。

あったり前でしょ。お前ら、今までキナに甘えすぎだ。世の中甘くないんだよ!!　キナをみろ！　借金少女三千枚ですよ!?　簡単に人から善意がもらえると思ったら、大間違いだ。これでも大分譲《じょう》歩《ほ》してる方なんだからな。

「だ、だ、だって！　レンタルって、嘘ぉぉぉ!!」

「ホントホント。本当もホント」

ギギギギギギギギギ………。

という音が、冒険者全体から聞こえてくる。――って、素手武道家……お前は関係ないだろ。ったく！　世の中甘くないんだよ！

「ん。レンタルが必要な時は言え、金払えば貸してやる。ってかあれだろ？　別に『子守り』とか『収穫作業』だとか行くやつに、剣とかいらんだろ？」

と、もっともなことを言ってみたが。

「剣がないとカッコ悪いだろ！」

と、銅の剣君。知らんがな。冒険者ってのは平和な仕事だなぁ……。シナイ島じゃ五分で死ぬぞ。

「いいけど、レンタル代は取るぞ？」

まぁ、勝手にカッコつけて銅の剣を腰に差して、麦でも収穫してきてくれ。俺からしたら銅の剣、腰に差して収穫してる方がカッコ悪いと思うぞ。

「ギギギギギギ………」

それ口から出してる音だったんかい。

「料金はあとで言う。取り敢えず仕事せぃ」

ピッと紙束を突きつける。

「あ、それから、キナのことはマスターってちゃんと言えよ」

これ大事。呼び方から改善していかないと、いつまでたってもキナは舐められる。世の中、形から入るのも大事だ。――軍隊で学んだ事。

「「「…………」」」

あ、ここはギギギ言わないのね。何人かはバツが悪そうな顔をしている。ずっと前から名目上とは言え、キナはマスターだ。キーファが支部長で、マスターの様な事をしていたというのもあるだろうが、ちゃんと、証文にある通り、キナはれっきとしたギルドの従業員。まぁそれも借金を返済するまでの事。

「わぁ～ったわよ。それ貸して！」

ジーマは魔法使いらしく、それなりに教養もあるのだろう。パッと俺から紙束をひったくると、吟味し始める。文字は読めるようだな。

「ん……私はこれ。ケントとやるわ。シェイはこれやんなさい、ウルはこれ」

三枚の紙を抜き取って、残りの束を俺に突き返してくる。

「見せろ」

ジーマの持つ依頼書――。

○『害獣駆除《モンスター》』↓ジーマ＆ケント

○『子守り』↓シェイ（素手武道家くん）

○『収穫作業の手伝い』↓ウル（銅の剣くん）

まさか、ほんとに銅の剣君こと――ウル、収穫作業をやるらしい。んで、素手武道家こと――シェイ、……『子守り』て君ぃぃ……ゴメン……笑う前に泣きそう。

第25話「ギルド『キナの店』再始動」

いい年こいた大人、しかも冒険者が『子守り』て……いいのかそれ？　いや、大人が子守りするのは普通だけど――君のその武道家風ルックスと、冒険者オーラで『子守り』？？

――ゴメン……叔父さん、なんだか涙出てきたわ。わかった、……もう、叔父さん何も言わない。

軽く眩暈《めまい》を覚えつつ――依頼書を流し見た後、ジーマに返す。なんか、シェイ君とウル君は不満そうだ。気持ちはわかるが……ブーブーと、不満たらたら。ジーマに向かって――あーだこーだと、まぁ～言うね……。

護衛がいいとか、害獣駆除《モンスター》がいいとか言うがね――そこはジーマが正しいと思うぞ。誰だって銅の剣に護衛なんてされたくないし、素手武道家に至っては…………害獣《モンスター》のランチになるのが関の山だろう。それでもいいけど、メシ代だけは払えよ。ジーマもその辺を分かっているのか、ケント君とシェイ&ウルの扱いは全く違う。多分、元々ペアだった所に、新米が参入したとかそんな感じ。あるいは、元四人組の補充要員だろうか？　ん――興味なし。

ジーマも慣れたものでヘッポコ二人をかる～く無視して、依頼書の所定欄に記名していく。依頼書に名前を書いてギルドに提出、と。なるほど……こうやって依頼《クエスト》を決めるのか。ジーマが強引に依頼《クエスト》を決定し、それぞれの名前を記載し、俺に突きつけた。

あぁ、ハイハイ。受注しましたってことね。この態度を見るに、ジーマは女だてらにリーダー格か。で、残り三人は仲良し軍団っと。

「私とケントの装備返して貰うわよ」

またグイグイとローブを引っ張る。しかし、俺は足を乗せたままピクリとも動かない。むきになって装備を引っ張るものだから、オパイがブルンブルンと、遠心力と重力に引かれて揺れる。

おー揺れとる揺れとるぅぅ。

「ちょっとぉぉ！　返してよ！」

エッロイ恰好で俺に詰め寄ってくる露出魔改め魔法使いジーマ。ローブで隠さないと、色々規制に引っかかるなこの娘……――「バズゥ！」

……はいはい、キナちゃん。何が訴えたのか知らんけど……。

俺は、態度を崩さないまま目線で促す。何をって？　そりゃ、礼儀って奴よ。

「おいおい、違うだろ……」

じっと、見てやると――チッと舌打ち。相変わらず態度の悪い女だ。

「わかったわよ……貸してちょうだい」

ちょっと、十分とは言い難いが……ま、いいだろ。

「有料だからな」

足を退けると、ジーマは急いでローブを確保し着込む。――う～む、眼福だったんだけど……――

「バズゥ！」はいはいはい。何なのキナちゃん、さっきから？　あー可愛い可愛い。と、プゥーと頬を膨らませるキナの頭をナーデナデ。

「お、おれも持っていくぞ…………借ります」

ケント君が恐る恐る剣を引っ張り出していく。

なんか、エライびくびくしてるんだけど……叔父さん怖い？　ちょっと、一喝しただけですやん……もう、最近の子は打たれ弱くて参《まい》るよ。

「有料な」

…………。

で、お前だよ、お前……銅の剣。

「オッサン、借りるぜ」

はぁあー……。

銅の剣ぇ……お前、収穫作業ちゃうんかぃ！　畑で何と戦うつもりやねん？

自分か？　麦か？　世界か？

――わからん……銅の剣の意味が分からない。それを持っていく意味が分からない。

………。

も、いい。好きにせぇ。

「キナ……あとで、レンタル表をつくるぞ」

「うん！」

散々な目に遭ってきたのだろう。キナの笑顔は輝かんばかり。借金まみれで、――粗暴な冒険者に囲まれての生活……。相当きつかったに違いない。気障《キザ》で色目を使う上司に、善人のふりをして集りにくる漁師ども。寒く、寂しく、救いのない……空恐ろしい世界の果て――よく、耐えていたと思う。

俺には厳しい出来事であったとは言え……あの日、勇者小隊を除籍されていなければ、キナの困窮はさらに続いていたのだろうか――……それを想像すると怖気《おぞけ》が震う。

――孤独なキナ。それが何年も……すまん、本当にすまん！

キナは、俺の反省に満ちた視線には気付かず、ウキウキとした様子で装備品の目録を作り始めた。簡易版として、小さな黒板に書きつけていく。あとで帳簿に起こすのだろう。適正な価格とやらをどうやって決めるのか悩みどころだが、まぁ一度冒険者どもの働きッぷりを確認してからだな。

「とりあえず、今はそのまま貸してやるが、後で金をとるからな。んで、今度からはキナに言って借りろ。……前払いな」

ふん、と態度もデカく――オパイもデカいジーマは、魔導書と杖を取り返すと、ついた埃をパンパンと払ってから、懐に仕舞う。

「わかったわよ～。マァスタァア～……これでいい？」

一々、突っかかるなよ。

「ふん、いいだろ。他の奴らはどうするんだ？」

ジーマパーティ以外の冒険者も、やっぱり装備に未練があるのかチラチラ見ながらも、おずおずと俺に依頼《クエスト》を尋ねる。どうも、ほとんどが字を読めないようだ。ジーマがまとめて四人の名前を書いた紙を返してきたのはこういうわけか。で、字が書けない奴は書ける奴に頼むか……キナに言う、と。なるほどね～こうやって、発注と受注をするのな。今後のことも考えると勉強になる。

要は、キナありきで場末の冒険者ギルドは回っているということ。……では、キナちゃんのお手並み拝見。

「キナ、頼む」

紙束をキナに渡すと、俺はメシ代を掻き集めて大きめの袋に詰める。さすがに、このままだと嵩張《かさば》る。重さも、なかなかの物。

「はい。バズゥ、任せて」

キラキラの笑顔で、キナが冒険者に依頼《クエスト》を振っていく。さすがに、この辺は慣れてるな。冒険者の特性と、達成率なんかに応じて割り振っているのだろう。簡単な依頼《クエスト》は報酬も安いが危険も少ない。どうみても実力不足には、そう言った依頼《クエスト》を優先的に割り振っているようだ。そして、かなりオールラウンダーに熟しそうな、ベテランには逆に希望を聞いてからそれに応じて渡すと――なるほどね。あとはキナに任せていいだろう。

俺は、カウンターに積み上がった小銭を纏めた袋を担ぐ。さすがに重いな……まさに、冒険者たちの血と涙の結晶たるお金。同時に、メシ代でもある。

………そんな恨みがましい目で見るなよ。ちゃんと払わん君らが悪いんやろが！　もぉ……。

のっしのっしと歩いて、カウンターの奥に隠す。まぁこれだけ重ければ、俺でなければ担ぐこともできないだろう。さすがに、俺が睨みを利かせている中で泥棒に走るほど短絡的な奴はいないと思うが、早いとこ両替しよう。一部は酒場のお釣りにも使うことになるだろうから小分けする。それ以外は、一時的に奥へ全て隠す、と。こりゃ重労働だ。だが、伊達に『猟師』レベルＭＡＸではないぞ。羽の様に――とまでは行かないが、人並み以上に軽々と運んでみせる。叔父さん、これでも訓練はバリバリ受けてたからな！

デッカイ袋に詰めたその金に加えて、俺が持つ連合貨幣も一緒くたにしていれる。これも、なんとかしないとな。これはこれで一応、通貨と言えば通貨。ちゃんとした店にもっていけば、王国通貨に両替できる。ま、こんな田舎に両替商はいないけどな。

そのためにも隣街に行かねばな。流れの両替商なんてのもいるが、怪しくって使えたもんじゃない。奴らの手数料だって割高。……ふむ、その辺も含めてあとで考えよう。それよりも、いい加減腹が減った。冒険者どものせいで、メシも食えやしない。

やれやれと……一息ついた俺は、装備品を見張りながらようやくキナの作った朝食に舌鼓を打つことができた。幾分《いくぶん》冷えたとはいえ、シチューには油分が固まった薄い膜が張り、内の野菜を保温している。白パンは冷えてなお、香ばしい。サラダはいわずもがな。

さぁ、頂きます！

すきっ腹を抱えた冒険者の縋る様な、睨むような視線を感じつつ、酒場一豪華な飯に齧《かぶ》り付く。その様子をニコニコと微笑み、見つめるキナ。彼女の楽しげな様子を見ていられれば、冒険者どもの視線など知ったことではない。お零れが欲しそうな顔を、華麗にスルーしつつ、モッシャモッシャと腹に収める。

…………エエから、はよ仕事行け！

勇者小隊2「人類の限界」

シナイ島北部要所――ホッカリー砦。

ズズズンン……!!　再びの着弾。段々と精度を増すそれは、次の着弾でこの望楼にも当たるかもしれない。

すでに要塞主要部は覇王軍によって占拠。勇者軍は組織的抵抗力を失いつつあり、抵抗拠点は分断されていた。孤立した一部の部隊は頑強に抵抗していたが、それも下火になりつつあった。

ここ要塞の本丸にも覇王軍が侵入し、各塔、各部屋、家具を挟んでの戦闘に移行。いくつかの抵抗拠点で戦闘を続ける者もいたが、一人また一人と戦死し、徐々に支配地域が広がりつつある。勇者小隊が立てこもる望楼も階下を封鎖したが、突破されるのも時間の問題であった。主だった兵力は撤退ないし瓦解《がかい》し、まともに戦える兵は影も形もない。ここで抵抗をつづける兵は負傷者ばかり、すでに軍隊としての体を成していなかった。辛うじて残っているのは、終末を引き延ばそうと足掻《あが》く者がいるのみ……。

この男もまたその一人――。

「くそ!!　伝令が戻ってこないぞ!?」

八つ当たり狂犬のエルランこと、勇者小隊の隊長は苛立たし気に吐き捨てる。すでに何組も伝令を送っているが、一組たりとも戻って来ずその連絡が届いた証もない。

「連合軍は何をしているんだ！」

再び怒鳴り散らすエルラン。だが、疲れ切った小隊のメンバーは誰一人として相手をしようとしない。

「くそくそくそぉぉ!!」

バカァンッ！　と、椅子を蹴り飛ばすと——人類最強戦力の蹴りは、ソレを粉々に打ち砕き……ちょうどその直線上にいた女騎士——神殿騎士《パラディン》のクリスに降りかかる。

「むっ。『聖域展開《サンクチュアリ》』!!　…………エルラン!!」

素早く防御スキルを展開し、降り注ぐ木片を弾いて見せたが、彼女の怒りの上昇は防げなかったようだ。抜き身の剣を手に、美しい顔を歪めてエルランに詰め寄る。

「いい加減にしろ!!」

剣を片手に、胸倉を掴んでグググと持ち上げる。

「離せっ！」

残身の形で素早く拘束を解くと、刀の柄に手を添える。睨み合う人類最強戦力。味方同士のはずが、最早信頼関係もなにもない。互いが互いに——ウンザリしていた。お国の事情で同盟を組んでいるとは言え、覇王軍が現れなければ他国の英雄同士。場合によっては、戦場で切り結ぶようなこともあっただろう。

「やーめーなーよー」

気だるそうに言うのは暗殺者《アサシン》ミーナ。行儀悪く椅子にダラ〜ンと後ろ座りをしながら、二人を止める。とても、仲裁する格好ではないのだが、見て見ぬふりする他のメンバーよりはましかもしれない。

「む。……そうだな、こんなつまらん男を斬ったとて事態は好転しない」

「なんだと!!」

「いや、もっと前に切っておけばよかったか？」

「いい度胸だ！　表に出ろ！」

啖呵を切るエルランに対して、クリスは小馬鹿にしたような笑みを浮かべて、

「表に出れないから、こうして立て籠っているんだろう？」

ククククと意地悪そうに笑うクリスに追笑して、ミーナまでキャハハと笑う。

「何を企《たくら》んでたか知らないけど——バズゥを排除したのは、色々まずかったわね〜」

自分も一枚噛んでいたくせに、知らぬ存ぜぬとばかりにミーナは宣う。

「うるさい！　お前らも同罪だろうが!!」

エルランの苛立ちは包囲のことだけではない。エリンはもとより、今になって——バズゥ、バズゥと周囲が騒ぎ始めることが気に食わなかった。

あんな足手まといのお荷物&加齢臭+火薬臭に獣臭にぃぃぃぃぃ——あーーー!!!!　がーーー!!

くそ、バズゥぅぅがぁぁ!!　てめぇはエリンの叔父ってだけだろうが！　勇者エリンに、いつもいつも、イチャイチャと懐かれやがって!!　小娘だけどなぁ！　ありゃ腐っても勇者なんだよ！　ちくしょうがぁぁ!!

ズガァン！　と、苛立ちを解消とばかりに壁を蹴ると、石組が一つ抜け階下に落下。

ずぅぅうんん……――。

「あ……」

石材の抜けた穴を見て、思わずポカンと間抜けな顔をするエルラン。

必死で抵抗していた勇者軍の頭上に落ちる石材。その先をチラリと様子を確認したエルランは――

あーあーあー……ありゃ死んだな。と、悪びれることもなく、まるでちょっとは留飲《りゅういん》が収まったとばかりに小隊に向き直る。

「バズゥのことは、今はどうでもいい。いない奴のことを言っても仕方がない。いいか……ここは耐えるしかない。じき勇者も戻るはずだ！」

皆を鼓舞するというより、自分に言い聞かせるようだ。

「ちょっとそれまで、もつかのぅ……」

千里眼で敵の遠距離攻撃部隊を監視していたファマックが、のんびりとした声で言う。

「何の話だ？」

首を傾げたエルランに、

「ほれ……次弾……来るぞ」

スキルを解除し、直接目で空を確認する。かなり離れた位置――空間に浮かんだ魔防陣がオレンジ色に輝きを放つ。位置的には、覇王軍の遠距離魔法部隊の位置。この距離からでも、古代魔法文字がはっきりとわかるほど魔法陣はデカい。

ズズズズズ……………と地響きのような音を立てて、魔法陣からゆっくりと巨大な燃え盛る岩石が顔を覗かせる。

「『流星砲《メテオキャノン》』かー‼　見事なもんじゃ～」

ほぉ～、と感心したような声を上げるファマック。

「敵に感心してる場合か！　なんとかしろぉ！」

爺さん相手にもエルランは容赦しない。蹴り飛ばさんばかりにファマックに詰め寄る。

「カッカッカ……無理じゃ無理じゃ！　ありゃどうにもならんの～」

諦めでも恐怖でもなく、死に瀕しているのに余裕な表情を崩さないファマックに、何か秘策があるのかとエルランは考えた。

「嘘を付け！　何か手があるんだろう？」

それを教えろと、ローブの胸倉を掴んでガックンガックンと揺さぶる。

「ゲェッホゲェッホ！　やめんかバカたれ！」

ゴンと杖で頭を殴って鎮める。

「誰が馬鹿だ！」

……鎮まって無かった。この二人付き合いだけは長いのだ。引き際も見極めている……はずである。

「お前じゃ、お前！……はぁぁぁ……しゃぁないのぅぅ」

やれやれと、億劫《おっくう》そうに動き出すファマック。

「クリス……手伝ってくれ」

手で女騎士を呼び寄せると、

「何だ？　こいつを絞める手伝いなら、喜んで手を貸すぞ」

「私も～」

クリス&ミーナが火に油を注ぐ。

「えぇい！　話が進まんからやめよっ！……魔法防御《レジスト》するぞぃ」

む。と、クリスが身構える。

「だが、あんな攻撃……私では防げないぞ？」

クリスの防御スキル『聖域展開《サンクチュアリ》』は対象を指定して防御結界を展開できる。上手く調整すれば敵の魔法に対しても、ピンポイントに効果を発揮できるが——流石に敵魔法を直接指定はできないので、着弾点に立つ誰かが盾となる必要がある。

「わかっとる。ワシの『障壁《シールド》』を展開するわい。お前はその後ろで結界を張れ……二重の備えじゃ」

何でもないようにファマックは言うが、それはクリスに魔法の正面に立てと言っているようなもの。

だが、彼女は神殿騎士《パラディン》——信仰と忠誠の守り人。エルランのために命は張れなくとも、国と信仰のためなら命を張れる。この戦いも、国の命運と直結していると言ってもいい。

「いいだろう……私の命預けるぞ『大賢者《アッカーマン》』よ……」

スッと首《こうべ》を垂れるクリス……ファマックもこの場は茶化《ちゃか》さずに、

「うむ。了解した……必ずや、敵を撃ち破って見せようぞ」

「頼む」

そういって望楼の半壊したバルコニーへと進み出ていくクリス。その後ろ姿を見ていたエルランが、

「本当にレジストできるのか？　さっきは無理とかなんとか……」

不安そうに聞くエルランに対して、

「無理じゃな……少々の時間を稼ぐのが関の山じゃ」

……はぁぁ⁉

「なんだと！」

食って掛かるエルランを鬱陶しそうに押し退けると――。

「だから、最初から言っとるだろうが無理じゃと」

「だが策があるんだろう⁉」

「ない……ないが、」

が？

「勇者じゃ」

「あ？」

「エリンじゃよ。あの娘が来れば一発で解決じゃ……カカカカ」

おかしそうに笑うファマックに、エルランは耐えきれずに叫ぶ。

「あのガキがいつ戻るかなんて知るか‼」

さっき自分で宣言したものとは全く逆の言葉、エルランとて勇者がいれば解決することくらい分かっている。分かっていて――いないからこそ、この危機に陥っているのだ。

「くそぉ！　あのガキどこまで行ったんだよぉ！」

もはや手の付けられない狂犬となったエルランは、ぎゃーぎゃーと叫びながら部屋の中をうろついている。――あぁ、見苦しい。

「ファマック殿……実際どれくらい持たせられる？」

黙って聞いていたゴドワンが、静かに問う。

「んー？　うむ……わしの『障壁《シールド》』で二～三時間……クリスで一時間といったところか……」

そうか……と、ゴドワンが考え込む。

「どうした？　お前らではどうにもできんぞ……ありゃ魔法の結界がないとどうにもならん」

「ぬぅ……――いやに正確に落ちて来るのでな。あれの観測がどうなっているか気になっておる」

はるか遠くにいる遠距離魔法部隊は、『流星砲《メテオキャノン》』の前に、試射として『獄炎弾《インフェルノ》』を撃ち込んできた。

それ自体も十分に威力は高いのだが、ファマックならば一人で防ぎきることが可能。勇者軍でも多重結界《マルチシールド》として、複数で障壁《シールド》を展開すれば防御可能なものだ。

「そりゃあれじゃ。要塞の近傍に少数の観測手《ウォッチャー》が潜んで居るて」

何でもない様にファマックはいう。言うが――。

「知っていたのかッ？　なぜ、今さらそれを⁉　いや……ではそれを排除すれば⁉」

「無駄じゃ無駄じゃ、魔法はもう発動しておる。ここまでくれば、あとは結果の観測のみ。今さら発動は止まらん」

諦めろと言わんばかりにファマックが言う。

「しかし座して待つよりは！」

「だから無駄じゃ。あれは要塞を占拠されるまでの観測手《ウォッチャー》じゃろうて。今はどこもかしこも陥落。奴らはすでに目と鼻の先じゃ、――ほれみろ……」

ファマックが示す先。向かいの望楼は既に陥落し、覇王軍の旗がはためいていた。

「ぬぅ……もうあんなところまで！」

「そこじゃないわい。見ろ」

ファマックの指さす先、望楼のバルコニーに蠢《うごめ》く影。中の家財などをうまく活用して偽装しているが、無人であるはずがない。時折、キラリと見えるのは望遠鏡のようだ。

「遠見筒《とおみづつ》が見えるな。あれが？」

ゴドワンが、わからんとばかりに首をかしげる。

「とっくにあそこにも観測手《ウォッチャー》が配置されておる。……どこの観測手《ウォッチャー》を仕留めたとてもはや周りは、もう敵だらけじゃ」

ぬぅと、悔し気に唸るが、

「それにあそこまで届く攻撃は我らにない。あれを排除できるのは勇者か……」

「――バズゥ殿か」

魔族の障壁は、あらゆる物理攻撃を防ぐが、全ての魔族が使用できるわけではない。魔族だか魔物だか分からないような、低級の覇王軍兵士ならば十分に銃でも倒すことができた。もっとも、低級の魔族だけを相手にするため銃士《ライフルマン》や弓手を配置するのは分《ぶ》が悪い。

覇王軍も、勇者軍並みに先端戦力を化け物クラスの兵士で固めている。低級の魔族は専《もっぱ》ら、後方支援や斥候《スカウト》などの任務に就いているようだ。その意味では、観測手《ウォッチャー》なんかは彼らの専任であるとも言えよう。

「バズゥ殿がいれば、要塞外の観測手《ウォッチャー》も排除できたと？」

「さぁてな。あれは目立つように働かないから、よう知らん」

どうでもいいとばかりにファマックはゴドワンから離れると、クリスの援護に向かっていった。

「いや、彼の者がいれば、そもそも――こうもあからさまに奇襲を受ける事すらなかったはず……」

警戒線《ピケットライン》が機能していない。

「やはりあの時、無理にでも引き留めるべきであったか……」

ゴドワンは後悔とも憤りともつかない表情で俯く。彼は任務に忠実、故に編成に口を出す気はなかったが、エルランの安易な方針には疑問を感じていた。そして任務に忠実が故に、同じように身を粉にして働く彼《バズゥ》をよく見ていた……。

だから気付くことができた。今さらながら気付くことができた——。

バズゥがいればこんなことにはならなかったと……遅きに失すとも気付くことができた。戦争は勇者だけで解決などしない——彼らの働きがあってこそ……。

視線の先には、じっとこちらを監視する覇王軍の下級魔族らしき者。バズゥと同じく目立たない存在。

「日陰者《ひかげもの》か……」

上級職の戦闘力と、華々しい戦果に目を奪われがちだが……勇者軍とて、補給がなければ動けないし、斥候《スカウト》の情報がなければ戦力を向けようがない。警戒する者がいなければ眠ることもできない。

本当に必要なのは、大火力や強大な戦力なのか？　いや、もちろん火力があって初めて勝利し、敵を蹂躙できる。だが、下級職や中級職に甘んじる者たちの支援。それらがなければ、火力も戦力も満足に力が発揮できない。目立たないが、彼らの支援を忘れてはならない。そう、彼らは目立たない。

だから、気付かなかった。

夜に安心して眠れるのも、敵の動きを的確に掴むのも、現地で糧秣を確保することも、バズゥ失くしてあり得なかった。

そう、バズゥも目立たない。目立たないのだ。バズゥの働きは目立たない。目立たないが故に、気付いた時には……致命的――人体で言う肝臓のようなもの。

観測手《ウォッチャー》に斥候《スカウト》――バズゥの任務だ。

観測手狩り《ウォッチャーハント》に斥候狩り《スカウトハント》――バズゥの任務だ。

斥候《スカウト》の仕事は勇者軍が引き継いでいたのだろうが、消耗の激しい斥候隊《スカウトチーム》は常に死と隣り合わせ。見つかれば即――死。その任務をいつまでも続けることなど不可能。十割を軽く超える損耗を出し、指揮官も変わり続けていた。

何より過酷な任務は兵士の脱走と、精神疾患が常に付きまとっていた。その劣悪な環境に……バズゥは最初から最後までいた。この地獄のシナイ島戦線で、最後まで生き残っていた。斥候《スカウト》として大成したわけではないが、死なず生き残り続けるだけでバズゥは貴重で稀有《けう》な存在だ。

経験は宝物。臆病は慎重。生還は奇跡。

バズゥは知らず知らずのうちに、連合軍の斥候《スカウト》の要のような存在で――もっとも有用な戦略情報の目になっていた。それは、通常では考えられない好条件が重なっただけとも言える。なんといっても、バズゥには勇者がいた。バズゥには家族がいた。バズゥにはエリンがいた。

バズゥ以外の斥候《スカウト》にはそれらがない……。

過酷な斥候《スカウト》の任務――陣地に帰還しても彼らは目立たず日陰者。疲れをいやし、労《ねぎら》うものは誰もいない。まともな精神で任務継続などできるはずもなく、斥候《スカウト》は消え続ける……しかし、その斥候《スカウト》を何年も続けていたバズゥ。

少々傷付き帰ってきてもエリンが癒し、死の恐怖に精神が擦り切れそうになろうともエリンがいた。

この好条件。考えられないような好条件。それが、バズゥ・ハイデマン。元勇者軍所属、勇者小隊斥候《スカウト》バズゥ・ハイデマンだ。

戦場の『目』となり『鼻』となり『耳』となり『口』となる。それが斥候《スカウト》の仕事――。

戦場も軍隊も――人体も、『目』であり『耳』であり『口』である。彼らが――彼がいなければ、満足に戦うなど覚束《おぼつか》ない。だが知らない。愚かな人類は知らない。なぜなら、常に、戦場の先頭に立つ者がいた。

その強大な力を振るい、最強の剣技を振るい、魔力の暴風を振るう存在がいた。

勇者。

勇者。勇者がいた。

だから、知らない。だから、見えない。だから、気付かない。だれも、かれも、なにも知らなかった。

勇者よりも先頭に立ち、敵を射抜く『目』が『鼻』が『耳』が『口』がいたことを！

バズゥはただの勇者の保護者だったのではない。軍の貴重な五感を司《つかさど》っていた――。

しかし、誰も気付かない――……きっと最後まで気付かない。本人すら気付いていないのだから……。

誰もが溺れていた。戦果と力と名誉に溺れてしまった。だから……戦果もなく、力もなく、名誉もなく、勇者以外に何も持たないバズゥを疎んだのだろう。

何もないのに、勇者エリン《戦果と力と名誉》を持っているバズゥ。

連合軍も、勇者軍も、勇者小隊もバズゥを疎むだろう。

――勇者、その人を除いて。

ここにきて全てを理解したゴドワン。彼は、ジッと手を見つめる。彼は理解する――した……本当に必要なのは戦果も力も名誉でもなかった。バズゥが、あの男が必要だった。「勇者とバズゥ」が必要なのだ。極論すれば彼らがいれば、我らなどいらないかも知れない。

「今更だな」

ゴドワンは魔法の発動を冷めた目で見ている。あの魔法が発動し、直撃するまで如何程《いかほど》の時もかからないだろう。それを誘導して見せたのは覇王軍の観測手《ウォッチャー》たち。見事だ……。

その前に湿地帯を抜ける、侵入経路を見つけ奇襲を成功させたのは斥候《スカウト》たち。見事だ……。

そこから鑑みても、覇王軍は力だけの軍ではないようだ。あらゆる特性を持つ、魔族や傭兵を駆使し有機的に運用している。

だが、――勇者を先頭にごり押しする人類は違う。

勇者がいれば何とかなると、勇者が前に立てと、勇者があれと――。

だから人類は勝てない。勇者なしでは勝てない。

目立たぬ彼らの存在を、目立たぬ彼らの死を、目立たぬ彼らの功績を、人類は気付かない。

だから叫ぶ、求む、縋りつく、
勇者を。

勇者を。

勇者を！

勇者を勇者を勇者を勇者を勇者を勇者を
勇者
勇者
勇者

勇者!!

ユウシャ。

ユウシャ。

ユウシャ!

ユウシャヨオレタチヲスクッテクレ……。

ユウシャヨジンルイヲスクッテクレ……。

ユウシャヨセカイヲスクッテクレ……——。

——愚かなり人類………勇者がいる限り——未来永劫《みらいえいごう》彼らは進化しない……愚かなり人類……。

第26話「本日の予定」

げふぅ……余《よ》は満腹じゃ〜。

膳に載ったキナの料理を平らげて満足気に噯《おくび》を漏らす。うむ、旨い! 実に旨い。

シチューと白パンの組み合わせは完ぺき。サラダはシャキシャキで、海藻の風味と相まって食が進む。イワシのオイル漬けとベーコンを、サラダと一緒に食べると——塩味と絡まって実に相性がいい。

うむ! 旨い! 何度でも言う!——旨い! キナちゃん百点!

バカな冒険者《ぼんくら》どものせいで、すっかり冷め切っていたが……やはり旨いものは旨い。

「ごっそさん」

「はい、よろしゅうおあがり」

ニコっと笑うキナの顔。うん――実にいい。帰って来たんだな～と、実感する瞬間だ。数年ぶりの我が家での朝食は、やはり美味かった。

………こいつらがいなければ。

「何やってんだお前ら？」

ボケラ～っとして、朝食のパンをムッシャムッシャと齧りつつ、虚空を見つめる冒険者ども。金はねぇ癖に飯を食わせろという。ツケはなしだ！　と言ったが――今日だけは、と……キナが懇願するから仕方なく食わしてやっている。もちろん奢《おご》りじゃない。どっちみちこいつらは食費の借金があるんだからな。そこにきっちりとツケてやる。

守銭奴？　違わい。常識人と言ってくれ。飯食ったらお代を払う――当たり前の話だ。

……ここは、こいつらのお家《うち》じゃありません。キナはママじゃないし、俺はお前らの親戚の叔父さんじゃない。――エリンの叔父だ。

「いや～……今日の依頼《クエスト》は無理っす～、無理無理ですぅ」

ぼけ～っとした表情で答えるのは盗賊風の男。たしか、昨日キーファに金貨を盗もうとしてるところを見られて、ビビっていた奴だ。そいつに追従するかのように、残りの冒険者もウンウンと頷いてやがる。

まったくふざけた連中だ。労働の尊《とうと》さを教えてやろう。俺は俺でやることが山積みなんだ。こいつらのオシメの世話までやっていられない。というわけで教育的指導だ。勇者軍仕込みの『筋肉が喜んでるぅぅ♪――トレーニング』をしてやろう。

「ちょっと、バズゥぅぅ……顔、顔」

キナがクイクイとバズゥの裾《すそ》を引っ張り、引き留める。

「どした？」

「すっごい悪い顔してる」

チョンと鼻を突かれる。

むぅ？　悪い顔？　そんな顔？――どんな顔よ？　ん？　っと、冒険者の方を見ると、皆すっごい勢いで顔を背ける。

「皆、都合があるの………そっとしといてあげて」

キナがちょっと困った顔で言う。なんだよ都合って。一日中、人の家でボケラ～っとすることか？叔父さんね――そういうのすっごく嫌いなんです。よその子だからって容赦しませんよ。

「キナ……コイツらのメシ没収ぅ」

「「「――ンンな⁉」」」

んんんな⁉　じゃないわボケどもが！　食ったら食ったで人ん家《チ》でゴロゴロしくさってからに。

「飯食ったら働く、働いたら飯食う。これ常識」

口の周りをシチューでベッタベタに汚した俺が言うとイマイチ迫力に欠けるが、言ってることは正しい。……正しいよね？

「いや、だから－無理ですって－……！　無理の無理の無理無理無理です」

そういって頑《かたく》なに仕事を断るのは盗賊風の男。金にがめつそうな割に、貧乏性で未だに朝飯をチビチビ食ってやがる。……はよ食えッ。

「何が無理だ！　無理なのはお前らの存在だ！　ええ加減にせんと追い出すぞ、くぉら！」

バァン！　とカウンターをぶっ叩くと全員ひっくり返る。

盗賊風の奴なんか、顔面蒼白。依頼《クエスト》を受注したくせに、まだダラダラと飯を食っていたジーマ達も、大っきな音にビックリして全員一回飛びあがってスッ転ぶ。……あ、ジーマちゃん、オパイがデカすぎて、地面で一回バウンドしてるし——すげぇな、おい。

「いたたた……ば、バズゥ——急に大きな声出さないでよッ」

ベチャっと、地面に突っ伏したキナは服についた埃をパンパンと叩きながら起き上がる。ちなみにキナは、ジーマのようにバウンドできるほどの物《オパイ》はもって——「バズゥ！」はい、すんません。

「もういいわかった。俺がしごく。めっちゃしごいてやる。勇者軍仕込みの『筋肉が喜んでるぅぅ♪——トレーニング』を伝授して差し上げようか、諸君《ぼんくら》」

ドン！　と意味もなく片足を椅子にのせてポーズを決める。労働とは尊いものなのだよ君たちぃ！

「な、なななななにさせる気よ！——はっ！　まさかエッチな」「黙れッ」

グワシと、ジーマの顔面を掴んで黙らせる。「うごごごご！」とか言ってるが知らん。と言うか、男もいるのにエッチなこととか意味わからんわ！　お前だけなら……こう、もっと——ね。チラリとジーマちゃんの立派なモノを見る。……うん。すんごい。

「ちょ、ちょっとバズゥってば——」

「よっしゃ来い！　テメェら全員表に出ろ」

キナが何か言おうとしていたが、最後まで聞かずにジーマの顔を掴んだまま全員引き連れて外に出る。

「——バズゥ……依頼《クエスト》なら、まだちょっとはここにも——……行っちゃった」

キナがカウンターの下から残りの依頼書の束を取り出しながら言うも、悪い笑顔を浮かべた俺はズンズンと外に出て行ってしまう。そこに渋々付き従う冒険者の群れ……まるでアンデッドの群れのようだ。

「……無茶しないといいけど」

心配そうに見送るキナはそれ以上追求しないで、店の後片付けをし始めた。

※

ダラーっと、店の前に居並ぶ冒険者ども。それを睥睨《へいげい》するのは元勇者小隊斥候《スカウト》の俺。バズゥ・ハイデマン——教官だ。

「さて、蛆虫ども——今から貴様らに労働の尊さを教えてやる」

トントントンと、鉈の峰で肩を叩きながら言う。冒険者の半分は素手で半分は武器持ちだ。傍から見れば何の集団なんだが……。

「本来なら勇者軍では、理不尽なまでに体を虐め——もとい鍛え抜く訓練をするわけだが……」

ドンと、冒険者の前に乾いた薪をおく。正確には薪のもとになる木の塊だ。

「ただ訓練をするだけだと、お金にもならんし、メシの役にも立たん——そこで、これだ」

ドガッと蹴っ飛ばして木の塊を冒険者の前に転がしてやると、「ギシャアアアアア!!」その塊が唸り声を上げげた。

「ひぃぃぃ!」「モ、モンスターだ!!」「ぎゃあああああ!」

……お前らビビり過ぎ。「ぎゃあああああ!」ってジーマちゃんよ……女の子でしょ君ぃ。もうちょっとかわいい声出せないのかね。

「あーあーあー。黙れ黙れ黙れ。……いちいち騒ぐなッ」

鉈を振り上げて——落とす。パカーンと良い音がして木の塊が真っ二つに割れる。すると途端に静かになり、乾いた木の発する独特の香りが漂った。

「見ての通り、こいつが動く株《ベビートレント》って奴だ」

もっとも、古い森でみるような禍々しい人食いの木《トレント》とは違い、ポート・ナナンに発生するトレントはほとんど人畜無害。精々切り株に腰を下ろした村人がビックリして腰を抜かしてぎっくり腰になるくらいだ。

それでも、人間に切り倒された木が命をもって動き出したためか、人間に対する悪意は強い。さらには、切り倒された部分を再生することを目的に貪欲なまでに栄養を取り込もうと小動物を襲うくらいはする。人間も見つければ積極的に襲おうとしてくるが……動きは遅いし、なにより攻撃手段が、口の様に開いた洞《うろ》と枯れかけた根っこしかない。

これにやられるような間抜けは聞いたことも見たこともない。というか、いない。

「テメェらには、コイツを狩って来てもらう。いや刈って——か？」

ゴロリと蹴り転がすと、トレントは既に沈黙し、いい木材に成り下がっていた。口も消えているし、声も出さない。

「これは良い薪の素材になる。ウチはキナがあの通りだから木こりから卸してもらっているが、コイツをなら刈ればタダということだ。わかるな？」

体で稼げとはこういうことだ。ウダウダ家で管を巻かれるよりナンボか建設的だ。

それに、ポート・ナナンに限らず木ってのは好き勝手に切っていいものではない。使いたいだけ好きに切っていてはあっという間に禿山になる。一見して誰の物でもないように見える森でも、ちゃんと管理者がいて、木の数を調整しているのが一般的だ。当然、それはここポート・ナナンでもそう。

……ちなみに管理しているのは漁労組合だったりするが……。

「コイツはいくらでも刈っていい。報酬はどこからも出ないが、薪にすれば良質だし、なにより——」

半分にした塊をガシっと、持ち上げると、

「『筋肉が喜んでるぅぅ♪——トレーニング』をするにはちょうどいいだろう？」

ポーイと投げてやると、受け取ったケントが、

「おいおい、あぶねーだろ……て——ぉぉぉおおおお、重てー!!」

ボキィ！　とかケントの腰のほうで凄い音がしたけど大丈夫か？　ちなみに、そこまで重くはない。

同じ量の生木に比べればまだまだ軽い軽い。

「ほら、ウチの裏山の森に入れば、それなりの数がいる……今から行くぞ」

「「「はぁ!?」」」

「なんか文句あっか？」

俺がギロリと睨むと、全員だんまり。うん……素直でよろしい。

「ほら、キリキリ行け！　特別に俺が指導してやる。何人かは鉈か斧を持ってけ」

酒場の裏にある薪置き場に立てかけてある鉈や斧を指す。古びてはいるがしっかりと手入れされているので十分に使えるだろう。昔から俺が使っていた大型の斧や鉈や。それにキナやエリンが使っていたであろう小型の斧と鉈がある。全員分は無いにしてもそれなりに数はあった。……田舎の必須アイテムだからね。一見するとボロいので、さすがに汚すぎて借金取りもコレには手を付けなかったらしい。

渋々と武器を持たない冒険者のうち何人かが鉈に斧を手にするが……。

「なにこれ！　重っ」「うわっ、これどうやって使うんだよ⁉」「鉈とかカッコ悪ぃ……」

重いって、アンタそれキナが普段使ってるやつやで。あとカッコ悪いとか言うな！　俺のことディスってるのかテメェらは――。

「ウダウダ言ってないでさっさとしろ！」

オラぁと尻を本当に蹴り飛ばしながら森へと追いやっていく。そうでもしないと梃子《てこ》でも動きそうになんだよコイツらは……。ひぃひぃ叫んでいる冒険者どもを森へ、森へと――。

※

冬が近づくこの季節、森の中は実に静かだ。微かに虫の声が聞こえるときもあるが、大半は越冬準備に入っているか、死に絶えている。まれにこの森ではポート・ナナン上層にある墓場からアンデッドが迷い込んでくることもあるが、今のところその兆候はない。故に主な音はと言えば海風にささやく森の葉音と鳥類の囀《さえず》りくらいなもの。あとは――、

「ブヒー……ブヒィ」

「ひぃひぃ……ひぃぃぃ」

「おえええええ……」

冒険者の悲鳴だけ。……何なのコイツら。

「何へばってんだよ！　まだちょっとしか歩いとらんだろうが！」

確かに俺はスキル『山歩き』があるので、こういった地形に慣れているし向いているが……こいつ

らの体力と言うか根性の無さと言ったらこの比ではない。

だいたい普段こういう野外活動っぽい仕事をするのが冒険者じゃないのか？　なんでそんなに体力ないのよ君たち⁉

「お前ら普段どこで何やってんだよ⁉」

いい加減イライラしてきた俺はつい感情的になって叫ぶ。

「えー？……畑とか？」

「あー？……街道？」

「うー？……民家の軒先？」

……。あ、頭が痛くなってきた。そんなんでいいの冒険者って？

「森とか、山は？」

恐る恐る俺は尋ねてみるが、

「いや、危ないじゃん森って」

「そうだよ、山とか危険だし」

「臭いし、汚いし」

「行くわけないし、安全第一……――」

ふ……。ニッコリと笑う俺。だけど、表情と感情が一致しているわけではないよ。

あ、さん、はい――。きっと冒険者連中はビックリしているだろう。だって、

「舐めとんのか！　てめぇぇぇぇらぁぁぁぁ‼」

百面相もビックリの笑顔からの怒髪天。だってマジでムカついてきたよ。なんでこんな連中のため

に、ウチの姪《エリン》が世界を救わにゃならんのよ⁉　どんだけ甘えてるんですか君たちは！　世界も世間も甘くねぇんだよ！　こうなった俺が性根を叩きなおしてくれるわ。

「ほら見ろ！　居たぞ来たぞ……！」

そして、タイミングよく表れたのは小さなトレントの集団。三体ほどのトレントがチョコマカと歩きながら森を進んでいる。まだこちらには気付いていない様だ。普通なら鴨。その上、三匹もいれば薪が大量確保できると喜ぶところだが……。

「うわ！　うわわわ……気持ち悪い」「げー……木が動いてる」「無理無理……」

しばくぞテメェら！　本気でしばくぞ‼　とっとと行けやッ。

「おらぁぁぁ！　こっちだ薪どもぉ」

しびれを切らした俺が叫んでトレントの意識を引きつける。さらにはついでとばかりに石ころを思いっきりぶん投げてやった。

パッカァァァアッアン！　……ボンッ！

あ……しまった、やり過ぎた。俺これでも、猟師ＬｖＭＡＸだったよ……雑魚とか相手になるはずがないのに、思わず力を入れ過ぎた。……だってスゲェイライラしてるんですもの。

「お？　なんだ……雑魚じゃん」

「ほんとだ。オッサンの石ころで一発とか――楽勝楽勝」

「へへへ、俺の鉈が唸りをあげるぜ」

……お前ら、そのオッサンの俺にビビりまくっといて、よー言うわ。んで、それお前の鉈じゃねーから。あとで返してもらうから。……こいつらマジでパクりそうで怖いわ。

「いくよ！　ケント、ウル、シェイ――雑魚相手なんだから、時間かけないでぜ殲滅しちゃいなさい」

お、ジーマちゃんやる気満々だね。どうでもいいけど、……薪にするんだから殲滅はするなよ。

「おう！」「俺の鉈が……ヒヒヒ」「我が先祖代々の剣の錆にしてくれるわ」

先祖代々の剣て、君のそれ銅の剣だから……やめとけ――。

と、俺が止める間もなく、ジーマの指示のもとケントが背中の剣を引き抜きトレントを牽制する。

その脇をシェイが「ヒヒヒ」とかヤバい声を出しながら鉈を構えて根っこを狙い――初撃は「銅の剣」のウルが突っ込んだ！

「てぇっぇぇぇぇりゃあああああ――あら？」

ガスッ……と切り株の天辺に銅の剣が食い込むが……あーあーあー……。

「ぬ、抜けねぇぇぇ!!」

そりゃそうだ……。剣で薪を割るとか普通無理だから。とくに切れ味最悪の銅の剣とかもっと無理だから。

「ウルどけぇ、そいつ殺せない！」

ギシャアアアア――と、声をあげるトレント。流石にこちらに気付いたのか、根っこをブンブン振り回して威嚇する。だが、その動きは如何にも緩慢で威嚇以上の効果はない。それなりに腕の立ちそうなケントは危なげなく根っこ攻撃を回避しながら、

「チェストぉぉぉ!!」

と、気合一閃！　剣がトレントに……って、だから君らは学習能力ないのかね!?

ガスッ……。

「あれ？　ぬ、抜けない⁉」

はい。アホ二人確定……。君ら薪割りとかしたことないの？　どうやって今まで生活してきたの？　ねぇねぇ、そこんとこ聞きたい。――俺は天を仰ぎつつ酷い惨状に目を覆う。

あれ、なんだろう……森の木漏れ日が眩しいな。だって涙が出ちゃう。

「ヒヒヒ……たまには武器も悪くないな――喰らえ俺の鉈の舞う姿を！」

ジーマパーティ最後の近接職である武道家のシェイが我が家の鉈で切りかかる。切りかかるが……。

あれ？　武道家の君って――。スッポン！

「アレ？　俺の鉈は？」

シェイは手から消えた我が家の鉈を探してキョーロキョロ……。って君な。

「……ひ、ひぃぃぃ」

ガクガクと震えるジーマ。その目の前には……。俺が片手で掴んで止めた鉈が空中で静止している。

もちろん俺が受け止めた。――多分、止めてなかったらジーマちゃん死んでるし。

「あああああ、ありがと……」

青ざめた顔のジーマが俺を見上げて「ポッ」とか、効果音を出して頬を赤く染めている。……なんだよ？　いや、そんなことより――、

「三人がかりで一体も仕留められないとか……」

受け止めた鉈を片手に、もう片方には自前の鉈を手に……バズゥ・ハイデマンの鉈二刀流。……その姿のまま、ユラーリと冒険者どもの背後を睨み付ける。

俺が仕留めてしまった一体を除くと、ジーマパーティの剣が突き刺さった一体と、その他大勢でタ

コ殴りしている一体。

ちなみにタコ殴りしてはいても群がって殴っているものだから密集し過ぎで有効打が放てていない。鉈や斧を使おうにもそれぞれが、皆が邪魔で使えないという有様だ。ザ・烏合の衆――。うん……こいつ等ダメだわ。

冒険者どもの雑魚っぷりと無能っぷりに軽い眩暈を覚えつつ、これ以上朝の貴重な時間をこんなアホどものために費やせないと俺は諦めることにした。

「もう、いい。どけ――」

「ま、まってよ！　アタシ！　アタシがやるから」

ジーマが俺の空気を察したのか慌てて前に出る。そして、「見ててよー」と魔法を練り始める。ほう、出来るみたいだな。……って、

「お、おい」

「はあぁぁぁぁぁぁ、火球《ファイアボー》――」

「――止めんかアホぉぉ！」

ベチィインと、鉈の腹の部分でジーマのオパイを小気味よく叩いてやった。……スゲェ張りだな、おい。

「いったぁ！　何すんのよ！」

ボシュウゥゥ……と発動間近だった魔法が霧散していく。ジーマは邪魔されたことに対して肩を怒らせながら俺に詰め寄ってきたが、

「アホゥ！　山火事でも起こす気か！　しかもトレント焼いたら持って帰れんだろうがッ」

だいたいなんで魔法名を一々叫ぶんだよ！　それが意味わからん。ねぇ。ねぇねぇ、カッコいいと

か思ってるの――それ？

呆れた様子で天を仰ぐ俺をジーマが不機嫌そうに見ている。

もうええわ。ったく、コイツらと来たらトレントも刈れないとか……存在価値があるのだろうか。

いい加減見てるだけで疲れてきた。

「もういい。お前ら退け――」

ワーワーワー！　とか言いながらトレントに群がる冒険者どもを追い散らす。もう一体のトレントにはケントとウルが剣を引っこ抜こうと必死になってるが、ハッキリ言って邪魔。

「もういいわ、お前らぁぁぁぁ！」

ダンッと思いっきり地面を踏み切ると――。

「薪も刈れんのかテメェらはぁぁぁぁぁぁ!!」

ドッセェエエエエイ！　叫ぶ俺の跳躍は、そんじょそこらの常人よりも高い――ポカンと間抜け面を曝《さら》すジーマを眼下に捉えつつ……。おおう。上から見ると谷間がすげー。

パッカァアアアアッアアン！　と二刀で一撃。二体のトレントを真っ二つにする。

「ボケどもが！　こんなもん、ここらじゃ子供のお使いレベルだぞ！」

フンス！　鼻息荒く、トレントの輪切りを魅せてやる。ついでに鉈をヒュンヒュンと回して鞘に納める。どうよ――。

「「「オオオオオオオオオオオオオオ!?」」」

パチパチパチ、とか拍手してる冒険者ども。一部ケントとかウルは、剣が刺さったままなので不満そう。自分たちでも切り倒せたとでも言わんばかりだ。

で、ジーマちゃん。何を君は顔を赤くしてポー……としちゃってるのかね。頭大丈夫か？

「見ろ！　これくらい朝飯前にやってみせろ！」

――文字通り朝飯前にな！　大多数の冒険者は俺の腕前に関心しているが、一部の――、

「子供に刈れるわけないだろ！　嘘つけ！　めっちゃ堅かったぞコイツ！」

「剣が利かないとかそこらの害獣《モンスター》より強いぞ！」

「死ねオッサン」

……だから鉈と斧を貸したやろうが！　つぅか誰だ「死ね」言うた奴！　今それ言うとこか⁉　誰か知らんが……あとで〆ます。

「嘘なもんか、お前らは子供以下だ。ボンクラだ。ボンクラの穀潰《ごくつぶ》しだよ」

一部の冒険者は、俺の言う「子供でも――」と言うところがよほど癇《かん》に障ったのか、ヤイノヤイノと煩いのなんのって……。ええから、早く薪運べや。それくらいやれ……！

「…………」「…………」「…………」

呆れた様子でため息を吐く。ほとんど冒険者は俺の腕前と言い分に納得しているようだが、まだまだ分からないやつもいるらしい。特にケント君を始めジーマパーティだな。

ジーマちゃんの教育が悪いからこうなる。ジロっとジーマを睨み付けると、赤くした顔で気丈にも睨み返す。

「な、なによぉ！」

「……後ろだ」

「へ？」

ギシャアアアアア！　とバズゥが石を投げで倒したトレントがジーマに襲い掛かる。倒したつもりが、大穴を開けただけでまだ健在だったようだ。

「ぎぇぇえええええええ！」「うぎゃあああ！」

あっという間に混乱するジーマちゃんを始め、バズゥに噛みついていたケント君たち。

物凄い絶叫を上げて尻もちをついている。

いや、倒せよ――ったく……「ふんっ！」とばかり素手でぶん殴ると、ボカァァァン！　と舞い散る木屑。今度こそトレントは爆散した。

「……帰るぞ」

「か、かしこまりー」

引き攣《つ》った笑顔でジーマが冒険者を纏めてくれた。というかほとんど全員、負のオーラがすごい。どんよりとした顔でトレントの塊を運んでいるものだから、奴隷の集団かと思うわ！

もうー……何なのコイツら。

俺は朝からぐったりした様子でトボトボと我が家に向かっていく。キナちゃんにお酌してもらおう――。

※

「お、お帰りなさい？」

近くの森に入っただけなのでそれほど時間は経っていないだろう。キナは俺が不在時も働いていたらしく、冒険者どもが食い散らかした朝飯のあとをしっかりと片付けて綺麗にしていた。

「ただいまー……」

ドサリと疲れた様子でカウンター席に着く俺を見て、手早くお酒を注いでくれるキナ。俺が何も言わずとも察してくれたようだ。

「薪……ありがとね」

どう慰めていいのか分からない様子で曖昧にほほ笑むキナに、

「アイツらは運んだだけだ。……トレントも刈れない冒険者とか、なんなんだ？」

「あ、あははは……その、皆ちょっと――その」

キナが言い淀むくらいには、ゴニョゴニョな事情のある連中なのだろう。こんな連中にまともに稼ぐことなんてできるのか？

酒場に戻ってきた途端に元気になって、ダラダラとし始める冒険者どもをジト目で見ながら俺はキナに愚痴を言う。

「う、うん。で、でも人気のある依頼《クエスト》ならそれなりに稼いでいるみたいなの……」

キナが視線を落としながら言う。依頼《クエスト》達成の実績は一応……それなりにあるらしい。だけど、

「いつもなら、もう少しマシな依頼《クエスト》もあるんだけど……」

今朝一番に配った依頼書は半分くらい減っているが、残りは手付かずだ。カウンター下から出したその残りの紙束に視線を落とし、キナはため息を付く。そっか、まだ依頼《クエスト》が残ってたのか。冒険者を朝っぱらから森に追い込む必要もなかったなと、俺はようやく思い至った。しかし、それにしてはキナの顔が暗い。

「どうしたんだ？　その残りの依頼《クエスト》を――」

あ～そっか。キーファの野郎がいないから、新しい依頼《クエスト》がないのな。……それはまずいな。

この依頼《クエスト》を全て受注させてしまえば、あとはない。

冒険者をチラリと窺う俺は、頭を抱える。こいつらみたいに、ここでボケら～っとしてても、依頼《クエスト》が来るとは思えないからだ。なんたって、ド田舎ポート・ナナンですもの。名物は魚の干物と、獣肉《ししにく》の鍋です――とんだ田舎だ。

「依頼《クエスト》がないときはどうするんだ？」

こういうときはキナに聞くのが一番だ。名目上とは言えギルドマスター。それなりに情報は持っているだろう。

「そうね……大きな町なら、依頼《クエスト》はそれなりにあるの。隣町フォート・ラグダとか、王都グラン・シュワなら多分……」

ふむ。

「それをどうするんだ？　そのギルドが請け負っているんだろ？」

「えっと、依頼《クエスト》の達成は、別にどのギルドでもいいの。前金は受け取ってるから、依頼《クエスト》を達成《コンプ》すればどこのギルドがやっても同じ。……でも、他のギルドが依頼《クエスト》を達成《コンプ》すると、そのギルド自体の稼ぎにはならないから――歩のいい依頼《クエスト》はそのギルドが囲っちゃうの」

なるほど……そりゃ、金蔓《かねづる》をホイホイと人様に渡すわけないわな。

「でも、依頼《クエスト》によっては中々達成できないものもあったりして、そういったものは他のギルドに回すこともあるみたい」

みたい、ってことは……キナ自身はまだその手の業務をしたことがないという事か。ま、現地に行って確認だな。今日はやることが多そうだ。

まず――漁労組合を絞めて、無銭飲食した漁師やら村人を絞めて、同じく無銭飲食をしたキーファの手下冒険者どもを絞めて……あら？　絞めてばっかだな。

まぁいい。キーファは隣町のギルドにいるらしいから、ついでに用事が済ませられるのはいい。こりゃ楽ちんだ。俺はついでに何かするの大好きだぞ。あとは、隣町で冒険者の装備を売ってもいいな。全員が全員、レンタルに納得したわけでもない。余分な装備をそのまま寄越した冒険者もいる。それを売っぱらおう――多少なりとも、足しにはなるだろう。あとは、こいつらの処遇だな。ボケらーっとしている冒険者。君らね、ウチでサボることは許さんよ！　聞けよ、聞けよ、聞き給《たま》え。労働は、王国民のぉぉ義務ですよッ。

ま、すぐにでも思い知らせてやろう。とりあえず――今後の予定としては、まず隣町でさっさと用事を済ませる。そして、そこにはキナにも同行してもらわねばならない。なにせ、キーファの手下の無銭飲食と、酒代について顔と名前が一致するのはキナだけだ。ちゃんと帳簿に付けて、きっちり取り立ててやるぜ。それから帰りに漁労組合に寄ってついでにそこにいるだろう漁師から取り立てる、と。あとは家に帰って、冒険者どもの依頼《クエスト》の進行状況を確認して、終わりぃ……むぅ、これは駆け足になるな。そうと決まればーーじゃ、さっさと始めよう。……まずはニート冒険者どもだ。

「キナ」

「はい」

以心伝心、素晴らしい。依頼書の紙束を受け取ると、さっと目を通す。

『収穫作業手伝い』と、『木炭作成の手伝い』、あとは『子守り』、『子守り』『子守り』——子守り多いな……！　それに、こりゃ漁労組合からか。『網の修繕手伝い』、『昆布干し』、『魚介類加工』……冒険者ギルドぇ。どーみても、ほとんど、短期労働者じゃないかよ!?　これ冒険者ギルドの仕事じゃなくて、王国労働局《ハローワーク》の管轄じゃないのか？

あー、はー……多分、賃金が固定である御国の斡旋より、国の管轄とは言え民間が参入している冒険者ギルドのほうが、安上がりという事か……で、残りは、『キングベアの討伐』……。

——おいおい、こういうのを率先してやれよ！　まぁ……こいつらの装備と実力じゃ無理か。こんな達成不可能《アンタッチャブル》な依頼《クエスト》を持ってきて、キーファの奴どうする気だ？

キングベアは森と山の王。ごく稀に、地羆《グランドベア》の突然変異から発生する希少種《レアモンスター》のこと。特徴はと言えば、群れをつくらない地羆《グランドベア》に対して、フェロモンを発し手下にして群れをつくるらしい。地羆《グランドベア》自体、それほど生息数が多いわけではないので放置していても当面は問題ないが、——出産やらなんらかの偶然の巡り合わせなんかで数が増えると、ちょっとした軍隊なみの攻撃力を有した害獣《モンスター》となる。時には、不足する餌を求めて人里を襲うこともあり、危険な生物だ。

過去の例では、他国の城塞都市がキングベアの被害で半壊したこともあるという。こういった事態を避けるためにも、キングベアの目撃例や痕跡を確認した場合、すぐさま駆除を実施するものだ。だが、腐っても森と山の王——デカくて強い。生半可な戦力では返り討ち。ヘタすりゃ夕飯になっちまう。

キングベアは一匹でも手に負えないが、群れになると最早天災だ。小さな群れなら、腕利きをそろえれば対処もできようが……巨大な群れになると、それこそ軍隊でないと対抗できない。熊相手に軍隊って、バカですか!?　と感じるが……——それくらいの脅威になりうるのだ。

このポート・ナナンにも、かつての俺の仕事場でもある猟場《かりば》があり、地熊《グランドベア》もいた。かなり昔の話になるが、この猟場に一度だけキングベアが迷い込んだことがあり、小さな群れを形成したため、ポート・ナナンに非常警戒線が敷かれたこともある。

俺は俺で、数合わせ的な感じで山狩りに参加した。山狩りの主力は、無駄飯喰《ぐ》らいの衛士達だったが、訓練不足が祟りかなりの損害を出していた。結局バズゥ達『猟師』や『狩人』等で包囲し、何発もの銃弾と毒矢を浴びせて倒したという経緯がある。冗談抜きで、デッカいキングベアは――ちょっとやそっとの銃弾ではビクともしない。そのため、熊射ちの異名をとる名人が両目を撃ち抜き、怯んだところを近接攻撃《ダイレクトアタック》で、心臓を一突き――仕留めた。

ありゃぁ、凄かった。まぁ、名人もその時の戦いで負傷して、結局ケガが元で亡くなった。……それで今は誰も対処できないのだろう。ふむ……そりゃ、ギルドがやる依頼《クエスト》とも思えないが――あん？

おいおい、おいおいおいおいおいおいおいぃぃぃ――依頼地……ポート・ナナンじゃねぇか!!

第27話「仕事しろ若者よ」

ポート・ナナンにキングベア!?

「キナ、これは？」

キングベアの依頼書を示すと、

「あ、それ……」

ちょっと顔を曇《くも》らせたキナ。

「キーファさんが、王国に出された駆除依頼《クエスト》を……無理矢理、ギルドの依頼《クエスト》にしちゃったんです……」

はぁ？

「歩のいい依頼《クエスト》だからって……誰もできないなら自分ひとりで倒して見せるって、その――」

「カッコつけて言ったんだな」

キナは微妙な顔をして頷く。あのアホ。キナの気を引くために無茶しやがる。自信があったのかもしれんが……『山』を甘く見るな。キーファは控えめに見て、どう見ても都会育ちのボンボン。腕っぷしには自信があったのだろうが、『山』は道場剣法《どうじょうけんぽう》でどうにかなるもんじゃない。多分、ここにいる冒険者が束になっても敵《かな》うまい。

キングベア相手に戦う時は――数じゃない……知恵と腕だ。要は、いくらアリが数多くともドラゴン一匹に勝てる道理はない。だが小さくとも、寄生虫のような小さな虫なら、戦い方次第ではドラゴンの脳を食い荒らして勝てる。――そういうこと。この依頼《クエスト》は……俺がやるしかないな。

…………。

「キナ。依頼《クエスト》って俺も受注できるか？」

「バズゥ!?」

本業は『猟師』の俺が依頼《クエスト》を受注したいという。キナの驚きも分からなくもない。なんせ、冒険者の仕事は危険も多い。小遣い稼ぎ程度にはなるかもしれないが、固定給もなく、名誉もない仕事だ。

「家計の足しになるだろ？」

「無理無理！　やめて、ホントに危険な仕事もあるんだよ!?」

いや、危険とかどうでもいいから、制度的なことを聞いてるんだが？

「バズゥはギルド員でも、何でもないから無理！」

キナが全身で拒否オーラを醸し出す。……あーキナちゃぁぁん。

「ギルド員っていうのか？　いわゆる冒険者には……すぐになれるのか？」

ギクリとした様子でキナが振り向く。

「う……その……」

言い淀むキナ。

「できるんだな？」

「うん……」

観念したように、項垂れるキナに、

「じゃぁ、今日から俺もギルド員——冒険者にしてくれ」

バズゥの言葉にショボンとしたまま、キナは無言でコクリと頷く。家計だの、何だのと言われては——金銭面で迷惑をかけている自覚のあるキナは、頷く他ない。

「具体的にどうすればいい？　もう、俺は冒険者ってことでいいのか？」

「ううん、ちょっとした書類に、必要事項を書けば……いい、と思う」

自信なさげなキナ。

「ウチから冒険者がでるのは、……バズゥが初めて」

キナ曰く、大きな町から冒険者が出ることはよくあることだが、こんな田舎で冒険者になろうとする者など見たことがないと、

「まぁ、そうだろうな」

冒険者なんて言う職業？　は、ただの期間労働者の名称でしかないと、皆が知っている。仕事が冒険？……バカ言うんじゃないよ。誰が得するんだそれ？　ってね――。

頭がお花畑の若者が、冒険小説だの吟遊詩人《ぎんゆうしじん》の詩を聞いて憧《あこが》れることはあっても、田舎の様な――ある意味現実的な環境では、誰も彼も小馬鹿にしてやまない。

「えっと………あった、これ！」

キナがアワアワとしながら、カウンターから初めて出したという紙切れを引っ張り出す。名前と住所、あとはいくつかのチェックシートだけの簡単なものだ。

「はー、これで登録ね～」

文盲の人間のために、ちゃんと「代筆可」とまで書かれている。チェックシートは犯罪行為の有無と今後の犯罪行為についての罰則が書かれているくらい。要は、「お前、犯罪者じゃないよね？」と「犯罪をしたら、ギルドとしても黙ってないよ？」っていうことらしい。俺はサッと流し見て、すぐに記入していく。キナの渡してきた羽ペンは記名しやすくて良い。というか、金の掛かってそうなそれは、キーファの野郎が使っていたのだろう。――ケッ。

「こんなもんか？」

一度、記名後の書類を流し見ると、

「う、うん……多分――」

キナが自信なさげに頷く。

「おいおい、大丈夫か？　キナ……ギルドマスターだろ？　自信持てよ」

「もうぅ、バズゥからかわないで！」

ぷくぅと頬を膨らませてキナが怒る。

「はっはっは。からかってないさ！　キナは自信を持っていいぞ」

わしゃわしゃとキナの頭を撫でる。目を細めて気持ちよさそうにするキナは、

「ふん、わかりました～っと、これでバズゥ・ハイデマンは冒険者となりました！」

ピっと、書類を示して言う。

「お～感慨深いねぇ。よろしくな、マスター！」

全然、感慨深げに感じた様に言わない俺。だって、ぶっちゃけ冒険者とか……どうでもいい。

「でも、ごめんね。……ウチだと、ちょっとそのぉ……正式なギルド証を発行する器材がなくて……」

キナが言うのは、冒険者ギルドのランク等を示すタグというものがあるそうだが、大手のギルドに行かないと発行できないそうだ。とは言え、書類自体はここにあるので、あとは大手ギルドに提出すれば後付けで発行されるらしい。

「ま、それはいつでもいいさ。これでギルドの仕事を受注できるんだろ？」

「うん。それは問題ない、よ。でも…………」

制度のことより、危険な仕事を俺が率先してこなそうということに、抵抗を覚えるキナ。

「じゃあ、これ頼むわ」

ピっ、と余った依頼書の中から『キングベア討伐』の依頼《クエスト》をキナに示す。それを見たキナは、大きく目を見開く。

「ダメよ！　バズゥぅぅ！」

キングベア討伐を俺が受けようとする、その事実にキナが驚きの声を上げる。手を伸ばして依頼書を奪おうと、懸命にピョンコピョンコと俺に纏わりつく。

だが、俺はキナの届かないところまで依頼書を避難させて尋ねると、

「無理……か？」

「無理よ⁉　キングベアよ⁉」

頑なになるキナの態度に慮る。そりゃーそうだろう。山と森の王、キングベア。その脅威は計り知れないとは周知の事実だ。

「大丈夫だ。たかだかキングベア――俺は『猟師』だぞ？　獲物を狩るのが仕事さ」

キナに見せるように、腕に筋肉瘤《ちからこぶ》を作ってお道化《どけ》る。

○『キングベアの討伐』↓バズゥ・ハイデマン

ささっと、サインを書きキナに渡す。

「ちょっと、バズゥ！」

ビックリしたキナが俺を非難《ひなん》するような声を上げる。

「こんな……無理よ！」

キナが慌てて、依頼書の名前に斜線を入れようとする。

「おいおいおいおいおい……キナ、キナキナキナキナぁ……俺だって、腐ってもエリンの叔父だぞ？　勇者エリンの……！」

依頼書を奪い返して、キナの届かない位置まで持ち上げる。

勇者エリンの叔父――まぁ、実際の俺はただのオッサンなんだが、こうでも言わないとキナは納得

しないだろう。いくらなんでも、こんな田舎町に出る程度の害獣《モンスター》……地獄のシナイ島戦線に比べれば朝飯前だ。……いや、朝飯は言い過ぎたか？　キングベアはそこまで甘い相手ではない。

だが、覇王軍と……その将軍クラスと相対することに比べれば、どうということは無い。ほんとに、どうということは無い。それくらい、魔族やら覇王軍は恐い。どれくらい怖いかと言うと……めっちゃです。

はい、めっちゃです。めっちゃ怖い。だってあいつら、地形変わるくらいの大魔法とか使うんだもん……！　滅茶苦茶痛くて熱い瘴気とか放つもん……！　普通にやっても銃――効かないもん……。

強いもん……。

あれに勝てるのは――。

エリン……えりん、えりぃぃん……う、泣きそう。

「バズゥが言うなら……」

姪を思い出してシュンとした俺と、渋々顔のキナ。なんだか、依頼《クエスト》を受けて死んじゃう、みたいな空気が流れる。ポカンとした冒険者どもは、事情も何も分かっちゃいない。お前らには関係ないからな。

ったく、キングベアはこれでいい。俺に任せろ……って、報酬ぅぅ――――!!

エピローグ

いや、叔父さんビックリしたよ。冒険者《ぼんくら》って意外と儲かるのね。まぁ、あの依頼《クエスト》が例外なのかもしれないが、ちょっとドン引きするクラスの報酬だ。……それくらいに危険な依頼《クエスト》だとも言えるのだが、シナイ島戦線で地獄を潜り抜けてきた俺からすれば、ピクニックのようなものだ。

「やってやるさ……」

キナは危険なことは辞めてくれと懇願するがそうもいくまい。それに、酒場に居座る冒険者連中《ぼんくらーズ》に任せても一生解決するとも思えない。報酬もさておき、キングベアは最高に危険だ。まともな戦力がない田舎が襲われれば一たまりもない。だから、これは純粋に『猟師』としての仕事でもある。それ以外に対抗できそうな軍隊も、優秀な連中はシナイ島で踏ん張ってるか、棺桶に収まっているのだ。だから、やるしかない。

『猟師』とは、命を間引き、自然を頂く——その過程で『人と山』を分かつのだ。人も山も近すぎてもいいことは無い。それに踏み入り接することができるのは『猟師』等の一部の山を生業とするものだけ。だから俺がやるのだ。キングベアが人を襲わんとするなら、それを間引くのは『猟師』の使命でもある。っていうかね——、

「あと、お前ら……!」

キナとバズゥが依頼《クエスト》のことで、やいのやいのと言い合ってるのをボケら～と見ている冒険者ども。鼻水垂らしながら見てるが……お前ら他人事だと思ってるだろ？　叔父さん、ね。そ～いうの、ね。とっても、と～～っても、

「教育的指導《おはなし》がしたくなるんだけどッ、ね！」

殺気とも勘気ともつかない気配に、冒険者どもがビクビクゥ！　と反応してやがる。そういう時だけは反応が良い……ジーマちゃんは凄いな。ビクゥ、ブルゥウン！　って感じだ。素晴らしい——

「バズゥ！」　はい、ごめんなさい。

と、まぁこんな感じでバズゥ・ハイデマンの帰郷は前途多難だ……。

借金タップリ、冒険者たっぷり、うちの子のオパイはちょっぴり――「バズゥ！」　ジーマちゃんは、たっぷり！

……問題だらけの帰郷になったが、キナがいた。キナがいてくれた。それだけで満たされるものがある。そうだよな……帰ってきて分かったけど、やっぱり家族は一緒じゃなきゃ駄目だな。つくづく実感した。

だからさ、エリン――……お前は俺に帰れと言ったけど、叔父さんやっぱり納得できない。もう一度話をするべきなんじゃないかと思う。そのためにも、しっかりと故郷《ポート・ナナン》での厄介事《やっかいごと》を片付けて――会いに行くよ。どれほど嫌われてもな。……会いに行く。叔父さんがエリン《姪》に会いたいから。

冒険者《ぼんくら》どもで騒がしい酒場のカウンターで、バズゥは酒を片手に遥か彼方のシナイ島を見通す。

拝啓、天国の姉さん……勇者になった姪が強すぎて――。

敬具

勇者小隊3「彼の者来たり!!」

ゴゴゴゴゴゴゴゴゴゴゴゴゴゴ————。

巨大な隕石と見まごうばかりの赤熱した岩石が、迸る溶岩を纏わりつかせながら、望楼に陣取る勇者小隊に直撃している。

「グゥオオオオオオオオオオオ!!」

バチバチバチバチバチバチ……!!!!!

ファマックの苦悶の声と、魔導と魔道がぶつかるこの世ならざる物音。近づくだけでも、その余波で体をバラバラに引き裂かれそうになる。覇王軍の広域殲滅魔法《ジェノサイドマジック》、流星砲《メテオキャノン》がファマックの張る『障壁《シールド》』に激突しているのだ！　その余波は凄まじい……！

既に砦の上部構造物が全て吹き飛び、跡形もない。人もその延長にいれば、無事ではいられないだろう。事実、ファマックも皮膚がそこかしこで破れ——血だらけだ。近くで控えているクリスが回復魔法で、逐次治療を行っているが……焼け石に水と言った有様。それでもないよりかは遙かにマシであろうが……。

「大賢者《アッカーマン》よ！　もう、三時間だ！　十分だ、もういい！」

近くで魔法防御《レジスト》の控え要員として待機しているクリスは、ファマックの踏ん張りをつぶさに見ていた。大した時間は稼げないと言っていた割には、かれこれ三時間。それでも、まだまだぁ！　と踏ん張る老骨に、クリスでなくとも止めたくなるだろう。

「クリス！　ふざけたことを言うな!!　爺さんにはここで踏ん張ってもらうぞ！」

傍からいけしゃあしゃあと宣うのは勇者小隊隊長《八つ当たり狂犬》のエルランだ。エルランの瞳にあるのは狂気そのもの。知り合いで、比較的仲の良いはずであるファマックに——死ぬまでやれと平気で言える男だ。

「エルラン！　ここでファマック殿が戦死したら我々はどの道——もたん!!」

えぇい、何故わからん！　とクリスは地団太《じだんだ》を踏む思いだ。

「黙れ！　爺さんはこれで余裕を持って戦うことができる男だ。女が口を挿むな!!」

この期に及んで女も男もあるものか！　クリスはそう切り出したかったが、この男との繰り言に付き合うのは時間の無駄だと、さすがに学習した。

クソ！　エルランめ……！　この男はこれで勇者小隊の初期メンバー……途中から加わったクリスからすれば、一応は先輩にあたる。そのこともあってか一線を引いて接してきたため、エルランの増長を招いてしまった。それがバズゥの除籍にもつながる遠因なのだが……実際、エリンやバズゥを除けば当初から生き残っている貴重な人材でもある。創設時は、三十人からなる英雄を結集した勇者小隊。無敵とすら思われたが、それをも上回る覇王軍の精鋭たち。勇者の制圧力をもってしても、溢れる飽和攻撃により、一人、また一人と欠け……気付けばたったの数人の兵しか残らなかった。国の垣根も越え、ギルドや宗教の枠組みさえ乗り越えたと言えば聞こえばいいが……所詮は呉越同舟《ごえつどうしゅう》。仕方なく共闘しているに過ぎない。初期の頃は、欠員がでれば代わりの精鋭を送り込んで補充に余念のなかった各国も——恐ろしい死傷率に戦慄し、自国の優良戦力である英雄を送り出すことに渋るようになった。

それでも、見栄《みえ》と戦後の発言力を睨んで、なんとかギリギリの戦力を補充し続けた結果……勇者小隊の死傷率は三百十四％という恐ろしい数字になっていた。そんな中で生き残ってきたのだ……多少なりとも性格に難があろうとも、連合軍がエルランを前線から引き上げることはない。それが、エルランをして自信になるとともに——恐怖にもなった……。

元々がこんな性格だったのか、クリスは知らない。だが、今のエルランは手が付けられない狂犬だ。

「大賢者《アッカーマン》！………ファマック殿！」

ウォォォオオォ‼　と唸るファマックに対して、クリスも声を張り上げる。傍でエルランがギャイギャイと吼《ほ》えているが、相手にしている場合ではない。早晩、ファマックは限界を迎える。余力があるうちにクリスと交代すべきだ。

「交代する‼　当て身、御免！」

シュ、ドスンと、ファマックの首筋に鋭い一撃を加えると、クリスは素早く『聖域展開《サンクチュアリ》』を発動ぉぉぉ……！！！

無理やりファマックと交代したはいいが、凄まじい魔導の威力だ。『聖域展開《サンクチュアリ》』など、本当に薄皮程度の抵抗しかできない。気を抜けば吹き飛びそうだ。

(ファマックはこれを三時間もぉぉぉぉ‼　がぁあっぁあ‼)

ゴフっと、血を吐くクリスに——エルランが何か叫んでいるが、もはや聞こえない。

「うぉぉぉぉああああああああ！！！！」

神殿騎士《パラディン》の誇りと、信仰への恭順のみを糧にクリスは耐えて見せる。一度は崩れそうになった姿勢を戻し、長期持久体制に‼

ギパン、カィン、パッシン——と、鎧や装具がはじけ飛ぶ。肌着すらボロボロになり、美しい肌に幾筋も亀裂が走る。ブシャァァと血が噴き出すが、治療魔法を唱える暇もない。血とともに、体力気力魔力がドクドクと流れている……。

「だが、これしきぃぃぃぃぃ！！！　少なくとも、ファマックが回復するまではぁぁ！」

——があああああああああ！！！

バリバリバリバリバリバリバリバリバリバリバリ！！！！！！

クリスは耐える。クリスは耐える。クリスは耐える！

その様子を、エルランは忸怩《じくじ》たる思いで見ている。ファマックの回復を、とクリスは企図《きと》したのだろうが……そんなことは無意味だ。ローテーションを組んで対処すればいいと思っているようだが……甘い。ファマックはもう使えない。魔力はポーションである程度回復できるが、気力と体力はそう簡単にはいかない。特に気力だ。一度、その緊迫した現場から抜けてしまうと、二度と同じ鉄火場に踏み込むことなどできるものか！

「ファマック！　あー……くそ……大丈夫か？」

エルランは息も絶え絶えになったファマックに肩を貸し、瓦礫《がれき》の山と化した要塞上部に、かろうじて残っていたイスに座らせた。ゼィゼィと息をするファマックは、傍目にも限界だ。

「お、お水です」

パッと見子供にしか見えないシャンティが水筒を差し出す。

「おぉ～ありがとうよ……」

ヨロヨロと受け取ったファマックは喉を鳴らして、上手そうに水を干していく。

「っかぁぁぁぁ！　旨いの〜」

一気に飲み干したあと、礼を言って水筒を返す。

「ファマック大丈夫？　顔色悪いよ？」

クリクリとした目を向けるシャンティは、ファマックの脚に縋りつく。その様子を目を細めて、まるで孫も見るかのような視線で、

「おーおー、ホビット族の神童が殊勝《しゅしょう》じゃの〜」

カッカッカと、笑い無事をアピールするファマック。その背後でクリスが「うぉぉぉ」と叫んで魔法防御中《レジスト》だ。彼女が倒れれば、ここは一瞬で蒸発するだろう。

「神童だなんて……ただの忌《い》み子の、厄介払いだよ……」

寂しそうな眼をしたシャンティはポツリと呟き、目を伏せて去っていく。

「あー悪いこと言ったかの？」

「どーでもいい」

エルランは心底興味なさげに吐き捨てる。シャンティは――ホビットでありながら、人との混血という中々特殊な血筋であり、早々簡単な問題ではないのだろう。とはいえ、今の絶体絶命の状況である話題でもない。その点エルランは現実的だ。

「で……次の交代なんてできるのか？」

マジックポーションの特別高価な奴をファマックに渡しながら、エルランは聞く。

「やってやれんこともないだろうが………ま――」

一拍置くと――。

「次はせいぜい二、三十分てところかの……？」

な、なんだと！　と叫びたくなったエルランだが、それを飲み込む。もともと、二時間が限度と言っていたのだ。

「くそ……ここまでか！」

「かっかっか！　お前もソロソロ年貢の納め時だの」

何をぉー！　とエルランはファマックを睨む。

「その時は爺さんも一緒だろうが！」

エルランは精いっぱいの皮肉を込めて言ったつもりだが――。

「わし一人だけなら何とでもできるわい」

………あ!?

「……爺さん……一人で逃げる気か!?」

エルランはファマックの襟首を掴んで詰め寄る。

「離さんかバカたれ！……全員で死んでどうする？　お前も最後まで足掻く気じゃろうが？」

ぐ……。その通りだった。エルランはクリスの限界が近づいて来るのを見計らって、脱出を試みようと準備していた。一応、直前にゴドワンや、シャンティ、ミーナにも声を掛けるつもりだが、今すぐにではない。なにせ、それは魔法防御《レジスト》中の人間を見捨てる――ということでもあるのだから。それを考えているのはファマックも同様。あと、二、三十分はレジスト出来るということは、それくらいには魔力に余力を残しているのだ。つまり、この場の勇者小隊で、確実に死ぬことが決まっているのは………クリスただ一人。

エルランは、既に階下の勇者軍の生き残りと、最後の突破を行うべく調整済みだ。当然、全員で脱出ぅぅ〜、なんて感じで——口八丁で騙していたが、勇者軍なんてカス連中はただの囮にしかならない。だが、彼らも助かる道が万に一つでもあるならと素直に応じている。ならば、もはや時間の猶予など一刻もない。クリスが耐えられるのは一時間といった。

だから、どうする？　一時間後の行動開始？……バカな。流星砲《メテオキャノン》の衝撃と余波の事を考えるなら、かなり距離を取る必要があるだろう。実際、その影響を考慮したのか、あれほど猛攻撃を加えていた覇王軍尖兵は現在後退している。

当然、包囲はされているだろうが、今なら脱出は容易だ。勇者軍の生き残りも集結できている。各施設の生き残りの大半は、この望楼の階下に集めてあった。未だ敵の接触を受けている離れた施設の兵はどうしようもないが、それでも思ったより多くの兵が集まったことは嬉しい誤算だ。彼らを上手く使えば包囲を脱することもできるかもしれない。

ならば……そろそろ行動を開始する頃合いだな。ここに至り、エルランとファマックは視線を合わせた。お互い良く知っている。だからわかる。違う方法で生き残りを賭けるのだ。それでも、クリスを見捨てるという選択肢だけは共通。あの脳筋女は精々英雄にでも軍神にでもしてやるさ、とばかりエルランはクリスの横顔を一瞥《いちべつ》する。

「結局……あのガキは戻ってこなかったな」

憎々《にくにく》し気に——あのガキこと勇者エリンを口汚く罵《ののし》る。

「お前のせいじゃろうが？」

ヒョホホホとファマックは事もなげに言う。

「協力しておいてよく言う」

ケッと、エルランはファマックに悪態をぶつける。

「そりゃ付き合いも長いしの……帝国の方針でもあるて」

何でもないように言うファマック。

「爺さんいつから愛国者になったんだ？　あんたの口から国の名前が出るなんてな？」

「カッカッカ……わしも年じゃ……引退を考えると、どこかの国に良待遇で使《つこ》うてもらいたいじゃろ？」

カッカッカと事もなげに語る内容は、俗物《ぞくぶつ》そのもの。

「爺さんは、山奥で隠棲《いんせい》して野垂《のた》れ死んでる方が世のためだぞ」

「お前さんにだけは言われたくないわい……で、エリンはお前に靡《なび》きそうなのか？」

バズゥ排除の、目的の一つであることを確認する。

「小娘一人篭絡《ろうらく》するなんざ、難しくはない。が、バズゥは本当に邪魔だった」

「親御《おやご》さんの居る前で、口説くわけにもいかんでの？」

カッカッカと呵々大笑する。

「うるせぇ！　それにウチの御国もバズゥは排除したがってたよ……王国の手柄が増えるのが気に食わんとさ」

連合軍は、共闘しながらも足を引っ張り合っている。その手先になるのが前線の兵であり、勇者小隊は雄弁《ゆうべん》なまでの各国の代弁者でもあった。

「まぁ、勇者に続いてもう一人英雄に準ずるものを提供しているとなると、王国は増長するわな」

「チッ……まったくだ……。あんな中級職のカスが俺達と同列だとよ」

心底、あり得ないと――心外だとばかりにエルランは宣う。

「はぁぁん？　エルラン……お前さん、バズゥに嫉妬《しっと》しとったんか？」

何かに気付いたようなファマックに、

「な、なにぃ⁉」

何を言っているんだ？　とばかりにエルランが目をむく。

「俺が、あのカスに嫉妬するわけないだろうが⁉」

「カッカッカ！　若いのぅ……ま、そのうち気付くじゃろうて……」

「あ？　おい、爺さんさん！」

教えろとばかりに、ファマックの肩を掴もうとしたエルラン。

「ひょっほほお～、自分で気付けや、カッカッカ」

ヌルりと抜け出すと、老体とは思えない素早い動きで距離を取り、目立たぬ位置で詠唱を開始する。

疲れ切って、絶望している勇者小隊の面々はそれに気付かない。

「では、儂は先に行くぞぃ……『劣化複製《コピーキャット》』！」

ボフっと、ファマックを中心に黒い霧が生まれると……。

「ファマックめ……」

エルランの呆れた視線の先には、覇王軍の八家将の一人……鬼籍に入ったエビリアタンの姿のそれだ。砦の瓦礫の影で、エビリアタンとなった巨体を上手く隠しているファマックだが……。

「生き汚い爺さんだな……あー、わかったわかった、いいから行け！　運が良ければまたどこかで会うだろうさ」

〝言うようになったな……エルラン〟

エビリアタンそのものの口調で話すファマック。彼の御業《みわざ》を見たことがなければ、即座にエビリアタンが復活したのかと勘違いして戦闘になるだろうが……。腐っても長い付き合いの二人は、互いの手の内をある程度知っていた。

「いつ見ても見事だが……どうせなら、『完全転写《ドッペルゲンガー》』にした方がよくないか？」

〝無茶を言うな……本物そのものに成れる『完全転写《ドッペルゲンガー》』は転写元の魔力に左右される……エビリアタンは、儂単体で敵う相手ではないわ〟

ファマック曰く、魔力を消費しながら転写する『完全転写《ドッペルゲンガー》』は、転写元の魔力や、地力が大きければ大きい程、魔力の消費が激しいらしい。エビリアタンを『完全転写《ドッペルゲンガー》』すれば、魔力は一時間も持たずに枯渇するという。

「で、それか……？」

そう。一方、『劣化複製《コピーキャット》』はそれほどの消費があるわけではない。姿形と匂いに、声までも再現できるが、記憶や、スキルや魔法なんかは何一つコピーできない。せいぜいが、こけ脅しに使える程度のユニーク魔法だ。

「前線突破に、仮装で挑むとはな」

エルランは呆れたような口調だ。

〝覇王軍もバカではない……エビリアタンが突然現れれば、訝しむだろう……〟

そりゃそうだ。

〝だが、前線の兵はそうは行くまいて……将校の混乱があれば尚良いが……そうでなくとも戦線は乱れる〟

それこそが狙い目だと。

「フン……伊達に歳は喰ってないよな。ま、あんたのやりたいようにすればいいさ」

エルランはそれっきり興味を失ったように、ファマックが扮《ふん》しているエビリアタンに背を向けた。

〝では……な。生きていれば、また………む⁉〟

エビリアタンの姿で、突如動揺を見せるファマック。その様子に、目線だけを向けると、

「どうした爺さん？　尿から糖でも出たか？」

不治の病にでも係《かか》れば、爺さんも初めて動揺するだろうという――揶揄《やゆ》も込めてエルランはファマックを詰《なじ》ると、

「糖……あほぉ！　聞け、エルラン……あそこだ！」

突如、変化を解いたファマックが階下の要塞群を指し示す。

「何だいきなり？　自慢の仮装が恥ずかしくなったのか？」

一々茶々《ちゃちゃ》を入れるエルランに僅かばかりの苛立ちを見せるファマックは、

「茶化すな！　聞け、エルラン………歌が聞こえるだろう？」

歌だぁ？

………んん？

――おぉ、勇者！――我らが勇者！――世界の勇者！

勇者勇者勇者‼　その身を世界に捧げよ、勇者！　魔王を滅ぼせし勇者よ……勇者！　我らを救いたまえよ勇者‼

――おぉ、勇者！――我らが勇者！――世界の勇者！

…………は？

「勇者小隊歌《ブレイブソング》？」

エルランの耳に届いたのは、勇者と勇者小隊を称える歌だ。士気高揚と宣伝効果を期待したもので、勇者小隊結成後に著明な作曲家と歌手に作らせたものだ。この恥ずかしい歌は、各国で盛んに歌われたとか……？　それがこの地獄の一丁目、死と隣り合わせのシナイ島戦線の前線も前線、むしろ突角《とっかく》を形成する魔女の大釜で聞けるとは――。

「……兵どもは気でも触れたのか？」

エルランは首を傾げるが……。

「バカを言うでないわッ」

カカカと、事もなげに言い放つファマックは楽しげだ。

「来よったのさ！」

ズッカァァァァァァァァァッァアンンン！！！　と、遥か彼方で土煙が立ち上る。覇王軍が占拠し、砲撃の避難場所として立てこもっていた兵舎が吹き飛ぶ。建物の破片に交じり、覇王軍の傭兵と魔族の欠片が宙を舞っていた。

「な、な……ま、まさか⁉」

階下から歓声が沸き起こる。そして歓声は歌声に替わる。

――おぉぉぉぉぁぁぁ勇者‼――わぁぁぁぁあれらが勇者‼――せぇぇぇぇかいの勇者‼

離れた施設でも、生き残りが声の限り――叫び、宣い、詠う‼　謳う、謡う、唄う――歌う歌う歌う歌う‼

勇者ぁぁっぁぁ！！！　勇者ぁぁっぁ！！！！

ゆうううううううううしゃあああああああああああ！！！！！！！！！

オおおお！！！！！！！！！！

生き残りの兵が心の限り、命の限り、来世の限りを尽くして叫ぶ、歌う、呼ぶ!!　勇者を――!!

ガゴッォォォォォン！！！！　突如、覇王軍が陣取る城壁が吹き飛んだ。そして、強固な陣形が散り散りの粉々に潰れていく。続いて攻城兵器群が崩れ……遠距離魔法兵たちも血まみれになる。更には、前線まで出張っていた八家将のひとり、「チーインバーゥ」が四肢を切り割られ、頭を割られて地面の染みになった……全て一瞬の出来事。

「相変わらず凄まじいのぉぉ!!」

ホホホホと好々爺然《こうこうやぜん》として笑うファマックをして、目の前の光景は信じがたい。クリスが、「ガアアアアアッアアアッア！」と叫んで、必死で防いでいた流星砲《メテオキャノン》が……――ズッパアアアアアッアン！　と切り割かれ、粉々の粒子と化し、消えていく。

「がぁぁぁぁぁぁぁぁぁあああああ、ああああ、あ？――あれ？」

クリスが憤怒の姿勢で支えていた魔法が一瞬にして消え去る……。おかげで、つんのめる様にして倒れるクリス。その真横に……彼の者は立った。敵を切り割き、敵将を粉砕し、敵魔法を消滅し、勇者は立つ――叫ぶ、求む、何を……！？？

「いない………」

幼さの残る、田舎臭さの抜けない野暮《やぼ》ったい雰囲気はそのままに——あどけなさと精悍《せいかん》さの相反するものを感じさせる、その美しきも愛らしい相貌を焦燥感に染めながら…………。

「どこにもいないよぉぉぉぉぉ！！！！！」

彼の者は——慟哭する。

「いない…いない…いない、いない、いないいないいないいないいないいないいない！！！」

ギャーギャーと黄色い声で騒ぐ少女に皆呆気に取られる。その背後では、魔力を失った流星砲《メテオキャノン》が霧散していく。隕石の塊も、もとをただせば魔力の塊だ。それを魔法陣で強制的に練成し、流星の形に仕上げているだけ。魔力を注ぐ器たる隕石が切り裂かれれば当然のことだ。人類最高峰の戦力である勇者小隊をもってしても数時間しか耐えることしかできなかった魔法を……彼の者はあろうことか、一刀のもとに霧散して見せた…事もなく。まるで路傍《ろぼう》の石のごとく、だ。それを成し遂げたのは、さぞかし勇壮なる鍛え上げられた勇士がやったのかというと…そうではない。

それは少女——美しく愛らしくはあるが…まだ少女。華奢で、撫で肩の女の子。パッと見は田舎臭さを感じさせる野暮ったい雰囲気で、戦場の塵に少しだけ汚れた顔に、愛嬌のある……小さな子。

とてもではないが、精悍さとは…掛離れている。大きな赤い瞳は美しいが、今は泣きはらしたのか…白目の部分まで真っ赤に染まっている。輝く白銀の軽鎧は、高貴なものが纏う様な気高さはあるが、少女を包んでいても何故か違和感はない。サイズに見合ったそれは彼女専用に設えたかのようで、エリンの年齢にしては発達した体つきとその線を明確に浮かび上がらせていたそれはピッチリとフィットしている。おかげで年齢に見合わない重厚な装備と相まって、どこか艶《なま》めかしさとともに、背徳的な美しさがあった。

そして、両の手に持つ剣は拵《こしら》えの異なる別の剣。どちらも業物《わざもの》――を超えた神聖さすら感じる…美しく輝く幅広のクレイモアと、同じような雰囲気を持つ冴《さ》えわたる細剣。

装備も雰囲気も――一目見て、並大抵の強さではないことが分かるのだが…やはり容姿は幼く――少女と言っても、誰憚《だれはばか》ることもない。おまけに、エグエグッ……としゃくりあげる顔は、「勇者」と呼ぶにはあまりにも悲痛で心を掻きむしられる焦燥感に溢れている。精一杯のオシャレであるツインポニーテールの毛先はボロボロになり赤いリボンの汚れからも、暫く洗っていないであろうことは明白だ。

そんな少女が言う。……見た目の汚れなど、それすらも構わずとばかりに泣きはらした顔で周囲を回し見て、近くにいたクリスに気付くと、

「ねぇ!? 叔父さんは? 帰ってきた? ねぇ叔父さんは? 叔父さんはぁぁぁ!? ねぇぇぇ！」

ボロボロのクリスをガックンガックンと揺さぶるエリン。

「エ、エリン……何を言ってる?」

困惑顔のクリス。エリンはそれを見て埒《らち》が明かないと思ったのか、クリスを開放すると、

「お、叔父さんは?」

ポカンとした勇者小隊の面々に向かって問いかけるが――誰一人として答えない。と、言うより事態についていけない。ほぼ全員……「はぁ?」と言った顔だ。

その表情に気付くと、エリンはみるみるウチに顔を青醒《あおざ》めさせると……ガタガタと震えだす。

「そ、そんな…」

ブルブルと震える声で問うのは、肉親の行方のみ。ペタンと女の子座りでへたり込む彼女の目には、叔父の姿がここにないことを一目で看破できてしまったのだろう。カランと乾いた音を立てるクレイ

モアと、ベチャッ……と湿った音を立てる細剣――ベチャ……？？

呆気に取られて、茫然《ぼうぜん》とする勇者小隊の面々は、その音に我に返る。急に動きを止めてしゃくりあげるエリンを心配したのか――。

「エ、エリン⁉」

暗殺者《アサシン》ミーナが少女に駆け寄り、そして、細剣に深々と突き刺さっている……それに気づいた。

「ひぃぃ！！？？」

エリンの肩に手を置こうとしたミーナは飛び上がって物陰に身を隠す。ガクガクと震える目には……異物が。

「チ……チーインバーゥ」

エルランがボソリと零したのは…覇王軍の八家将の一人の――半欠けになった顔。その八家将の一人が細剣の鍔《つば》にまでぐっさりと突き刺さり、恨めしげな眼で……くっ付いていた。

「エ、エリン……お、おかえりなさいなのです」

オズオズと物陰から顔を出したシャンティが、エリンに近づき水筒を差し出す。泣きはらした顔でエリンは受け取り、軽く一口含むと――。

「ああああああああああああああ！！！！」

ガキィインと、水筒を床に叩きつけ（床にはヒビ……水筒は底が抜けた）叫ぶ。ビクリとして後ずさるシャンティを庇うように、ゴドワンが前に進み出る。

「勇者殿……よくぞ戻ってくれた」

ガンと片膝をつき、勇者の前に首を垂れる。その様子など目に入らんとばかりに、エリンは頭を掻きむしる。

「あああああ、ああああああああ、あああああああああ！！」

そっと、その肩に手を置くゴドワン。

「勇者殿、落ち着かれよ……ここは味方陣営。もう安心です」

穏やかな声で話しかけるゴドワンに、エリンの声も次第に小さくなる。

「ひょほほ……流石は二児の親じゃの～」

茶化すファマックをゴドワンは一睨み……――しかし、相手にせずエリンに寄り添う。

「お、おい――」

何か言いたそうなエルランを、ガシリと掴んで引き止めるのはクリス。

ボロボロの体で殆ど半裸。しかも、汗だくでドロドロ……髪がべったりと貼り付いた顔、とても妙齢の女性のものではないが――しかし、そこには強い意志の光がある。

「貴様は黙っていろッ」

グググと肩に籠められる力に本気を感じたエルランは、舌打ち一つ、そっぽを向く。

「アァァ……うわわわあああん！！　叔父さんが、叔父さんがいないんだよぉぉぉ!!」

バンバンと床を叩きつつエリンが訴える（床がちょっとヤバイ……）。

「叔父さん？　バズゥ殿のことですな」

ゴドワンの声に、エリンはグワバッと顔をあげる。

「な、なにか知ってるの!!」

勢い込んで尋ねるエリンにゴドワンは気圧《けお》されながら、

「知っているも何も……」

チラっと、エルランに視線を寄越すと……。

「バズゥ殿は先日付けで除籍……王国へ帰還されましたが……」

…………。

「え？」

ポケーとした表情になったエリン。

「え？　だって？　え？」

突然、しどろもどろになりキョロキョロと視線を泳がせる。

「エルラン殿から聞いてはおられないのですかな？」

ジロっと一瞥をくれると、エルランは視線を合わせようともしない。知ったことかと言わんばかりに、そっぽを向いたままだ。

「エルラン……貴様――？」

ギリリとさらに力を籠めるクリス。しかし、エルランは鬱陶しいとばかりに肩を回し拘束を解くと、あっけらかんとして宣う。

「言ったさ……ココにはいないと、な」

何でもないとばかりに言うエルラン。

「バズゥの奴と勇者どのは、ことのほか仲が良くてねー、ほぼ毎日寝所でご一緒だ」

それがどうした？　とゴドワンにクリス。……家族が一緒に寝ているだけだろうに――。

「叔父さんとやらが、夜になっても姿がないっ……て、勇者殿が騒ぐんでね、「ここにはいない」そう答えただけだ……なにかおかしいか？」

もちろん、エルランにどこまで悪意や、思わせぶりなセリフがあったかは知らない。恣意的《しいてき》だったかもしれないし、そうでなかったのかもしれない。

「それで？」

クリスの視線に怒りはない。ただ、ただ感情の抜け落ちたような――ただ、ただ冷たい目があった。

そこにあるのは呆れだ。エルランは元より……勇者に対しても――。

「どうもしないよ。行先《ゆきさき》を聞いてきたから、そのまま伝えたさ――港へ行ったってな」

……港？

「あ、あぁ…たしかに間違ってはいないが」

ゴドワンは、ふと嫌な気配を感じる。勇者の行動に思いが至ったようだ。

「そしたら、このガ……勇者殿が突然走り出してね――」

あとはみんな知ってるだろ？　数日間、行方不明となった勇者。そして間もなく始まった覇王軍の反撃。勇者を欠いた勇者軍は、覇王軍の猛攻に曝され、ホッカリー砦に追い詰められた――……という事の次第だ――そうエルランは説明した。

後は知っての通り、遠距離魔法の集中射撃を受け、部隊は壊滅状態。勇者小隊も打ち取られる寸前だった。――実際、あと何分もったことだろうか。あのまま、勇者が戻らなければ……今こうやって駄弁《だべ》っていられる時間など絶対にありえなかったはずだ。

「む……エリン、本当か？」

クリスはエリンに視線を向ける。その目はやはり冷め切っている。

「う、うん……でも、でもぉぉ！　いなかった！　いなかったんだよぉぉ！」

また、ワッと泣きだすエリンに、チィ……と聞こえよがしの舌打ち、エルランは怒気を漲《みなぎ》らせている——この男は本当に感情の制御が下手だ。

クリスはクリスで、冷め切った顔、ゴドワンはただ達観《たっかん》した顔で、シャンティはオドオドとし、ミーナは未だ恐怖に震えている。そして、ファマックはいつも通り面白がっていた。

「その……エリン……」

エグエグと泣きじゃくる勇者エリンに対し、クリスは聞く。

「どこの港に行ったんだ？」

え？？？　キョトンとした顔で首を傾げるエリン。一同は顔を見合わせ、再度エリンに問う。

「「「こっちか？」」」

と、味方の居るであろう港を指してみるが、エリンは……。

「あっちだよ……？」

覇王軍が頑強に立て籠っている北部軍港を指さして見せた。

※

「これが勇者……」

今だ包囲を続ける覇王軍だが、その圧力は明らかに減《げん》じている。先ほど出した最後の伝令部隊は、無事連合軍にたどり着いたようだ。遥か彼方に棚引《たなび》く狼煙《のろし》が、伝達終了を伝えている。連合軍がどう動くか分からないが、このチャンスを逃すはずもない。そう、このチャンスを——。

ゴドワンの視線の先には一筋の道が……いや、破壊の軌跡がある。それは道などという生易《なまやさ》しいものではなく、まるで巨大な龍が暴れ回り、一直線に駆け抜けたという様子。その破壊の軌跡は、湿地帯と北部軍港を繋ぐ要所であり、ただ一つの道である狭い狭い回廊を埋め尽くしていた。抉《めぐ》れた地面と巻き上がった死体と——土塊によって、だ。その有様は、左右の沼すら埋め立てている始末。

その破壊の余波から見て、覇王軍の占領する北部最後の拠点である軍港から——何かが一直線に駆け抜けてきたかの如く、その様相をまざまざと見せていた。

「勇者殿は、往路は空から捜索。鹵獲《ろかく》した飛竜を駆って行き——復路は焦燥感と……半狂乱で陸路を、か」

北部軍港を策源地として軍を押し進めていた覇王軍は、一時的に補給路を絶たれたため、再建のため部隊を抽出——前線から戦闘部隊をも引き抜き補給路の構築に転用しているらしい。明らかに包囲網を形成している兵が減っていた。遠目にも、破壊の痕跡著しい回廊に兵が移動しているのが見える。未だ勇者軍に対する包囲は続けているが、それはかなり薄っぺらいものだ。北部軍港の被害がどのくらいかは分からないが……抽出された以上の兵力が失われている可能性があった。——一見すれば変化のない包囲網も穴だらけ。お陰で暗殺者《アサシン》のミーナ率いる勇者軍の生き残りの伝令部隊は、拍子抜けするほど簡単に突破した。そのことからも、覇王軍は指揮系統を始め、かなり混乱しているらしい。

しかし、それを表面に出さないところを見ると、まだまだ組織の瓦解とまではいかないようだ。ただし、傍目に見ても少々軍事を齧った程度の人間なら、これを奇貨《きか》として反撃と追撃の誘惑に取りつかれるだろう。実際に——エルランはしきりに反撃だ。追撃だ！　と、宣っているが……まぁ無理なこと。かき集めた勇者軍の生き残りは精々一個中隊。これでは、辛うじて砦を奪還できる程度だろう。今もクリスが精力的に働き、砦の要部を再奪還しているのが見えた。彼女の働きにより、覇王軍の旗が次々に引きずり降ろされ、代わりにボロボロの勇者軍の旗が立つ。苦戦しているように見えないのは、既に覇王軍は砦内部から撤退し、大環《だいかん》包囲を解き、相互支援を目的とした小グループに分かれた包囲網を敷いているようだ。あの小さなグループは対勇者陣形という新戦術のようだが、なるほど……有効らしい。

「勇者に攻撃される＝全滅」を意味する覇王軍にとって、大部隊でひと塊に集結するのを嫌う傾向が顕著《けんちょ》となってきた。ゆえに大規模な集団戦術を捨てた覇王軍は、新戦術を採用――旧来の戦術の代わりに取られたのが、十～三十人程度の分隊～小隊編成で数珠《じゅず》の様に陣形を組むというもの。その理屈は、勇者の攻撃により一個の数珠が破壊されたとて、隣の数珠がすぐさま全滅箇所を補うというコンセプトらしい。

連合軍上層部は一顧《いっこ》だにしないが……これは勇者を有効活用したい連合軍にとって厄介極まりない戦法だ。彼らは、死を厭《いと》わぬ兵を――逆に死なないようにするため、……一部を死兵とする気なのだ。矛盾しているようで、合理的。それだけに連合軍には真似ができない戦法だ。つまり兵に言うのだ……。

「勇者に狙われたら、死ね！――ただし、時間稼ぎのために死ぬまで逃げ回れ！」と……人類なら――いや、普通なら絶対に拒否するだろう。腐っても軍人、かつ戦士ならば雄々《おお》しく戦いたいと思うもの――だが、許さぬ……「無様に死ね！」――それが対勇者陣形。

次の戦友のために、後の友軍のために、勝利を覇王のために、……と。それは、薄ら寒く感じるほどの、統率力《カリスマ》――彼らは死した戦友の屍を乗り越えて、再び陣形を組む。少数が死んでもいきなり全部隊が全滅することはない。それでいいという。なるほど、勇者は最強といえど……一人なのだ。

その「一人」であるという弱点を最大限に追及し、勇者を少しでも足止めするのが覇王軍の兵。狙われた部隊の兵は——逃げ惑う。端っから勇者に勝てないと踏んで、少しでも時間を稼ぐように、逃げて逃げて逃げまくる。最終的に全滅させられようと……、彼らは散り散りに逃げまどい……僅かな時を稼ぐ、と。ある意味、非道で哀れで滑稽《こっけい》だが……実に有効だ。勇者は一騎当千……いや一騎で万騎だ。だが……一騎。そう一騎なのだ。覇王軍は、それを見越して軍を編成する。やられる部隊とて、タダで死にはしない……一騎を一部隊で引きつけ……残った部隊は、退避と同時に——勇者以外を攻撃する。その間に行われる勇者による追撃も、一部隊で対応し、時間稼ぎに徹する部隊は……全滅しても、尚——時を稼ぐことを至上目的とする。

勇者がいなければ勇者軍も連合軍も、覇王軍には耐えられない。勇者小隊とて、勇者のサポートに手いっぱいで覇王軍を追撃するなど思いもよらない。

強い……兵も、将校も、覇王も……——。

今回の勇者の暴走による覇王軍の要所襲撃とて、実際に覇王軍は手痛い打撃を受けたようだが、その動きは鮮やかなものだ。既に、砦内部は空となり、「勇者」と覇王軍の部隊が接触しない様に適切な距離を保っている。八家将が討たれたのは誤算だったのかもしれないが……それは覇王軍の失態というよりも、八家将の一人、チーインバーゥ個人に性格に由来するものだろう。好戦的で自信家だというチーインバーゥ。勇者の接近を知り、一騎打ちを挑んだのかもしれない。結果は、三枚卸《さんまいおろ》しにされて首を晒すというものであったが。

決して小さくない被害を受けた覇王軍は、この後は確実に撤退するだろう。少なくとも、攻城兵器と遠距離魔法攻撃部隊が壊滅したことはかなりの痛手と思われる。だが、遠距離魔法攻撃部隊は蹴散らされただけなので、兵自体の損害は少ないかもしれない。とは言え、肝心の攻城兵器はそうもいかないだろう。旧占領地とは言え、現在は敵地だ。大型兵器は放棄するしかない。

直ぐに補充できる武器でもないのだから、今後は覇王軍も防御態勢に移行すると思われる。また振り出しに戻った状態だが、戦線の崩壊よりも遥かに良い《い》。それに勇者は知ってか知らずか、敵の最重要拠点たる北部軍港に痛打を与えている。

愛しの叔父さん《バズゥ・ハイデマン》を探しに、『港』を探したというが……――まぁ、やり過ぎだ。『港』違いも、違い過ぎ。覇王軍からすれば青天霹靂《せいてんのへきれき》の思いだろう。突然最重要拠点に厄災が降りかかったようなものだ。

結果として、連合軍からすれば決して悪い出来事ではないが、当然軋轢《あつれき》が出た。人類の希望の星が数日間前線から消えたのだ。前線の友軍からすれば敵前逃亡もいい所。

友軍に甚大な損害を及ぼした補填になるかどうかは分析次第ではあるが……。せめて敵にも大きな損害を与えてくれれば御の字。……その規模はどの程度になるかは知らないが、敵の船の一隻か――……せめて軍港の起重機《クレーン》の一つでも破壊してくれていれば、荷揚げ能力は大きく損なわれるだろう。

そこまで期待できるかは不明だが、勇者の破壊力の一端でも軍港に及んでいたとすれば、覇王軍の動きは確実に鈍る。それ以前に、勇者に再度突撃してもらうのも、有り……か。再び破壊の跡に目を向けてゴドワンは思索する。

エルランとファマックがギャイギャイと騒ぎながら、エリンに詰め寄っている。シュン……と小さくなったエリンを心配そうに庇うのはシャンティのみ。というより……一方的に詰め寄っているのはエルランで、ファマックは揶揄っているだけだ。幼い時分に家族から引き離され、連合軍で教育を施されたエリンは、基本的に軍のお偉方には比較的従順《じゅうじゅん》だ。それもこれも、何年もの教育の賜物《たまもの》なのだが……やはり、こうして強力に過ぎる個人の力は、時に軍や国の制約など知らぬとばかりに暴れることがある。まだ、連合軍も……勇者小隊でさえ、『勇者エリン』を使いこなせているとは言えない。極端に言えば、エリンに北部軍港を攻撃してもらえばかなりの戦果を挙げることができる。

しかし、覇王軍とて馬鹿ではない。勇者が北部軍港を襲っている間に迂回し、連合軍の主力や勇者軍の残存を叩くことなど容易にやってのけるだろう。

勇者は攻撃の要であると同時に、防御の核心でもある。……故に、軍と勇者は同時に動かねばならない。

──勇者に守られつつ、勇者を前面に押し出し、勇者のおこぼれを刈り取る。それが現在の人類の戦い方だ。

かつて、伝説の時代には……勇者が数名のお供を連れて、魔王を討った──とある。しかし、それはまだ剣と魔法が今ほど洗練されていない時代。今は、敵も味方も剣と魔法で簡単に勇者と魔王のどちらも切り裂くことができる。

強力な魔法は、一撃で殺し切らずとも連続して命中させれば魔王といえど消滅せしめる。

強靭な刃は勇者がいくら再生の力をもって回復したとしても──肉と骨を断ち、四肢を落とすに至る。

もはや、個人でどうこうできる時代ではなくなったのだ。いくら強力な個人であったとしても、睡眠は必要だし、メシも食えばクソもする。ゴドワンとて、寝込みを襲えばエリンを負傷させることが可能だ。──やるやらないは別にしてだ。

──もちろん、それほど簡単ではないが、やってやれないわけではない。

勇者は最強だが、無敵ではない。強力無比だが、不死身ではない。かつてと、今は違い過ぎた……。

時代は残酷で、今や単騎で魔王や覇王に挑むには、余りにもリスキー過ぎるのだ。だからこその勇者軍であり、勇者小隊だ。ひいては連合軍の編成となる。言ってみれば、勇者を五体満足で『魔王』

や『覇王』にぶつけるのが人類全体の仕事になったということ。

戦線を構築することが第一。攻勢時には勇者を前面に出して敵を砕き、脇と背後を固めて、少しずつ魔王や覇王に近づいていく。――それが連合軍の……「人類」の基本戦術。

主要な任務は、勇者を休ませるために、軍でガードし補給を行う。そしてまた前進……ただそれだけ。

それで、かつてはうまくいった。シナイ島戦線が始まる前には、覇王軍による南大陸侵攻に対するカウンター戦役があった。その際の、南大陸の失地奪還《しっちだっかん》はそれで上手くいった。

――それが怪しくなったのは、シナイ島戦線を構築し始めてからだ。何かが違う……そう思った。

ふと、眼下の砦の要部にボロボロの旗が燦然と輝いているのが見えた。ゴドワンの目に映る砦の全てに勇者軍の旗が立つ。それを見届けると、――彼は動き出した。この望楼の護衛は、もはや必要ない。クリスは完璧に仕事を終えたようだ。……ならば、次は行動あるのみ。近いうちに進軍を開始するであろう連合軍と、連絡をつけるのだ。残余の一個中隊は砦の保守に使用するとして――包囲網の突破と、連合軍と協同しての挟撃《きょうげき》は勇者小隊にしかできない仕事だ。

勇者は……正直、どう扱えばいいのかわからない。勇者が縦横無尽に敵を攻撃すれば簡単に包囲網を破壊できるだろうが、戦果という点で見ればさほど大きなものを挙げることはできない。なぜなら、勇者は一騎なのだ。

敵は、攻撃された時点で死兵を残し、主力を退避させるだろう。結果、勇者の戦果は覇王軍の一個小隊か、多くて精々それを二、三といった所……これでは、勝てる戦争も勝てない。敵は……覇王軍は、シナイ島戦線を構築して以来徹底的に勇者との決戦を避けるようになった。戦闘らしい戦闘も……なくはないが、そんな時は、多少ないし対抗できる八家将や神話級のバケモノをぶつけるのみで、軍としては勇者を避け始めた。その代わりに、覇王軍は勇者のバックアップを任務とする勇者軍や、連合軍を集中的に攻撃。甚大な損害を与えはじめた。その効果は徐々に表れている。

戦線は押し上げられはするものの動きは鈍化し、軍の停止と共に勇者も停止せざるを得なくなった。勇者がいれば負けはしないし、確実に前進できるのだが……その被害は膨大となり、次第に——軍の出血に各国とも耐えきれなくなり始めた。

加えて勇者の扱いの難しさだ。最強で、強力無比なのだが……如何せん少女。まだまだ幼い女の子だ。勇者として覚醒するまでは、王国の片田舎にいたというのだから……世間知らずで、無知だった。数年かけて教育したものの。貴族のようになるわけもなく。田舎娘が急ごしらえで知識を身に着けただけで、……実際は、あらゆる知識に欠ける。文字を覚え始めたのも最近で——そこから軍の教本を使っての教育だ。おそろしく時間のかかる教育を短時間で叩きこまねばならなかったのだが、まぁ当然無理だ。というか、無茶だ。無茶苦茶だ……。武力は一騎当千と言っても、知識は幼年学校レベル。軍事のことなど分かるはずもない。

結果——言われた通りにしか動けず……一度でも連絡のつかない前線奥深くに行けば、単騎で後先考えずに暴れまわるのみ。それでも、覇王軍に大損害を与えることができるのだが、当然覇王軍にはその特性を見抜かれて——現在の対勇者陣形を編み出されてしまった。

理想的な戦い方は、勇者小隊が勇者にぴったりとくっついて、足りない部分を補えればよい。——よいのだが……。

あまりにも、——あまりにも！　そう……あまりにも力量に差がありすぎた。加えて思春期を迎えつつある少女は、時に反抗的になり、時に情緒不安定になる。そのフォローとして肉親を戦場に張り付かせたが、……今度は肉親の心配ばかりをして満足に働けない始末。正直な話……連合軍上層部は頭を抱えていると言った有様だ。勇者が男であれば……あるいは、妙齢の女性であればもっと違ったであろう。――幼くとも貴族のごとく知識と使命感に溢れていれば違ったであろう……。

おぉぉ、神よ。神国の信ずる神よ……なぜ、貴方は『エリン』を勇者に選びたもうたのか……！

もっとこう……違うのをね――ゴニョゴニョ……とゴドワンは心中で誤魔化《ごまか》した。

ともあれ、勇者小隊と勇者軍は壊滅的被害を受けたものの最悪の事態だけは免れた。接近しつつある連合軍と共同すれば、拠点の防衛と敵への反撃は成功するだろう。エリンという戦力も、ひとまず手元に戻すことができた。だが、今回の暴走は実に危うい……二度は起こしてはならないだろう。

エルランも、他の者も気づいているが、……――バズゥ・ハイデマンを欠く事の恐ろしさが今にして身に滲みて来た。やはり、バズゥは必要かもしれない。知れないが……。懸念はある。大いにある。ここ最近のエリンを見ていれば嫌でも気づくだろう。戦場において、エリンがバズゥ・ハイデマンを庇いつつ戦うのは良い。良いが……仮に戦場でバズゥが戦死した場合どうなるのだろう。たかだか、たった一日……夜に何も言わずに消えたというだけ。ほんの少し、バズゥの所在が分からないだけであの騒ぎ。今までだって、任務でバズゥがいない日などいくらでもあっただろうに……。それ故に、あの家族が大きな信頼関係を築いていたと知ら占められる。だからこそ、何も言わずに叔父が去ったことがエリンに与えた影響は大きいらしい。勇者小隊――正確にはエルラン達を除いた、他のメンバーの認識ではバズゥとエリン同士で話がついているものと思っていたが……そうではないらしい。

エリンからすれば、バズゥが消えたのは――ほとんど行方不明と同じ扱いということらしいが……？　あの日、バズゥに「帰れ」といったのは一体なんだったのだろう。彼女と彼の間に何があったのか。そもそも、あれは――……いや、言うまい。

それほどまでに固い信頼関係で結ばれている者が、ろくな連絡もなく突然いなくなったのは衝撃だったのだろう。掻き集めた断片的な情報で、「港に行った」という不確かな話だけで盲信する無知な少女。エリンはバズゥが北部の敵の占領地である軍港に向かったと勝手に思い込んで――今回の暴挙に出た。そして、暴れに暴れて……覇王軍を恐怖のどん底に叩き落すとともに、勇者軍を放置し大損害を被《こうむ》らせた。

無断の戦果と、無残な被害と、無知無謀な少女の暴走……。これで、今後まともに勇者として働くことができるのか？

いや、そもそも我々は勇者とともに戦う事ができるのだろうか。なにより、人類は勇者に救ってもらえるのだろうか？　勇者エリンを支援して覇王軍と戦う、という方法は、すでに構造的欠陥を抱えているのかもしれない。もし、バズゥがここにいたなら、エリンの精神安定剤として、彼を前線に張り付けずに、後方に残置するくらいの処置をしたいが……如何せん、覇王軍は勇者と決戦をしない。

覇王軍の狙いは勇者を支援する連合軍などの「勝てる相手」だ。そして、勇者の叔父がエリンの弱点と知れ渡ればどうなるか……。結局、勇者と一緒にいるのが最も安全なのだが、もはやそれは叶わない。紆余曲折の末、バズゥ・ハイデマンは帰国の途に就いた。向かった先は故郷だと――そこは、王国の田舎ということを聞いている。

王国は、後方も後方……後方地域《あんぜんちたい》だ。――多分、身の安全は保障されているだろう。ならば、今気にしなければならないことはただ一つ――エリンが果たして、バズゥ抜きでどこまで戦えるか……だ。

正直、それはやってみないと分からないし、――――やるしかない。

まったく……子供が勇者なんて、いったい何の冗談だ？——保護者付きで覇王退治なんて聞いたこともないわ!!

ゴドワンを含めた勇者小隊は皆が同じような見解に達しており、先行きに何の希望も持てなかった。

勇者エリン……彼女の機嫌一つに人類の命運が託されている等、誰が考えようか。しきりに「反撃しろ、追撃だ！」はては「軍港占領だ！」と、叫ぶエルランの言葉の非現実性がむしろ清々《すがすが》しいほどだった。

数時間後……——連合軍は勇者小隊とともに、覇王軍の包囲部隊の挟撃に成功。覇王軍の包囲網を切断し、ホッカリー砦との連絡線の回復に至り、防衛という目標を達成した。攻勢に失敗した覇王軍は、再び北部軍港に拠点を戻すことになる。だが、それは勝利などとは程遠く、厳しい季節の訪れとともに泥沼の消耗戦を呈したはじめただけ——。

地獄のシナイ島戦線……まだそれは序曲に過ぎない。果てしなく物資と、金と、人と——……何もかもを飲み込む泥沼。

果て無き闘争の先に、何《いず》れ判《わか》る勝敗の行方——それは戦場で死すものには一生わからぬ歴史の事実だ。

なんとか態勢を立て直した人類軍の次なる戦いは「北部軍港」包囲戦。

覇王軍の周到な準備と、潤沢な海上戦力と——空の援軍、さらには分厚い防御陣地と、港から補給される溢れる物資により、着々と要塞化の進む北部軍港。それを包囲し圧力を掛ける寸土を取り合う戦いだ。しかし、どちらも決定打に欠けるため——連合軍と覇王軍は北部地域とホッカリー砦の要所で睨みあい。戦線は硬直状態となった。

そんな中、勇者エリンは出撃を待ち……自室で膝を抱えて、ただ体を冷えたベッドの上で固くするのみ。その目には何も映さない――――。

エリンが勇者になった日

グツグツグツ……。

大鍋の中で地猪《グランドボア》の背骨が煮込まれている。

周囲に立ち込めるのは、何とも言えない生臭さとも血なまぐささとも取れない……悪臭だった。

これに近い匂いは、むさ苦しい『猟師』が何日も籠っていた小屋の汗臭さだろうか。

寝ぼけ眼で起き出してきた俺は、住居部から店に顔を出すなり開口一番に伝えてしまう。

「酷い匂いだ」

店中に立ち込める匂いに辟易《へきえき》している俺に、キナが困った顔をしてあいまいに笑う。

「ゴメンなさい……下処理しても、煮込むとどうしてもこんな匂いが出るの」

姉貴直伝らしい猪骨スープは、コクがあり良く濾《こ》して使えば素晴らしい味のスープになるが、難点はこの匂いだろう。

一応換気をしているとはいえ狭い店内の事……あっという間に悪臭に包まれる。

猟から戻って、しばらく休んでいた俺は、店に顔を出すなりキナに嫌味とも苦情とも付かぬ呟きをわざと零す。

その呟きを聞き取ったキナは本当にすまなさそうに、厨房から顔を出すと、チョコンと俺に頭を下げて謝る。

「いや、謝らんでいい……姉貴の頃よりはマシだしな」

姉貴直伝とはいえ、その本家本元の姉貴はもう他界して――いない。このスープも最早キナが魔改造して別物になっているだろう。

……実際かなり旨い。これで作るスープやパスタは絶品なのだ。

俺が大物を仕留めて持ち帰った時くらいしか出せないが、この店の看板メニューと言ってもよい。

……言っても良いのだが、難点もある。それは、先述の匂いと……まだまだ『猟師』として未熟な俺では、早々大物を仕留めることは叶わないので、店頭に並ぶ機会がさほど多くないこと。

「くぁぁ……よく寝た――エリンは？」

割烹着姿のキナは、厨房から出ると頭をかしげながら俺に言う。

「えっと――お昼を食べてすぐに、お遣いに行ったけど……」

……ん？　俺はキナの言葉を聞いて、キナと同じように首をかしげる。

「大分たつな？……食材を買いに行ったんだろ？」

店でのお遣いと言えば、そんなところだ。他にも薪やら飲料水なんかはあるが、まだまだ小さなエリンには少々荷が重い。キナがやるよりは幾分マシだと思うが、少なくとも、キナは水を汲んだりなどの力仕事はなるべく自分がやるようにしているらしい。

もちろん俺がいるときは、力仕事は俺の仕事だが――。

とはいえ、俺は『猟師』で給仕ではないのだ。当然本業が優先になる。もっとも、なるべく日帰りにしているので、比較的俺の持つべき仕事は多い。

今日は偶々《たまたま》大物を仕留めての帰りだったので疲労が色濃く出たのだろう。日中の陽の高いうちに眠りこけてしまったようだ。

――たしか、昼飯を適当に食べた後、すぐに横になった覚えがある。エリンがお遣いに出たとしたらその後だ。

外を見れば陽はかなり傾き、夕方と言ってよい時間。お遣いにしては遅すぎる。キナは足が不自由なので、遠出すればそう言ったこともあるだろうが……エリンは疲れ知らずの少女。

まさに天真爛漫を絵にかいたような元気娘だ。

「そ、そうなの……交易船が入港したって聞いて、市が立つから色々買い込んで来てくれるはずなんだけど――」

言葉尻をゴニョゴニョと濁すキナ。多分、料理の下ごしらえに夢中でエリンの不在に気づかなかったことを恥じているらしい。

とは言え、責める気なんて微塵《みじん》もない。そもそも、責める謂《いわ》れもない。

「ちょっと心配だな……」

過保護オーラ全開の俺はソワソワし始める。……これでも親代わりのつもりだ。一度だってお父さんなんて呼ばれたことはないが……それでも、だ。

「最近、衛士さんも交替したばかりだし……」

キナも、今更ながらソワソワし始める。

田舎ゆえ、都会ほどに人心も荒れてはいないとはいえ……エリンはまだまだ十歳かそこら。不埒《ふらち》な考えを持った人間がいれば何をされるか分かったものじゃない。親族故に贔屓目もあるだろうが、かなりの器量よし。……特殊な趣味の人なら垂涎《すいでい》ものだ。

特に、よそ者は危険だ。（村の者ならさすがに……大丈夫なはず）

「衛士どもか……無駄飯食うだけで働いたためしがないからな」

フンスと鼻息荒く腕を組む。衛士と聞いただけでもいい顔はできない。

貧乏なポート・ナナンでは満足に兵士を雇うことも養うこともできないので――その公的権限は、王国に一任している。

いわゆる直轄地である。とは言え、名前こそ仰々しいが――実態は見捨てられた土地の様なものだ。そこに送り込まれる王国の人間が良質な人材であるはずもない。

実際、今交替したといわれる衛士たちだが……交代前の連中は酷いものだった。出世できないと完全に開き直っているのか、村に派遣された当初からやる気はゼロ。しかも、狼藉三昧《ざんまい》と評判も最悪だった。

当然のごとく、この店にも来てタダ酒飲もうとするわ、キナに手を出そうとするわ……挙句まだ小さなエリンにも悪戯をしようとするものだからね――そりゃ、叔父さんブチ切れちゃうよ。

何度も大喧嘩になりそうになったが、腐っても公的機関の連中だからギリギリの一線は越えてこなかった。それゆえに、俺も手を出さずにすんだが、一歩間違えれば殴り合いになってもおかしくはなかった。

……たまたま、連中が引き下がったから結果的に揉めずに済んだだけだ。

「今度来るっていう衛士さんたちは……その――」

キナが言葉を濁す。まだ会ったことはないだろうが……言いたいことはわかる。

――まともな奴が来るかということだ。

「期待はしないほうがいい……それよりも、俺――ちょっと行ってくるわ」

待っていても埒が明かないと、俺は徐《おもむろ》に立ち上がると、外出の準備を整えた。

準備と言っても、上着を羽織って腰に護身用のナイフをぶら下げるだけ。仕事道具の鉈と猟銃は当然置きっぱなしだ。

「気を付けて……」

本当に心配そうな眼をしたキナが、俺を見送る。

「安心しろ。すぐ戻る――晩飯、頼むぜ」

キナを安心させるために、ニッと口の端をゆがめる笑い。それを見たキナも僅かに相好を崩すが――

――根本的な不安な表情は拭えない。

まったく……キナに心配かけるなんてな。エリンの奴……どこをほっつき歩いている？　まさか本当に、バカどもにちょっかい掛けられてるんじゃないだろうな。

自慢の可愛い姪っ子だ。そりゃ～、連れて行っちゃう気持ちもわからんでもないけど……叔父さん、承知しませんよ⁉　と、勢い込んで家を出る。

まずは、村の中心に向かい――どっかの暇人に話を聞こう。多分すぐ見つかる。それから……晩飯の前にエリンを連れ帰り、帰りが遅くなったことへの、お説教を交えて――頭を撫でてやろう。

うん、そうす――。

「ぐぉ！」「あだ！」

店を出ようとした俺だが、その拍子に入り口から入ってきた人物に突き飛ばされる形で尻餅……店に再入店する。

「いってて……んだよ！　誰だ！」

腰をさすりつつ俺は起き上がると、同じく吹っ飛ばされて尻餅をついている人物を見下ろす。

そいつも腰をさすりつつ、悪態をついていたが――。

「いってぇぇぇな。ちゃんと前を見ろ！」

……オヤッサン？

「なんだ、オヤッサンかよ……店はまだだぞ！」

尻餅をつく狼藉者は、店の常連客であるオヤッサンことアジだ。

「んだよ！　一杯くらい、いいじゃねぇか――って」

ガバリと起き上がるアジは勢い込んでいった。

「馬鹿野郎！　飲みに来たんじゃねぇ！　エリンちゃんがな、倒れ――」

という言葉を聞くが早いが俺は走り出していた。

「おう！　こら待てっ」

慌てて追いすがるアジ。背後でキナが「バズゥぅぅ!?」と驚いているが……知らん！

「待てっつってんだろ！　どこ行くつもりだ」

知らん！――エリぃぃぃぃン!!

「待ってろ!!　今行くっ」

全速力で坂道を駆け降りる。村の中でも、高い位置にあるため、速度だけは出せるのだ。

「あー！　まったく人の話も聞かないで！」

アジも俺に合わせて駆け降り、並走してきた。

「聞けよアホ！　エリンちゃんは教会だ！　教会にい――はぇぇぇな、おい!!」

教会の単語を聞くが早いが、俺は一気にトップスピードになると、村を駆け抜けていく。

教会は村を抜けた先の……ちょっとした外れにある。夕方に近い時間帯ゆえ、漁帰りの『漁師』や

『釣り人』達で村の中心地は人でごった返していた。田舎のわりに家屋が密集しているものだからこういう時には、一時的に人口密度が高くなる。

一様《いちよう》に疲れた顔をした漁師達の群れに、坂の上から凄まじい形相で俺が駆け降りてくるものだから、皆驚いている。ギョッとした表情は、何事かと眼を剥いていた。実際に何人かは防衛体制をとり、俺を新手の強盗か何かと勘違いしている節《ふし》もある。

「どけぇぇぇぇ!!」

しかし、そんな人ごみ等——知らんとばかりに、迷惑など顧みずに強引に掻き分け弾き飛ばしていく。

「うお！」「いでぇ！」「きゃぁ！」「な、なんだぁ!?」

抗議の声、驚き、悲鳴、事態のわからない——といったありさまだが、俺は全無視して駆け抜けていった。その背後でようやく追いついたらしいアジが、ぶっ飛ばされたらしい漁師達に謝罪し、説明している。

もちろん、俺も気付いてはいるが——知らん！　と、人様のことなど顧みずに、エリンの元へと馳《は》せ参じようとする。

うおおおおおおお!!　エぇぇぇぇぇぇリぃぃぃぃぃぃぃン!!

完全に傍迷惑なオッサンなのだが、こうなったらもう自分自身でも手が付けられない。村を突っ切ると、教会までの僅かな距離をぶっちぎりの速度で駆け抜ける。

狭い面積に、海岸沿いの崖を半分くり抜いた様な作りの教会は、年月を感じさせるほどには古く、それでいて歴史がある——というにはおこがましく、微妙に新しいものだった。

ポート・ナナンの地形制約を受けるため、教会の各種付帯設備も分散している。ここには鐘楼《しょうろう》すらなく、主要設備の礼拝堂と宿舎、そして住民向けの公共施設があるのみだった。

ちなみに……墓場もここにはなく、遠隔地に設けられている。——ポート・ナナンは本当に狭いのだ……。

そして、俺は正面扉と言っていい礼拝堂の両開きドアをぶち破らんばかりの勢いで飛び込んだ。

「エリィィン!!」——バァン！

大きな音を立てて開いたそれに、内部の者がギョッとして眼を剥いている。

「あ、あなた！　ここは神の家ですよ！」

いかにも堅物といった感じの老いたシスターがすかさず抗議するが——知らん！

「エリンはどこだ！」

掴みかからん勢いで迫る、俺に老シスターは一瞬怯みそうになるが、すぐに持ち直し激しく言い募る。

「何度も言わせないでちょうだい！　ここは神様のおわす家——礼儀を知りなさい！」

ピシャリと言い切られてしまえば俺とてぐうの根もでない。

「む……すまん」

無理に食い下がることもなく、俺もあっさりと引き下がる。

「よろしい……神は静謐を尊ばれます——して、バズゥ・ハイデマン氏とお見受けしますが……」

「そうだ」

いいからエリンに合わせろ！　と言いたいのをグッと堪える。そのやり取りさえ時間の無駄だと思えば我慢もできるというもの。

「えぇ……お待ちしておりました。——大丈夫、下がりなさい」

キッと目を向ける老シスターの視線の先には、数人の人だかり。

若いシスターと、教会の下男に交じり……完全武装の王国軍の兵士が一人。……新しい衛士らしい。

「しかし、いきなりの騒動……警戒してしすぎることはありますまい」

チャキンッ…と、兵士は剣の鯉口《こいくち》を鳴らして抜刀を中断……少しタイミングを間違えれば剣を抜いていたかもしれないと思うほどに緊迫した空気が流れていた。

「えぇ……おっしゃることはわかります。——ですが、彼は大丈夫です……村人で、彼女の縁者ですよ」

「なんと……それは重畳《ちょうじょう》」

スッと体をずらすと、奥への道を解放した。どうやらエリンはこの先らしい。

「バズゥさん？　取り乱す気持ちはわかりますが……落ち着きなさい、彼女は無事です。……知る限りの事情も話しましょう」

そういって先に立って歩きだす老シスターに、俺は黙ってついていくしかなかった。

途中、教会内にいた村人や、シスターに下働きの者が何とも言えない表情で俺を見ていたのが気になった。

「何があったんだ？」

取るものも取りあえず駆けつけたものだから、正直何一つ事情を知らなかった。

「使いの者から聞いてないのですか⁉」

老シスターは俺の言葉に若干の驚きを含ませて眼を剥く。

「いや……その、だな。動揺して、だな」

ポリポリと頭を掻く。

「はー……短絡的な人だとは聞いていましたが——」

「面目ない」

老シスターがこういうのも……俺とほとんど面識がないからだ。

なんたって『猟師』だ。決して教会に対する信仰がないわけではないが……『猟師』達の持つ独特の価値観……というか、反宗教じみた山岳信仰があったため、用がない限り教会に近づくことはなかったのだ。

故に、この老シスターの顔は知ってはいたが、会話した記憶は——ない、はず。

「いえ、親族の危機と知り、駆け付けた男気……それもまた、人として当然のものでしょう」

柔らかく微笑み、俺の狼藉を水に流してくれるようだ。

そして、さほど広くもない礼拝堂を突っ切ると、宿舎部分へ入り一つの部屋の前に案内する。俺の背後には、教会の関係者や兵士も何とはなしに付き添っていた。

「エリンは……無事なのか？」

…………。

「ご自身で確かめなさい」

意味深に呟くと、老シスターは扉をあけ、自らは入らず俺に入室を促した。

そして、その先——。

部屋の中は存外明るく、古びてはいるが清潔であった。そこに、愛しき家族はいた。木枠に干し草が敷き詰められ、シーツ被せただけの簡素なベッド——その上に、エリンはいた。

「エリン！」

ガバッと縋りつくように、ベッドの枠を掴むと、姪《エリン》の顔を覗き込む。

……記憶にある姉貴とよく似た——美しい相貌。まだまだあどけないソレは、高熱のためか茹ったように見え、妙に色っぽかった。薄っすらと湯気でも吹きそうなほど上気した顔は、赤く火照っており——汗がびっしりと浮かんでいる。

次々と溢れてくるのか、額には玉のような雫が浮き出ては、皮膚を伝い……いくつかの汗の塊と合流し一条の流れを作って枕へと滲み込んでいった。

「お、おい！　エリン⁉　エリン‼」

どう見ても無事には見えない様子に俺は慌てて揺り起こそうとするが——。

「おやめなさい！　見て分かりませんか！……高熱にうなされているのですよ」

分かってるよ！　見りゃ分かる！

「だって……こんなに苦しんでいるじゃないか！　起こして冷やしてやらなければ！」

顔が真っ赤→熱い→ならば冷やす→水はどこだ！

と、素人丸出しのバカ診断を下して慌て始めるバズゥを老シスターが押しとどめる。

「落ち着きなさい！　風邪だったらどうするんですか！　今は薬を与えて様子を見るしかありません！」

……ましてや冷やすなんて馬鹿の所業です！　と、ピシャリと言われてしまえば俺に反論など出来ようはずもない。

「うぐ……ど、どうしたらいい⁉　俺は何をすればいい？」

矛先を老シスターに見出した俺は起き上がり、彼女に掴みかからんとするが——。

「止さないか……ご婦人に手を上げる気か？」

シュッと、鞘付きの剣を顔の前に突き出されて、老シスターと俺の間に割って入る――兵士。

「何だテメェ！……衛士の出る幕じゃねえ」

退けよ！　と俺は乱暴に払いのけようとした。恰好から見て、新しく来たという衛士だと目星をつけた。

「どちらもお止めなさい！　病人の前ですよ！」

平静の声だが、怒気を孕《はら》んだそれで老シスターは、二人を――特に俺を諌める。

「うるさい！　衛士風情がシャシャリ出てくる――」

「――彼がエリンさんを運んで下さったんですよ！」

聞き分けなさい。と老シスターは事実を告げる。

「な……？　ほ、本当か？」

「……あぁ、大したことはしていない。このお嬢さんが市場の端で倒れていたのでな」

では、これで失礼すると言い、老シスターに一礼するとあっさり引き下がっていく衛士。……最近ではとんと見かけない礼儀正しい男だった。俺から少し離れると、老シスターに向き直り、カツンと踵をあわせて一礼――一部の隙もない敬礼だった。

「はい……この度は、御慈悲を――感謝します」

その言葉を聞くと、ニコリと笑みを浮かべて扉から出ていく衛士。

「あ……」

何か言おうとする前に、衛士は扉を閉めて立ち去ってしまった。廊下を歩く、コツコツという足音が遠ざかっていくのが分かった。

「……後々、非礼は詫びるべきでしょうね」

ジロりと睨む老シスターの目に、柄にもなく俺は少し気後れしてしまった。

「……わかったよ」

何とかそれだけ絞り出すと、エリンのベッドわきにドサリと体を投げ出した。

「これ……行儀の悪い！　後程、寝床を用意させますから、今日は泊っておいきなさい」

それだけ言うと、老シスターはさっさと部屋から出て行ってしまった。代わりに入室してきたのは、若いシスターで口数も少なげに黙礼をすると、エリンの看病をし始めた。

その様子をボンヤリと眺めつつ、事態がさっぱり分からないことに俺は今さらながら気付いた。

「あー……なぁ？」

まめまめしく働き、テキパキとエリンを看病する彼女に声を掛ける。——こうなった顛末《てんまつ》を聞くためだ。

「は、はい？……えっと」

ポヤーっとした顔の女性だったが、受け答えは比較的しっかりしており、俺の質問にも澱《よど》みなく答えてくれた。

そして、彼女によると——。

エリンは、今日の昼過ぎには、既に体調不良でぶっ倒れていたらしい。村の小さな市場で買い物を済ませたエリンは、原因不明の高熱にうなされ——隅の方で猫の様に丸くなっていた。

それに気づいていた村人もそれなりにいたが、特に介抱するでもなく放置……偶々、今日赴任したばかりの衛士の長が村の視察がてら見回りをしている際に発見。慌てて介抱し、村の治療院も兼ねている教会に運び込んだ。

その際に、村人の薄情な様子に憤慨していたが……教会で告げられたエリンの出自に愕然としていたそうだ。即ち……勇者《クソ野郎》の落胤であるという事に――。

騒ぎを聞いて駆け付けたアジに、親族への連絡を頼み、今に至る――というわけらしい。

実際に、解熱の薬を与えなければ危険なほどに熱にうなされており。下手をすれば命に係わるほどの高熱であったと――。

「うぅー……ん」

熱にうなされるエリンが寝床で身じろぎする。

「エリン⁉」

ガバリと起き上がった俺は、素早くエリンに顔を寄せ覗き込む。

「……叔父ちゃん？」

ボーッとした表情で俺を見上げてくるエリン。

「そうだ、叔父ちゃんだ！　わかるか？」

勢い込んで尋ねる俺に、シスターがそっと肩に手を当てている。無理をさせるなという意味だろう。

「うん……？　えっと、ここは？」

まだ本調子ではないらしく、汗を浮かべたまま文字通り熱に浮かされた様に言葉を紡ぐ。

「教会だ。お前は、病気でぶっ倒れてな……今、ちょっと寝ているだけさ」

安心させるように、額を撫でると気持ちよさげに目を細める。

「冷たい……気持ちいいー……」

ボーッと目を蕩《とろ》けさせると、また意識を失うようにスーッと、眠りに落ちていくエリン。先ほどよりも幾分マシではあるが、高熱には違いない。そして、うわ言の様にブツブツと呟いている――。

まの姿勢で小一時間近く硬直していた。


「……来る。……来るよー……何かが」

来る、来る、と怯える様に、そして抗うように、口を引き結び耐えている。

「大丈夫だ！　大丈夫だぞ……叔父ちゃんが付いてる！」

ベッドの脇から飛び出した手をギュッと握りしめると、俺は神に祈る様にエリンの手を捧げ持った。

「頼む……この子は、この子だけは奪わないでくれ――」

俺には、この子が最後の……最後の肉親なんだ。ギュゥゥ……ときつく握りしめ、バズゥはそのまの姿勢で小一時間近く硬直していた。

※

そうして、どれくらいの時間が経っただろうか。

あたりはすっかり暗くなり、俺もまるで寝入る様にしてエリンの手を握り続けていたが……一睡もできるはずもなかった。……キィと、扉が鳴り――老シスターが顔を出す。

「バズゥさん？　寝床を用意しました。今日のところはもう休みなさい」

そう言って、退室を促す。長時間籠っていても、双方ともに良くない――と。

「あぁ、そう……だな、わかった」

俺は起き上がると、ヨロヨロとした足取りで部屋を出る。歳かなー……と柄にもなく思う。

今日は泊って――明日また様子を見よう、そう考えて、一度キナに報告に向かうつもりで老シスターに声を掛けた。

「すまん、少しだけ……姪を頼みます」

素直に頭を下げ、礼を尽くす。

「使いの者をやりましょうか？」

キナに話にいくのだと看破した老シスターはそう言うが、俺はそれを断った。

「いえ、直接話します」

多分、キナもヤキモキしているだろう。アジが気を利かせてくれているといいが、それよりも自分の口から話した方がいい。

「わかりました。扉は開けておきますので、いつでもご自由にお入りなさい」

そう言って老シスターは、部屋から去っていった。静かな足音を聞き届けて、俺はゆっくりとエリンに向き直る。汗の浮いた額にかかる髪の毛を優しく掻き上げてやった。

「ちょっと、家に戻る。……プラムモドキの酢漬けを持ってきてやるよ」

ムチュッと軽く口づけし、もう一度頭を撫でると、ゆっくりと部屋を出た。穏やかな寝息とは言えないが、うなされているほどでもないので、今は小康状態だろう。それでも、熱は変わらず高く……気は抜けなかった。

「さて……」

暗い教会内を抜けて、村へ向かうのだが……。

ギシリと軋《きし》む床板を踏みつつ、ゆっくりと歩く。最近覚えたてのスキル『夜目《キャッツアイ》』が直ぐに役立った。

闇に沈んだ教会はとても静かで、老シスターの気配も最早ない。部屋に戻ったのだろうか。

キシ……ギシ……と、古くなった床板を軋ませてバズゥは歩く。

礼拝堂に併設されている宿舎部分と、公共サービス部分である社務所のようなところも静かなもので寝息すら聞こえない。それは、また一種不気味な空間にすら見えた。

日中なら、教会請負制度の一種である「住民照会」のサービスや、天職の確認や、ランクアップあるいは転職などでそれなりに人出はあるのだろうが……さすがに田舎の教会で夜中にそれらを行うものはいない様だ。静かな空間に妙な気味の悪さを感じながらも、宿舎部分を抜け礼拝堂を通過していく。

崖をくり抜いたような作りのそれは、床板の軋み音すら反響させ、まるで洞窟にいるような錯覚さえ覚える。

『夜目《キャッツアイ》』の緑色の視界の中では特にそれが顕著だ。名も知らぬ神々の像がまるで鍾乳石の様に見え、本当の洞窟のよう。

「見てる場合じゃないな」

そっと礼拝堂を抜けて扉を開けると、途端に潮騒が耳をついた。バタンという音を背後に聞きながら俺は、一路酒場《我が家》へと向かう。慣れ親しんだ道だ。トントントンと軽快に走るが、坂の上にある酒場のこと。あっという間に汗が噴き出し衣服を濡らしたが、一刻も早く帰りたい思いで駆けていく。

きっと、キナは心配しているだろう。

こんな時は、なぜか道のりが長く感じられるものだ。脳裏にエリンの熱にうなされる顔と、心配げに見送るキナの顔が交互に浮かぶ。どっちも俺にとってはかけがえのない家族で、けっして蔑《ないがし》ろにしてはいけない。キナが心配しているなら、安心させてやるのも俺の務めだ。

「ん？」

坂道を駆け上がる特性上、上を見上げることになるのだが……。

その目に何かが見えた。『夜目《キャッツアイ》』を発動したままなので、昼間の様に明るいが、遠目は利かない。

『夜目《キャッツアイ》』は近くのものしか明るく見せてはくれないのだ。

しかし、全く見えないわけではなく――遠くの空に何か、こう……蛇のようなものが浮いているように見えた。

（……なんだ？　雲……にしちゃ変な形だが）

首を傾げつつも、今はそんなことはどうでもいいとばかりに、意識を前に向けると――「ヨッ」とばかりに最後の辻を抜け、坂道を駆け上がって……この村唯一の酒場であり、且つ我が家に飛び込む。

酒場らしく未だ営業中で、店内には数人の酔客がいた。アジもほろ酔いで飲んではいたが、いまいち楽しんでいる様子はない。

「バズゥ？」

酔客に酌をしていたキナが俺に気付いて目を見開く。そして――。

「おう!?　バズゥ！　てめぇぇ」

ガタッと席を立ったアジがノシノシと目の前まで歩いてきた。何故か威圧感を感じさせて……――

ゴン！

「いっづ！　あにすんだこの野郎！」

「何、じゃねぇ！　キナちゃん、滅茶苦茶心配してたぞ！」

イデデデデ……え？　キナが？　ってそりゃそうか……。

「殴るなよ！　キナ……すまん、連絡が遅れたな」

ヒョコヒョコとバズゥに近づくキナは、アジに殴られた俺の頭を優しく撫でて、フーフーしてくれる。

「ううん、大丈夫だよ。……バズゥがそれどころじゃないことくらい知ってるから」

そう言って寂しそうに微笑む。

いや……不味ッた。せめて誰かに早々に使いに行ってもらうべきだったな。それか、いっそのことキナを背負って下りればよかった。

「悪い……エリンは無事だ。今のところはな」

そう言ってカウンターに腰を下ろすと、キナが薄めた濁酒を差し出してくれた。グビリと一息に飲むと——それはそれは、走って火照り……汗をかいた体にほどく染み渡って旨い酒だった。

「ふぅ……エリンな、急な熱でぶっ倒れたらしい……——」

そう言って、キナの酌を受けつつ俺は状況を説明していく。この後すぐに戻ることも告げようと思っていたが——。

グォオオオオオオオオオオオオオオオオオ！！！！

と、聞いたこともないような巨大な咆哮《ほうこう》が店に——。

いや、ポート・ナナン全体に響き渡った。そして、その直後に……。

ズゥウウウウウウウウウウウンンン!!　——ビリビリビリ……！

と、空気を震わせる巨大な音が響き、天井からパラパラと土埃が舞う。

「な、なんだ？」「地震か？」

店にいた酔客が驚いて、腰を浮かせていた。

「ば、バズゥ？」

キナもびっくりした様子で、俺に注いでいた酒をボタボタボタボタと零し続けている。

「こいつぁ……やばい感じがするぞ」

アジは、ギュっと目を細めると、すぐに席を立った。

「バズゥ！　すぐに武装しろ……こいつはタダ事じゃない！」

武装？

「オヤッサン、何言って――」

「急げ！　俺は青年団を招集するよう発破《はっぱ》をかけてくる！　ついでに衛士どもにも通報しておく」

それだけ言うと、未だオロオロしている酔客の首根っこを掴むと、「おら急げ！」と追い出す様に引っ立てていった。あれで漁師達のリーダー格だ。正面切って逆らうやつもいない。そして、店を出る前に俺に振り返ると言った。

「嬢ちゃん達を守ってやんな！……今度は容赦するな」

最後にチクリと嫌味を交えつつ、アジは足早に去っていった。

「バズゥ……？」

盛大に酒を零し続けていたキナだが、ようやく気付いて手を止め、心配そうに俺を見上げた。

「わからんが……心配するな。お前らは俺が守る」

今度こそな……どこぞの馬の骨に手を付けられない様に!!　ギリッと、歯を軋ませると、俺はカウンターから離れ、住居部へと入り「武装」を引っ張り出してきた。

それらを、ゴンゴンとカウンターに並べると、キナに軽く頷いて見せる。安心させようと、黙々と準備していく。

ファーム・エッジ製の火縄銃。

俺専用に調整されてはいるが、リース品で随分と使い込まれている。いずれは買い取ることになるだろう。それくらいにシックリとする手触り……木製の部分は彼方此方傷だらけだが、鉄の部分は、よく脂がしみ込み独特の光沢を放っていた。

それだけを見ても、丁寧に——且つよく使われている「道具」であることが分かった。

「だ、大丈夫なの？」

突然目の前で銃の準備を始めた俺にキナは心配そうに声を掛ける。

「わからん……わからんが、準備はしておこう」

アジの判断が正しいのかは知らないが、準備しておいて悪いことはあるまい。それにさっきの咆哮——。

「とてつもないデカイ獣のような……」

お手製の弾丸を銃身に詰めて装填し終えた俺が独《ひと》り言《ご》ちていると、

「ど、どどどどドドドドドド——」

バサっと、店に入り口の垂れ幕を跳ねのけて男が転がり込んでくる。こいつは確か……。

「灯台守のオッサンか？」

「ドラゴンだ！！！！」


——は？

「ドラゴンだ！　ドラゴンが出た!!　急に空から降って来やがった！」

ハァハァゼィゼィと、息を切らせて灯台守はその場にへたり込む。

灯台守はこのポート・ナナンのある山の頂――その台地上になった部分にある国立の灯台で勤務している男だった。その男が息を切らせて、灯台から逃げ……山を駆け降りる途中にある、明かりのついた手近な家屋に飛び込んだ――といった様子だ。そして、その明かりのついた手近な家屋というのがここ、俺の家であり酒場だった。

「ドラゴンだぁ？」

何をボケたことを……と俺は思う。確かに、ポート・ナナンに連なる山脈――メスタム・ロックは広大で、ドラゴンぐらい生息していそうだが……これまで一度として観測されたことはなかった。故にドラゴンなど、この地にはいないというのが誰もが持つ共通認識だ。魔族が住むといわれる遥か彼方の海の先の北大陸ならともかく……人類の支配圏の中でもド田舎に位置するこんな場所にいるはずもない。

その上、ドラゴンは魔族にも人間にも組《くみ》しない孤高の生物であり、更に言えばそれほど長距離を飛べる生物種でもない。北大陸で、確認された種属には比較的長距離を飛ぶドラゴンもいるようだが……。

長年の研究で、その体力が続くのは、大海を超えるのにギリギリ片道分に満たないくらいだろうと言われている。これらからも、灯台守の言うドラゴンなどがいるはずがないし、来るはずもない。

知恵があるといわれるドラゴンが意味もなく死を覚悟で大海を渡るはずもないのだ。

「落ち着け……！　今、人をやっているから、ここで大人しくしていろ」

いずれにせよ、何かおかしなことが起こっていることだけは俺でも察せられたので、とりあえず銃だけはしっかりと準備し背に担うと、灯台守を助け起こして席に座らせてやった。

「何があった？」

キナが用意した酒をカップに注いでやり手渡すと、灯台守は震える手でそれを飲み干した。

「ブハッ！　ハァハァ……だ、だから、ど、ドラゴンだ！　見たんだ。ま、間違いない……間違いねぇよ」

ガクガクと震える灯台守はどう見てもまともではない。まともではないが——大の男がここまで怯える事態があったのは確か。夢でも見て飛び起きた！　というには少々無理があるだろう。

「バズゥ……？」

キナが不安そうな目で覗き込んでいる。

「キナ……今日はもう閉店だ。奥で寝てろ」

クイっと顎でしゃくり「暖簾」を外せと言い置く。男は未だガクガクと震えて酒をがぶ飲みしている。

「ドラゴンかどうかはともかく……相当な大物だな」

俺とて何事もないとは思っていない。こんな田舎でも……いや、田舎だからこそ度々害獣による被害も出る。さっき、確かに巨大な獣の咆哮を聞いた以上——ここで、のんびりと寝て待つほど愚かでもないつもりだ。何か異常な事態が起こっているのは間違いない。

「ど、ドラゴンだけじゃねぇ……ドラゴンだけじゃねぇんだよ……」

ヒィィと頭を抱える灯台守。この脅えようは半端ではない。しかし、俺にはどうすることもできない。本音でいえば、エリンが気になるので、一度教会に戻りたいのだが、こんな状態でキナを一人にもできない。いっそ、キナを連れて村のほうへ避難すべきかとも思っていた時だ。

「行くぞ！　急げ」「きゃっ」

暖簾を片付けようとしていたキナが、村から駆け上がってくる一団に驚いて尻餅をつく。

「どうした？」

キナを助け起こしながら、騒ぎのほうを見ると――完全武装した衛士の集団が猛烈な勢いで灯台のある山頂へ向かっていくところだった。山頂にも警備の衛士がいるはずだが……増援なのか？

「おい、灯台守のオッサン、なんでお前ひとりなんだ？　上にいた衛士はどうした？」

俺の何気ない言葉に、冷や汗とも、脂汗ともつかない嫌な汗を拭きだした灯台守はワナワナと震えだす。

「死んだよ！　多分な！」

ガンとカップを叩きつけながら言い放った。そして、今になってツラツラと状況を話し始めた。

灯台守が端的に事情を話す今の状況は――控えめに言って最悪。というか、はっきり言って絶望ではないだろうか？　灯台守は言ったのだ。ドラゴンと、それに乗る正体不明の武装集団が現れた、と。

「現在のところ、最悪ならば衛士達は全滅――ないし、良くて灯台に籠城中ということか……」

っていうかよぉぉ！　のんびり酒飲んでる場合か灯台守のオッサンよぉぉ！

それが分からなくて詰問《きつもん》すると――。

「ドラゴンだぜ……へへへへはは、どこに逃げても同《おんな》じさぁぁ！」

ド田舎ポート・ナナン唯一の重要施設、ポート・ナナン灯台。――曰く、灯台はポート・ナナンの頂上に設けられ、近海を行く大型船舶の安全のために必ず火を灯している。

必然的に灯台守の仕事は夜間が多くなり、逃亡してきた灯台守も、御多分《ごたぶん》に漏れず本日も夜間作業中だった。そして、灯台のある台地にはポート・ナナンの住人の墓地もあり、稀にではあるがアンデッドが発生するという。

ほとんどが、大昔に葬られた死者が墓地から蘇ったものだが……ごく稀に、現在の住民による死体処理が甘く、肉を持ったリビングデッドも発生したりするため、安全な土地とは言えない。

そのため、少数の衛士が配置され、時折発生するアンデッドの駆除に当たっていたのだが――。

指揮と練度が低く、性根の腐ったポート・ナナン衛士隊のこと……稀にしか発生しないアンデッドのため、日夜見張りを立てるようなことはしていなかった。

そして、その隙を突くように飛来したのが、件の大型ドラゴン。その着地の音がさっき聞いた地響きらしい。

「アホぉ！　お前の繰り言に付き合ってたおかげで時間を失ったわ！」

クソ！　そんな事態ならもっと早く言えよ！――あ～言ってたか！　くそ、今から逃げて間に合うのか？　キナは足が不自由だ。俺が背負って逃げるにしても、教会のエリンはどうする！　まだまだ子供で小さいとはいえ、さすがに二人も担いで遠くに逃げられるとは思えない。

ドラゴンだけならまだしも……賊付きだと？

「キナ！　急いで準備しろ……念のために避難するぞ！」

キナを促そうとするが、灯台守はお構いなしだ。ダンッ！　と乱暴にカップを叩きつけると、無言でキナに酌を促す。酒を注いでいたカップから、盛大に零れていた。

注がれた酒をグビビと飲みほし。また空になった酒をみて灯台守は乱暴にカップを突き出し、……キナに注がせる。バズゥがピクリと頬を引き攣らせていることなど気にもせず――だ。

「へへへ……どこに逃げるってんだよ？　あの賊……最近聞く覇王軍じゃねぇか？　上の衛士ども、あっという間に蹴散らされちまったよ……」

増援もどうだかね～……と自虐的な笑みを浮かべてあきらめた様子の灯台守。

「あの様子じゃ、ここに来るのも時間の問題……ドラゴンよりもやっかいさ、きっと村は食われる。ドラゴンみたいな獣と賊では悪意の方向が違うぜ」

こいつ……。

「キナ構うな！　いいから、先に行け。教会にエリンがいる。そこで待ってろ！」

「バズゥはどうするの？」

どうするもこうするも……。

「様子を見てくる。できれば時間も稼いでみるさ」

これ見よがしに、担っている猟銃を軽くゆすって存在を誇示してみたが――。

「ダメ！　行っちゃヤダ。一緒に逃げよ？」

そうしたいの山々だが……――闇雲に逃げても捕まるのがオチだ。

病気のエリンと、足の不自由なキナの二人を連れて逃げる手段なんて持ち合わせていない。

村の方まで、ドラゴンや賊の襲撃があるのかはまだ分からないが、最悪の場合、村を捨てることになる。

そうなった時に、離れた街のフォート・ラグダやファーム・エッジに向かう事になったならば、きっと病床のエリンや、足の不自由なキナは避難が遅れる。俺が連れて歩ける人間はどうやっても一人が限界だ。運よく村を脱出できても、難民化した村民の最後尾になるだろう。……どうみても殺される未来しか見えない。

短い距離ならともかく、遠距離を二人の人間を担いで逃げるのは現実的ではなかった。追手がかかった場合、三人とも捕まる可能性もある。そうなれば最悪だ……俺は殺され、エリンとキナは——もう、なにをされるかわからない。かと言って、一人を置いて逃げるなど俺に出来るはずもない。

そんな選択肢はない。選ぶくらいなら、三人とも一緒に死んだ方がマシだ。誰かを犠牲にして生き残るくらいなら家族で死ぬ。……それがハイデマン家だ。

「ちゃんと戻ってくる」

せめて、賊の目的でもわかれば随分違う。

村の占領が目的なら街道を逃亡したほうがいいだろう。施設の維持を優先すると思われる賊がわざわざ追手を差し向ける可能性は低い。

だが、村の殲滅が目的なら街道はまずい。おそらく、村人を全滅させるまで追い続けるに違いない。そうなったら、山中へ逃げ込み潜伏したほうがマシだ。占領目的なら村内と近傍の安全化を図るだろうが……殲滅なら追撃を優先する。——いずれにしても、賊を見なければわからない。

「なぁに、いつもの狩りと変わらないさ、ちょっと出て、獲物を確認して帰るだけだ」

キナの頭に手を置き安心させようと、わしゃわしゃとかき混ぜるように撫でる。そうして、早々に送り出してやらねば……キナの足では教会まで行くのも時間がかかる。

「うん……わかった！——待ってるから！」

キッと決意の籠った眼でまっすぐに見つめられる。……大げさだなおい。ポンと背中を押し、送り出すと、チビチビと酒を飲み続ける灯台守を完全に無視して、俺は武装を整えていく。

火縄銃だけでは心もとないので、大型の作業用ナイフに、山使いに向いた大振り鉈を持ち出した。

どれもこれも、武器というよりも生活道具や狩猟具なのだが、……ないよりは遥かにいいだろう。いつも以上に重装備だが、動きを阻害しない様に、『山』での行動スタイルに重きを置いた格好で俺は姿を現す。

メインの武器であるファーム・エッジ製の火縄銃、鉈、ナイフ。そこにロープや、予備の弾に火薬などの物入れ。あとは行動食と水だ。全て皮や布で金属部分などが保護されていて防音に気が使われているのが分かる。

「行くか……」

先に出発した衛士達が上手くやってくれていればいいが……衛士どもに期待するのは土台《どだい》無理な話だろう。精々時間稼ぎがいいところか。

店を出ると、しなやかな筋肉を躍動させてに、ポート・ナナンの山頂へ向かう。その様子は無音で闇の一部のように動く――まるでヤマネコを彷彿《ほうふつ》させるものであった。

「ったく、とんだ日だな……」

エリンは病気、ドラゴンが襲来、しかも賊付きときたもんだ。

俺は担っている火縄銃を引き寄せると、準備にかかる。火縄に火をつけない状態ではあるが、それさえすればいつでも撃てるという状態で構えながら前に進んでいく。ポート・ナナンの山頂には、墓場と灯台くらいしかないので、基本的に村人は早々立ち寄る場所ではない。俺とて地元過ぎて滅多に立ち寄ることもない場所だが、何度か行ったことくらいはある。その古い記憶を呼び起こしながら、しばらく無言で黙々と歩いていくと――。

ギエエエエエエエッエエエン!!

と、巨大な獣の――ドラゴンの咆哮が響く。かなり近くに聞こえるくらいには接近しているらしい。

「近いな」

眉間に皺を寄せてバズゥは呟く。ドラゴンの声もそうなのだが……それ以上に――。

（人の……気配がする。武装集団らしい）

山に慣れたバズゥの耳が、自然にはない音を拾った。それは先行した衛士達の立てる剣の音とも槍の音とも違う。もっと、硬質で澄んだ音。そして何より、統制された雰囲気と強烈なまでの殺気を孕んだそれだった。

（衛士達は無事なのか？）

地形の陰に隠れて、山頂を目指すが、一度ここで山道を外れた。今はまだ先は見通せていないものの、その先には何かが待ち受けている気配は確かにあった。彼我不明《ひがふめい》の賊らしき連中が、もし統率され……訓練を積んだ集団なら、この山道を見逃すはずがない。彼らの目的は不明だが、ポート・ナナンに対する害意を持っているならこの山道は見逃せないはずだ。しかし、ここに至るまで遭遇していないことを考えると、この先で態勢を整えているということになる。衛士達にも追いつけなかったことを考えると、既に山頂にいるのだろう。

もしかして、衛士も、ついでに賊もドラゴンに食われたのかもしれないが……いやないな。曲がりなりにも、ここまでドラゴンに乗ってきたらしい連中がそう簡単にくたばるとも思えない。

（これ以上は進めないか）

濃密な人の気配とも、殺気とも付かぬものが上から零れ落ちてくる。山道を行けば確実に衛士か賊にぶち当たるだろう。衛士ならいいが……賊の場合どうなることやら。

気づかれずに接近するため、俺は抜け道を行く。『猟師』ならではの思い切った行動だ。普段からこうして山道を行きつつも獲物の気配を感じたなら、道を外れるのだ。熊にせよ、猪にせよ、人間様と違って見つかりやすい山道を行くはずがないのだ。だから、俺のそれは慣れた行動だった。そうして、銃を担うと素手になって静かに森に分け入り台地の見える場所に向かって進み出ていく。

カサカサ……草をかき分けて道なき道を分け入っているというのに、その音はほとんどしない。しかし、賊に気づかれないとも限らないのでその歩みは遅々としたものだった。

（ったく……、冗談じゃねぇぜ）

小さく悪態をつきながら俺は下生えを掻き分けながら進んでいく。

サクサクと言う音すら最小限で、大きな音がする硬い草をなるべく避けるように、瑞々しい草を選んで体を突っ込んでいく。スキル『夜目《キャッツアイ》』は、こういった闇の中で役に立つが、天職レベル故か、まだまだ視野が狭く——スキルの成長が行動に追い付いていないことを実感する。

それは、『静音歩行《サイレントウォーク》』とて同じだ。スキルに頼って静かに進むくらいなら、端から自分の技術だけで進んだほうがはるかに信頼できるものだ。そうして、進むこと……しばらくの後、幾分か視界が開けて、広い台地が草葉の陰から見えた。道なき道を進んでいるため、ある程度整備された台地の上とは違い、台地の淵の部分は草が伸び放題で、俺が隠れているそこも御多分に漏れず草がぼうぼうだった。

その隙間を利用して匍匐前進に切り替えたバズゥは、ゆっくりと進み先を見通す。月明かりと、海からの照り返しを受けた台地の上は驚くほど明るく——……なぜか本日に限って赤いそれは、台地の上を明々と、赤々と染めていた。そして——それは、月明かりのせいだけではない。

灯台の前には並んだ複数の人影と伏せるように項垂れる男たち。それは見るからに囚われの捕虜で、反対にはもう一つの小山があり……そこには――。

「おいおいおい……マジかよ」

思わずつぶやく俺の視線に先には、大ぶりの斬馬刀のような巨大な鉈をもった大柄な兵がいて、項垂れる男を地面に押さえつけると……――ダァンと、その首を切り離していた。

そして、四肢をビクビクと震わせている男の首なし死体を指でつまみ上げるようにして、まるで魚の日干しを水切でもするかのように、ピッピッと血振りし、ポイッと死体の小山に積み上げた。そして、作業のように次の男に取り掛かる――。

だが、男たちの数はもう幾らもいない。……状況からして、彼らはここに駐留していたアンデッド対策の駐留分隊だろう。

そして、その死体を延々と量産している連中は、――灯台守曰くドラゴンに乗ってきた連中だ。

……控え目に見ても親善訪問ではないだろう。息を殺して観察していると、賊は接収したらしい手押しの荷車に死体を積み上げると、よいしょと運び始めた。その先にいる――巨大な生物のもとへと……。

「ドラ……ゴン」

ギィイイイイエエエエエン！！！

赤い月に向かって叫ぶ――真っ赤な巨獣……赤い鱗、黄色の被膜を持つ羽、凶悪な顔は鉄をも砕きかねない鋭い歯と、面長のトカゲをもっと狂暴にしたような相貌。しかして、凶悪さを際立たせるはずのその双眸は、巨大な板金の様なもので打ち付けられ決して開くことがないように頑丈に閉ざされていた。――見ればみるほど、盲目にされたドラゴンと言った有り様だ。

「使役なんて生易しいものじゃないな……」

俺の目には、鎖でつながれた奴隷のように見えた。家畜でも乗騎でもなく——奴隷。いや、ただの空飛ぶトカゲか……——俺が初めて見るドラゴンはそんな姿だった。

観察の先では、大柄な兵がドラゴンの周囲についており、鎖の様な物を張り地面に縫い付けている。

「無理やり操られたドラゴン——……正体不明の賊は……」

——人を家畜程度にかしか思っていない。……それだけで十分だ。家畜の屠殺《とさつ》が目的なら占領よりも人狩り《家畜》を優先するだろう。目的がわかれば偵察はもういい。そっと、体を下生えに潜り込ませ台地から逃げようと試みる。

……ん？　待て待て……あれは——。

賊が衛士達の死体をドラゴンの元まで運ぶと、口の前にそれを無造作に落とした。すると躊躇《ちゅうちょ》なくそれを口にするドラゴン。慌てて避けた賊も危うく食われそうになっている。死体は、奴らの食い物ではない？　ならば、衛士は——食料《家畜》ですらない……ペットの餌ってわけか。

俺は十分すぎるほどの情報を得た。容赦なく衛士を殺害し餌にする。人を食うならば、殲滅が目的かと思ったが……それにしては行動がどうにも合理的だ。衛士を狩るのが目的というよりも、そこにいたからドラゴンに与えているだけという感じ。ならば、人狩りよりももっと別の目的を優先しそうだ。いずれにせよ、悠長にドラゴンに餌をやっていることからも、殲滅が理由というわけではなさそうだ。闇夜に乗じて、村を襲撃するにはのんびりとし過ぎている。——奴らの目的がわからん……。

衛士の生き残りは、あと数人生きているが、俺にはどうすることもできない。「すまん」と心の中で謝りつつ、ススーと音もなく退いていく。その姿は誰にも見られることなくここから撤退できるだろう。逃げようとする俺の視界の隅でかすかに見えたのは、捕虜となった衛士の一人がまた断頭され

る瞬間だった。が――、

「止せ‼」

思いがけない場所から声が飛ぶ。驚いた俺が視線を向けた先……台地に上る道の先には、いつの間にか衛士の一団が兵を率いて姿を現していた。

「バッ――!」

バカ野郎という暇もなかった。その叫びよりも賊の集団のほうが早い。こんな事態も想定し、素早く反応したのは断頭中の大柄の処刑人。その顔が醜悪に歪むと、口が裂けて――シィィ、と笑う……。

「くそ……衛士の連中、今頃きたのか⁉」

バズゥは随分時間をかけて台地に潜入していたが、衛士の一団はさらに遅く到達していたようだ。どこかで追い抜かなかったのは偶々らしい。台地の淵に隠れる俺はまだ発見されていないが、衛士達は既に完全に捕捉されていた。

目の前の光景に慄いている衛士達は、ドラゴンや敵の集団――そして、処刑された捕虜を見て、既に戦意を喪失しかけている。仲間の仇なんてものは、一兵卒は考えていないだろう。その死体は、怒りよりも恐怖を呼び起こしただけで、

「貴様らぁ!　覇王軍だな⁉　なぜこんな土地へ……戦線とは真逆の地ではないかッ」

唯一戦意を漲らせているのは、衛士の長のみ。その背後に付き従う衛士達は既に及び腰で、今にも逃走を図りそうだった。そして、衛士が言う「覇王軍」の動きは、恐ろしく素早かった。

断頭の処刑人は、声もなく……手信号《ハンドサイン》だけで兵を呼び寄せると体制を整える。処刑人と体格の近い兵は、真っ黒な鎧に身を包み、頭部にはフェイスガードなしの大型兜――黒い重装歩兵、五人。

一方で、軽快に動いているのは赤く塗りつぶされた皮鎧で全身を覆った——赤い軽歩兵、十人。

重装歩兵五、軽装歩兵十、指揮官一。——王国基準でいえば増強一個分隊の近接歩兵隊だろうか。

そして、後方には巨大なドラゴンが鎖で縫い留められ、死体を食い漁っている。

「ええい！　何をしている！　体制を取れ！　槍衾《やりぶすま》を作れ！　銃で撃て！　矢を射ろ！　攻撃せよぉぉ！」

大声で怒鳴るのは衛士の長ただ一人。衛士達は訳も分からずオロオロするばかりで、隙を見つけては仲間を盾に後ろへ後ろへと逃げようとする者もいる。数の上では二倍ほどの差があるが——悲しいくらい、戦意も練度も段違い。そして、訪れる崩壊の時——鬨の声が轟《とどろ》く！

うぉぉぉぉぉぉぉぉぉぉ!!　と、聞くものの足を竦めさせる戦の唄《ウォークライ》！　俺が初めて聴く覇王軍の鬨の声だ。

断頭の処刑人が斬馬刀を操り、まるで演奏家の指揮棒《タクト》のように振るうと、覇王軍の兵士は有機的に支援しつつ動き出す。軽装歩兵は速度を生かして左右に分かれ、衛士達を包囲せんとする軽快な機動。正面は重装歩兵がその黒い鎧の防御力を過信するかのように、盾を構えて槍を押し出す重装歩兵陣《ファランクス》の構え。

一方の衛士達は、軽装歩兵によって退路を塞がれる事態になってようやく陣形を取り始める。しかし、その動きはちぐはぐだ。一応は、方陣《全周防御》の様なものを組んではいるが……肝心の先端火力は剣だったり槍だったり、と——バラバラだ。銃士《ライフルマン》もいるにはいるが、今になって弾を込め始める始末。練度以前の問題だった。

「怯むな！　一撃を受け流せ！　覇王軍……恐るるに足らず！」

衛士の長は覇王軍との戦闘経験があるのか、怯む様子もなく適格に指示を与え、あれほど動きの悪かった兵をまとめ上げてしまった。おそらく逆境に強いのだろう。しかし、兵がそうとは限らない。

「来るぞ！」

覇王軍の軽装歩兵が初手を掛ける。小柄な体を活かした上下の立体攻撃——さらには、クロスボウの狙撃付き！

「反撃せよ！」

衛士側は適格な反撃の指示によりヒュパン！　槍が煌《きらめ》き、覇王軍の軽装歩兵を——上空に飛び上がった一人を確実に捉える。それは、ズンと腹を貫き——覇王軍の兵を空中に縫い付ける。戦意は低いようだが、予想以上に戦えている？　そう思ったのも束の間——方陣の一角が崩れる。

「ぎゃあああああああ！」「足がぁぁぁ！」「どけ！　邪魔だ！」

突然、ガクンと方陣を構成している衛士が倒れる。その隙に素早く方陣に潜り込んだ覇王軍の兵が駆け抜け、衛士の無防備な背後を強襲。彼らは反撃もできずに倒れる。

あとはもう——見ていられない。覇王軍の軽装歩兵に方陣の中に潜り込まれて散々に暴れまわられると、あっけなく陣形は崩壊。なんとか体制を整えようとするものの——そこに重装歩兵の重装歩兵陣《ファランクス》が槍と盾と体格で、衛士達を押しつぶした。

ドガアアアアン！　と、血煙が吹き上がり、衛士の数名がバラバラになってぶっ飛んでいく。これは、戦いではない。蹂躙だ。衛士達は数に劣る覇王軍に包囲殲滅される始末。それはもはやただの虐殺——いや、屠殺だ。

俺が、獲物の巣に潜り込んで子猪を仕留めるのと同じこと……覇王軍による人類の屠殺の現場がここにあった。

「くそ、どうしろってんだよ……」

俺には彼らを救う恩も義務もない。それ以上に、この場では村に危機的事態を伝えるほうが重要な気がしてならない。すなわち、防衛戦力たる衛士は全滅。――賊は強い、と。

この様子だと、武装漁民でしかない青年団など何の役にも立たないだろう。ドラゴンよりも――悪意ある賊のほうが脅威であるという意味がよく分かった。こんな連中が村を襲えばどうなるか――

……どうなる？　おそらく地獄絵図だ。情けも容赦もない冷酷無比の連中のこと、女子供どころか、墓場の死体も切り刻み餌にしそうだ。

俺が逡巡《しゅんじゅん》するその間にも衛士が討たれていく。一人、また一人と――既に彼らの命運は分かたれた。

「嘘だろ？　全滅する？　ここで……衛士達を見捨てるしかないのか」

バリッと奥歯が音を立てる。いつの間にかきつく噛みしめていたため、ヒビが入ったのかもしれない。

恩も……義理も……ないッ――だからなんだ!?　見捨てて帰って……エリン達に何て言う？

「…………っ、くそ！　一発だけだからな――！」

愚かな判断。だが、虐殺の序章がここで食い止められる可能性もある。それは俺にだけできるもの。とは言え、それは悪手だろう。一発で敵を殲滅できるはずもなし。はっきり言えば、自分の身を危険に晒す愚かな真似でしかない。

――それでも、だ。『火縄銃と隠れ場所』、その二つと、更に『見通しがいい』という条件。猟師にとっては、これだけでも破格のもの。隠れて撃つだけなら、できないわけでもない。……一発だけに限られるが、悪手でも一手には違いないのだ。そして、俺にはそれをできる腕と、牙《火縄銃》と、機会が――あった。

「すまん……エリン、キナ――」

俺は人間なんだよ。お前らにカッコつけられる男でいたいんだよ。助けられるチャンスがあるかもしれないのに、見捨てるなんてできない。

「だから、一発だけ――許せ！」

身を伏せたまま銃をそっと体に寄せる。火縄は外れていたので、地面に押し付けるようにして、スキル発動『点火』――……。

この瞬間が恐ろしい。一瞬でも、火がついたことで明るくなる、その刹那。……心臓が跳ね上がるかと思った。

小さな火種だというのに、明かりは俺を照らし、存在を一瞬でも誇示した。――してしまった。ドクンドクンと鳴る心臓の音すらやかましく恐ろしかったが、努めて冷静さを保とうとゆっくりと顔を起こす。そして、覇王軍を窺うと――……幸いにもバズゥに気づいた様子はない。今も絶叫と剣戟が響いていた。

（よし……！）

思わず、心の中で喝采《かっさい》を唱えるが、これで終わりなどではない。

火のついた火縄を銃の側面にある火縄鋏《ひなわばさみ》に乗せて固定する。ジリジリと、火が火縄で燻《くすぶ》り顔の近くで熱を感じるほど。そして、俺はそっと火縄銃を引き寄せると、草葉の陰に隠れながら覇王軍を指向した。

今更一人で参戦してなんになるのかって？　さぁな……ただ、視線の先の覇王軍指揮官は、こっちの事なんて露《つゆ》とも気にしていない。狙撃されるなんて夢にも思っていないだろう。

だから、食らわせてやるのさ。「ようこそ、ポート・ナナンへ！」ってな。

ジジジ……と、火縄の小さな灯が視界に映る。その先には照星と照門があり――その照準の先に覇王軍指揮官をピタリと捉えていた。

海風に揺られる草葉が時折、射線を防ぐ。

体の震えが銃身を狂わせ、照準がブレる。

手が恐怖で硬直し、引き金が引けない――。

「落ち着け……射線の先は――いつもの獲物だッ」

覇王軍を撃つのはもちろん初めてだが――無理やり心を落ち着けるため、あれは『獲物』だと思い込む。そう……すなわち、いつもの如く山の恵みを――そう、命を頂く……と。

息を吸い……。

フ――――。

指が、引き金を引く、
バァァァァァァァァッァァァン!!

※

ガバッ！　と布団を跳ね上げ少女は起き上がった。

見回りに来ていた老シスターが驚いて、明かりの蝋燭を落としかける。

「あぁ、驚いた。……エリンちゃんね？　ここが分かる？」

動悸の激しくなった心臓を落ち着かせ、老シスターは優しく少女――エリンに話しかける。数刻前まで熱でうなされていた彼女は決して万全の体調ではないだろうと気遣っているのだ。

「………叔父さん」

ポツリと、そしてハッキリと言う。

「えっと、エリンちゃん？　ここは教会。あなたの叔父さんは一度おウチに帰ったわ」

でも、またすぐ戻る——とそう伝えようとしたが、エリンの視線が老シスターを貫く。

「行かなきゃ……」

いや、違う。その先を……遥か上を見ているらしい。

「行くってどこへ——」

キィ……と、扉が軋み。一瞬の後、そこにはエリンの姿は既になかった。

「え？」

キィ、キィ……と揺れるドアが間違いなく誰かがそれを開けて出ていったことを指していたが、老シスターの理解の範疇《はんちゅう》を超える『何か』がそこを去っていったようだ。

「あの子は……確か——」

老シスターは一度は驚きこそすれ、エリンの出自を思い出し眉間にしわを寄せて足早に部屋を後にした。「彼のもの来たり」——そう、小さく呟いて……。

※

アァァァァァン……。

アァァン……——。

と、銃声が反響し、俺の肩を衝撃が貫く。馴れた銃とはいえ、反動が消えるわけではない。ガツンとした衝撃をうまく分散し、すばやく次弾装填の準備に移る。

次弾の準備が必要だとは思えないが、半ば癖の様なもの。火薬差しを取り出すと、視線は覇王軍指揮官のほうを見たまま流れるような動作で再装填を行っている。が……。

（――嘘だろ？）

間違いなく仕留めた。当たった。直撃軌道で――外したはずもなく、手ごたえも感じた。殺した――はず………。

俺の視線の先では、何者に屈せぬが如き強靭さで大地に立つ覇王軍指揮官がいた。

パリィ……と、奴の――覇王軍の指揮官の周囲を覆う透明な膜の様なものが、一瞬ではあったが見えた。それは、まるで水の膜のように、一度ブルリと震えたように見えたが……銃弾が命中した場所は白く濁り放射状の亀裂の様なものが奔《はし》っている他は特に何事もなく……無傷――それだけであった。

その亀裂の先にいた覇王軍の指揮官は何の痛痒も感じていないのか……その目を俺に向けた。恐ろしくも冷酷で、無慈悲で残虐なその目を――ただの『猟師』に……。

「ひっ……」

その目を見た瞬間、思わず漏れた声。それは紛れもない恐怖だった。

そして、既に壊滅状態にある衛士達を一瞥すると、覇王軍は無力化したとして衛士の集団を放置。次の目標を俺に決めたらしい。この場所で唯一逃亡できる位置にいる、厄介な銃士《ライフルマン》としてバズゥを排除しようというのだろう。

クソ！　と、慌てて装填作業を続ける。

慌てるな……慌てるなっ！　いつも通りだ。――弾を込め、槊杖《かるか》で突っ込み、火皿に火薬を注ぐ！　それだけっ、――――今！　っっ……バァァァァアン！

突っ込んできた覇王軍の軽装歩兵を至近距離で撃ち抜く。さっきのように防がれるかと思ったが、銃弾は軽装歩兵の顔面に命中し、一撃で絶命させる。奴は勢いそのままに俺に突っ込んできたが、もはやただの死体だ。それを払いのけると、急いで遁走《とんそう》に移る。だが退路はいくらもない。

既に軽装歩兵は台地の道を駆け降りて退路を防いでいるだろう。獣道を掻き分けて降りても、敵と鉢合わせするのがオチだ。それくらいならば、一度台地に出て、覇王軍の脇を抜けていくほうが現実的だと思う。

灯台の傍は崖になっているが、降りられなくもない。むろん急斜面で危険極まりないが、そこ以外に逃げ場などない。幸いにも、『山歩き』と『姿勢安定』のスキルは身についている。これを使わない手はないな――と、俺はもと来た道を諦め台地に躍《おど》り出てると、捕虜たちがいるほう――灯台側へにげる、が……。

ヒュウウウ……――ズウウン！　と、あの大柄の処刑人であり指揮官が俺の前に立ち塞がった。奴は黙して語らず……ただただ無言で、その巨大な斬馬刀を振り上げると、ブンブンと二回転。そして、俺へ向かって躊躇なく降りお――。

「叔父さぁぁぁぁぁぁぁんっ!!」

ドッカーーンと、衝撃音。……衝撃音!?　ガッ！　という音が、肉を打った音なのか、奴の口から漏れた悲鳴なのかは知らないが、覇王軍の指揮官は体を「くの字」に折り曲げてスッ飛んでいった。

斬馬刀を持ったまま吹っ飛んでいくものだから、まるで軸《じく》が折れて風に翻弄される風車の様に、バッカン、ドッコンと、地面を耕《たがや》しながら灯台に命中し——ボッコォォォン！　と、盛大な土埃と石材の破片を撒き散らすと、ダラ～ンと足だけ見せた状態でピクリともしなくなった。……死んだ？

「叔父さん!!」

ガバチョと抱き締められた俺は、混乱する頭で少女の体を抱き留める。

「え……エリンっ!?」

グリグリグリ～と、腹に向けて猫の様に顔を擦りつけるのは、俺の姪っ子、エリン・ハイデマンその人だ。確か、つい数刻前に教会で臥《ふ》せっていたはずだが……？

「大丈夫!?　ケガしてない!?　エリン、治せるよ!!」

幸いにも怪我はしていない。母親譲りの『治療士《ヒーラー》』のそれも今は必要ない。というか、少々チビってしまったので、くっ付かれるとバツが悪い。

「だ、大丈夫だ。大事《だいじ》ない、が……どうしてここに!?」

こんな物騒な場所にエリンを連れてきた覚えはないし、連れてくるはずもない。——いや、それよりも、ここは危険だ。

「エリン！　逃げるぞ！」

未だ縋りつくエリンの首根っこを掴むと、肩にヒョイッと担ぎ上げる。

「捕まってろよ！」

灯台の方に目をやると、覇王軍に指揮官は未だ動く気配なし——死んでくれていればいいが……っていうか、あれを、エリンがやったのか？　どうやって？

混乱する頭の中、バズゥは当初の予定通り逃亡しようとする。立ちふさがる者《覇王軍指揮官》は排除した。後は追いすがる軽装歩兵だけだが、距離的にギリギリ逃げ切れるかどうか――。

「ッっ……ぐぅ！」

突然、足に焼け火箸でも押し付けられたかのような激痛がっ！　もんどりうって倒れるが、なんとかエリンだけは守ろうと体をクッションにして庇う。

「あぁ⁉　お、叔父さん！……ひ、ひどい！」

エリンが見ているのは俺の右足。その腱に、ザックリと突き立ったクロスボウのボルト弾。動かしがたいほど深く突き刺さっている。

「いで……ぐ……」

なんとか、起き上がろうとするが、体はロクに動かない――っっ……‼　ビリリッと痺れるような疼《うず》きが足を奔ったかと思うと――次の瞬間、突き刺すような激痛が全身を駆け巡った。誇張無しで体中を針で刺されるような……ぐあぁっぁぁぁぁぁぁぁぁっぁ！！

「叔父さん！　ひぃいいいい‼」

激痛のためゴロゴロゴロゴロと転げまわる俺に、エリンが顔を強張《こわば》らせて今にも泣きだしそうだ。
エ、エリン――……、
「にげろぉぉぉぉぉぉ‼」

ゲフゥと、血が混じる叫びを彼女に放ち、俺は自分の生を諦める。この激痛は間違いなく出血毒――そこに麻痺毒やらを混ぜた混合毒物だ。……治療手段なんてないだろう。

エリンのことだ。俺を連れて行こうとするに違いない。小さな体で俺を引っ張っていこうと……そんなことは土台無理。だから一瞬で判断しろ、バズゥ・ハイデマン――‼

毒を使う奴が解毒薬を持っているなんていう、ありきたりな話――普通、そんなうまい話はない。戦場で使う毒薬は人を殺すために特化した毒だ。いわゆる、解毒なんて考えていないのが普通。いかに効率よく人を殺せるか……それが戦場で使う毒薬の役割。解毒方法なんてないのが普通で、使用者に出来ることは「慎重」に「気を付けて扱う事」……もし、自分や仲間が毒薬に触れた場合は、「諦める」だ。――それが、戦場で人を殺すための猛毒の使い方。

だから、俺は死ぬ――間違いなく。……ならば、エリンを逃がすためだけに残りの時間を使え！――だから、行けぇぇぇっ、エリン！

「やだ！　やだやだやだやだやだぁぁぁ！」

エリン聞き分けろ……。叔父さんが少しでも時間を稼いでやる！

「何やってる！　行けっぇぇぇ、エリン！」

だが、エリンは離れない。ガバっと俺の傷口に抱き着くと、――ずぼっ！

「ツッーーー!!」

エリンが思いっきり矢を引き抜く。相当深く突き刺さっており、ヤットコでもなければ抜けないと思っていたが、まさか素手で引き抜くなんて！

激痛は一瞬――その後不思議な現象が……。

「治れ！　治れ！」

ボゥと傷口が淡く光る。暖かな熱は、毒に由来する神経の破壊によるものではない。心落ち着くような――そんな温かさ。エリン……？

エリンは母親譲りの天職。『治療士《ヒーラー》』持ちだ。ちょっとした怪我や毒ならスキルで治すことができるが……。

もちろん、俺とてエリンに正体不明の混合毒の解毒ができるほどの天職レベルが高くないとは知っている。彼女母親である俺の姉ですら『治療士《ヒーラー》』のレベルは並以下で、こんな芸当はできなかった。当然、エリンにそこまでの技術があるはずがない。……ないが。それがなんで急に⁉

しかし、俺は……この芸当ができる奴を──そう、「奴」を知ってる。全てを癒し、全てを打ち倒せる者を‼

なんで……、

「──なんでエリンが『勇者』のスキルが使えるんだよぉぉ‼」

ビクリと震えるエリン。自分が無我夢中で行っていたことに気づいてすらいないようだ。だが、俺は覚えている。この村に束の間訪れて、大事な家族を傷物にし……キナを捨てて、エリンを産ませたあの男のことを──。

「お前が『勇者』になってどうするんだよぉぉぉぉぉぉぉぉ‼」

あああああ‼　なんてこった！　なんてことだ！　よりのもよってエリンが『勇者』だと！　あり得ない、あり得ないだろう！　……頼む、これはただの『治療士《ヒーラー》』のスキルだと言ってくれ。

「エリン……」

「『勇者』エリン！」──……「『勇者』だ」「『勇者』だ！」「『勇者』が来たぞ‼」

「「「「『勇者』よ！」」」」

壊滅状態の衛士、そして捕虜になっていた衛士達がやにわに騒ぎ出す。その事態に気づいたエリンが徐々に顔を青ざめさせていく。

『勇者』という単語を、目の前の愛しき家族が忌み嫌っていることを知っているから――。

「叔父さ――ひ……」

グググと起き上がった俺は、叫ぶ。

「『勇者』と呼ぶな！　俺の姪を『勇者』と呼ぶなぁぁぁ!!」

ビリビリビリッ！　と空気が震えんばかりの大音量。自分でもこれほどの声が出るのかと驚いたほどだ。

死《し》に体《てい》の衛士からすれば、九死に一生を得た場面で颯爽《さっそう》と現れ、精強な覇王軍の指揮官をぶっ飛ばした奴がいるのだ……『勇者』以外何物でもないだろう。

だから、叫ぶ、喝采する。俺の血の叫びなど意にも介せず、歓喜の声で迎えるのだ。

「「「勇者！　勇者！　勇者！」」」――……「勇者よ！」「勇者様！」「我らが勇者！」

――どうか……。

「――どうか、救ってくれ!!」

この村を――。

「救ってくれ『勇者』よ！」

そして、世界を救ってくれ！　世界《オレ》を救ってくれ！　と。

「ふざけるなよ……」

エリンの手が離れるころには、俺の傷は跡形もなく消え……毒の気配は影も形もなかった。

「『勇者』だと？　エリンが『勇者』だと!?」

冗談じゃない……冗談じゃない!!

「叔父さん――」

青い顔をしたエリンは茫然と俺を見上げる。まるで自分がとてつもないことをしでかしたかのように、顔を絶望に染めて――。

その頃には、指揮官を失った覇王軍の小部隊は一時的に後退したようだ。俺に追撃がなかったのはただの僥倖《ぎょうこう》だっただけで、一帯から退いた覇王軍は、鎖に縛り付けられたドラゴン付近に集結しているのが見えた。

衛士達は半数以上が戦死ないし戦意を喪失、または負傷していた。そして、期待に満ちた目でエリンを――『勇者』をみる。

ふざけるなよッ……そんな目で俺の姪を見るんじゃねぇぇ！　エリンを『勇者』と呼ぶな！　エリンは……エリンは……。

ガラ……カランと、灯台のほうで石が転がる音が響く。見れば……覇王軍指揮官の足がピクリと動いていた。

「エリンは、俺の姪だ！　俺の家族だ！　『勇者』なんかと一緒にするんじゃねぇ！」

ビクリとエリンが震える。縋りつくように俺にくっついていたが、顔を上げると潤んだ目で俺を見上げた。

「叔父さん……」

心配するな。お前を『勇者』になんかさせない。――ポンと頭に手を置き、撫でる。いい子だ……。

俺は帰る。エリンと帰る！　戦争がしたけりゃ勝手にやってろ！

そうしてエリンを連れて行こうとしていると、

「帰るぞエリ――」

ドッカァァァァン!! ズゥン! と、俺の言葉を遮る様に地響きがおこり、灯台の一角が崩れ、覇王軍指揮官が起き上がった。

「ひぃぃぃぃぃ!」「勇者様ぁぁぁ!」「助けてぇぇ」

情けなく騒ぐ衛士達。彼らは口々にエリンに助けを求め、戦えと要求する。

「知るか! エリンがやったんじゃねぇよ! 虫の居所が悪かったらなぁ……たまには覇王軍とやらも灯台に突っ込みたくもなるぁぁ!」

もはや無茶苦茶な理論で言い切ると、俺はエリンを抱えて走り出す。灯台はダメだ。ならば敵がいようが構うものか! もと来た経路で戻ってしまえ! 銃でぶっ飛ばせば小さい連中なら倒せる!

……いけるさ! ヒョイと火縄銃を拾いあげ、背に担う。

そして、エリンを胸に抱きしめると、俺は衛士達を置いて走り出した。ここから……この戦場から――。

だが、背後から覇王軍指揮官の視線を痛いほど感じる。当然、逃がしてはくれないだろう。俺が敵うはずもない。ましてや……銃が効かないなんて!

「大丈夫だエリン……叔父さんが絶対守ってやる」

「うん……叔父さん……」

ギュウゥゥとエリンが首に腕を回し抱き着いてくる。……この温もり――絶対に離しはしない!

俺は秘かに誓うと、台地を下りるべく山道へと向かう。降りてしまえば、あとは知るか! キナを連れて……船でも馬車でも……何でもいい! 盗んででも、逃げてやる!

ギィィェェエエエエンン！！！

と、道に向かった俺の背後でドラゴンが叫ぶ。そして、空が……真昼のごとく明るくなった。それは、深夜の夜明けだった――。

ドラゴン………。

その圧倒的な暴威を肌で感じた俺は、疾走から駆け足へ……速歩――並足、そして、足を止めた。背中に感じる視線と、敵意と――ドラゴンの息遣い。

バッサバッサバッサと、恐ろしく巨大な翅《はね》の音が響いている。そして、それは空中で静止し、俺を……いや、エリンを見ていた。

「………エリン」

「叔父さん？」

俺の声のトーンがおかしいことに気付いたのか、エリンはごく至近距離で俺を見上げる。

その眼に映る自分の姿が紙のように薄くなっていることに、俺は苦笑を漏らす。既に俺は死んでいるのだろう。それほどまでに、絶望的な状況だ。

「少し……走れるか？」

「うん……？　ぉ、叔父……さん」

エリンの目は姉さんによく似ている。髪は……クソ野郎譲りかな。器量良しは……やっぱりハイデマン家のそれだな、ははは。……きっと美人になる。そうだ、もの凄くいい女になる。

「ちょっと、叔父さん用事があるから、ここに残る。……なに、いつもの狩りみたいなもんだ」

「え……？」

「泊まりはない、すぐ帰る。……だから、エリンは――キナのところに行って……そうだな。オヤッサンに頼んで船に乗せてもらえ。オヤッサンなら乗せてくれるさ」

他人に、家族を託すのは癪《しゃく》だったが、どうしようもない。

「嘘……叔父さん、嘘ついてるよね？」

「エリン！　叔父さんが嘘ついたこと……あー……あったっけ？」

う～ん……結構ついた様なついてないような？　まぁどうでもいいや。今だけ騙《だま》されてくれれば。

「叔父さんは……嘘ついたことないよ。いつも、いつだって――」

そ、そうか……？　エリンが言うならそうなんだろう。なら、今回が初めての嘘になるのか。

「だろ？　だからさ……行ってくれ。キナと一緒に行ってくれ……」

トンッとエリンを地面に下ろす。……よく見れば裸足だ。この状態で教会から、ここまで？　本当にエリンは『勇者』なのか……――冗談だろ……止めてくれよ。

「エリン……すぐ戻る。……――またな」

ムチュッと額に口付けし、頭をグシャグシャと撫でると、――ドラゴンが見えないように上手く態勢を入れ替えて、エリンと背中を合わせる。キュっと、背中合わせになりながら、両の手を握られ……握り返す。

俺の目の前には、板金やら鉄杭が打ち付けられ、痛々しいドラゴンが血を滴らせながら、小さな小さな鳴き声を上げてホバリングしていた。

その頭部には、あの覇王軍指揮官が座しており、斬馬刀をドラゴンの鱗に差し込んでいる。

エリンの視線を遮るためとは言え――この世において最強種の一角であるドラゴンとまともに向き合うのは、一猟師でしかない俺には相当に堪《こた》えた。足は震え、既に股間からは尿が漏れ出していた。

だが、まだ背中に……エリンがいるのだ。この子を送り出してやらねばならない。震えそうになる声を必死におさえ、努めて冷静にいつもの調子で声を出す。

「じゃ、エリン。先に家に帰りなさい。キナと喧嘩するなよ？」

「し、しないよ！　叔父さん？　早く……帰ってきてね」

「おうよ。すぐ帰る」

「うん！」

そして、俺は後ろ手に、軽くエリンを押す。その瞬間――エリンの温もりが背中から離れ……、その瞬間、まるで一人で闇夜の大海に放り出されたかの様な孤独感と、すさまじい喪失感を味わう。

タタタタタッという小さな足音が台地から離れていくのを感じると、俺はそこで膝をつく。ヒュー

ヒュー……という気味の悪い息が自分のものだと気づくのに時間がかかった。

さぁ、エリン！　逃げろ！――おまえは関わるな！　世界と……『勇者』と無縁でいろ！

「あんた何やってんだよ⁉」「ゆ、勇者様ぁ！」「そ、そんな……」

絶望と、憤りと、きつい視線を傍で感じる。衛士達が睨んでいるのだろう。

「ふっざけるな！　いい歳した大人が子供に頼るな！」

ビクリと震える衛士達。俺も自分で言っていてバカバカしくなってくる。

「……エリンがいくつだと思ってる⁉　『勇者』なんてのは、子供のやることじゃないだろうが！」

俺は叫ぶ……衛士達は黙して語らず。そして――。

バサッバサッ！　と、ドラゴンは……俺など見えん——とばかりに、相手にもしないで進路を変える。いや、ドラゴンではない。ドラゴンを駆《か》るのは、あの覇王軍の指揮官。奴はエリンを見逃すつもりなどないのだ。

『勇者』を捕捉……追撃するってとこか？…………させるかよ！

「へいへい！……覇王軍さんとやら、俺はエリンの保護者だ。姉貴から預かった大事な大事な姪っ子なんだ。いい年した大人が、小さい子を追い掛け回すのは——叔父さん感心せんなぁ！」

「らぁぁぁぁ！」と気合一閃。背中の火縄銃をスパっと引き抜く。そして一喝ッッ！

「こっち向けやぁぁ！……姪っ子を『勇者』になんざさせてなるものか！　だ〜か〜ら、行かせるかよぉぉ！」

何の意味もないが、自分を奮い立たせるために火縄銃を頭の上で一回転！　ヒュンヒュン、シュパッ！と手元に導き、腰の物入れから弾丸と火薬差しを取り出すと手に持ち弄ぶ。震える手ではうまく装填できないのだ。だが、ドラゴンの動きは思った以上に遅い。

傷だらけの体から見るに、相当に参っている可能性もある。ドラゴンの力強さに驚かされはしたものの、あの姿は満身創痍と言っていいだろう。

「だからと言って俺が勝てる道理もないんだがな」

ジロッと、ドラゴンの上から覇王軍指揮官の視線を感じる。それは俺を見ると、スーと視線を動かし、配下の兵へと向けられた。まるで、「その雑魚を殺《や》れ！」と指示を出しているかのようだ。実際、その先には——覇王軍の残存部隊がいた。重装歩兵と軽装歩兵の二段構え。……残存とは言え、満身創痍の衛士達とは比べ物にならない戦意と練度だ。ましてや、火縄銃しかない『猟師』に勝ち目などないだろう。

だがな、俺の覚悟。それは世界なんざよりも！　『勇者』よりも！　俺はエリンが大事だ……！

だからよぉ、『猟師』のバズゥを舐めんなよ!!

「はっはっは！　かかってこいや！　良き哉《かな》良き哉。エリンのために……世界が滅びるならそれもまた良いだろうさ」

恐怖からのやけくそ、やけくそからの自己陶酔。俺はここで初めて恐怖を超越する。そして、笑い笑う——笑い続けて言う。

だが無情にも、バッサバッサバッサとゆっくりと向きを変えるドラゴン。それは、虫けらの如き俺にはやはり興味等示さないとばかりに——。

「デカいトカゲが粋がってんじゃねぇぇ！」

カンッと叩きつけるように銃口に火薬差しを差し込み、ドバドバと火薬を入れる。……どうせ何発も撃てやしないんだ。景気づけにいいだろうが！　と、次に弾丸。その上に綿を入れてストッパー代わりとし、固定。槊杖でガシガシと突き固める。……これで装填完了！　あとは火皿を開けると、少量の火薬を注ぎ——最後に火縄を鋏に乗せる。幸い火はついたままだ。

——見てろトカゲ野郎が……背骨を煮込んでスープにしてやるぜ！

バッサバッサと飛ぶドラゴンに狙いをつける。これだけデカいとどこを狙っても当たるわけだが……目星はつけるべきだろう。……すなわち弱点に！

よく観察して見ればわかるが、あの体中の杭や板金。なにか意味があるはずだ。——狙って損はなさそうだ。…………決まりだな。——やるッ！

すぅぅぅぅ……ふぅぅぅぅぅぅ……ふっ！　…………今ぁ！　――バァァァァァッァァァン!!

普段使いの火薬よりも明らかに多い量の過剰装薬。そこから発せられる運動エネルギーたるや、凄まじい！

その分反動も大きく、吹っ飛ばされるように背後に倒れるが、後回りの要領で転がり衝撃を吸収する。

どうだ！　渾身《こんしん》の一撃ぃぃ！

ギュバァァァッァと飛んでいく真っ赤に燃えた弾丸が、ドラゴンの目を覆っている板金に当たり――

――パカァァンと割り砕く……。

銃声に気づいた覇王軍の指揮官が物凄い形相で俺を睨んでいたが、次の瞬間その目が大きく見開かれた。

割れた板金の下からは、ドラゴンが目を爛々《らんらん》と光らせて、周囲を睥睨していた。ノロノロとした羽ばたきは止み――、ゆっくりと着地すると……ギィィエエエエエンン！　と咆哮を上げて体を捩《よじ》る。その拍子に頭部に乗っていた覇王軍の指揮官を振り落とすと、無茶苦茶に暴れ始めた。

「うぉ！　な、なんだ！」

更にはグォォォォと振り上げた足が、近くで乱戦を行っていた覇王軍と衛士達を纏めて踏みつぶす。

数人の衛士がその余波で吹っ飛ぶが、そんなものには目もくれずドラゴンは暴れまくる。そして、目についた衛士を――バクリと食らい一息で飲み干すと、次に覇王軍の軽装歩兵と……次々に兵らを食らっていく。伏せて隠れていても、どうにかして見つけているのか、バクリバクリと食らっていく様はまさに生物の頂点たるドラゴンだ。

「ははは……デカいトカゲだ。――ペットみたいに飼われるような珠《たま》ではないよな！」

板金が取れたおかげで正気に返る――なんてこともなく、ただ狂暴に、なお凶悪になって覇王軍の制御を離れただけらしい。そのままどこかに飛んでいけば、例えば自分の巣とかに帰ればいいのだがそうもいかないようだ。空腹を満たすが如くなりふり構わず食らっていく。ならば次は？

そう、いずれはここを食いつくして、村を襲わんばかりの勢い。そうなれば――エリンは？　キナは？

――くそ……生かしておくわけにはいかない！　さりとて、どうしろと……。

「しつけの悪いトカゲだ……」

『猟師』にできるのは――命を頂くことのみ。山から奪い、山へ帰す――それだけ。ならば、『猟師』の……俺にできることは撃つことのみ。一発撃って奴の気を引ければ、村への襲撃も遅れるかもしれない。エリンとキナの安寧のために！　俺は撃つ。

「ハッハッハ！　かかってこいやぁぁぁッ！」

放尿どころか、恐怖を超越しマヒした体は、もう全身からあらゆるものを撒き散らかさんばかり。そりゃそうだ……ただの一人の『猟師』がドラゴンに対峙するのだ。立っていられるだけで上等上等ぉぉぉぉ！

ほらぁ！　火薬――充填、弾丸装填！　綿にて固定、槊杖で突き固め――続けて火皿に火薬を注いで準備完了！

おおおおらあああああああ!!　ここに餌がいるぞぉぉ！　――バァアアアアアアッアン!!

ここにきて俺の銃の腕は冴えに冴えわたる。ドラゴンの鱗や羽を狙っても無意味だ。だが、このドラゴンが覇王軍に使役されていたという事実があるのなら、その痕跡を攻撃すれば何らかの効果が得られるはず。だからこそ、もう一枚。ドラゴンの目を覆っている板金の最後のそれを狙ってぇぇぇぇっ――当てる！

パカァァアンと、射的の的のように、面白いくらい軽く吹っ飛ぶ。

「どうだ！　目ぇ覚めたか！」

パチクリ、パチクリと両の目を瞬かせるドラゴンだが、目が覚めたというより――より凶暴に！

ギィイイエエエエエエエンンン！！！

あ、やばい……。グワバと開いた口の中にチロチロと炎の揺らめきが――竜の息《ドラゴンブレス》!?

うん……これは死んだな。視界がスローモーションのようになり、炎の奔流《ほんりゅう》がバズゥを覆いつくす瞬間まで見えた。炙《あぶ》られて、生臭い息の後に高熱が吹き付け、服と髪が背後に煽《あお》られてバタバタとはためき……次の瞬間には黒焦げに――……。

「叔父さん、キナから伝言――一緒に帰ってきなさい！　だってさ」

……！！？？？　エリン……？？

パシッと、少女に……エリンに抱きすくめられて、ブレスの圏外に強制的に弾き飛ばされるバズゥ。

「キナ怒ってた。すぐに行けって……私ならできるって」

キナ……が？　え？　もう下りて……戻ってきたのか!?

「叔父さん……私もお父さんのこと――」

少しは知っているんだよ？　とエリンは言う。そして、ニコっと少女らしい愛くるしい笑みと、そのあとに続く背筋も凍る戦士の目は――まるで糸が引くようにベッタリと跡を引き……そして、いつものエリンの雰囲気から、強制的に強者のそれへと切り替えるとぉぉぉ……――跳んだ!!

「叔父さんに何やってんのよぉぉぉ！！！」

バッキイイィンと、拳で………え？　ドラゴンを？　ぶん殴ったぁぁぁ！！？？

ボコォォォンと顔面を思いっきり逸らしたドラゴンは、ブレスを強制中断され口腔からボフォァア
と煙を吹き出す。

「いたたた……固い！」

ブンブンと手を振り、痺れを取っているらしいエリン……ちゃん？　え？　エリン――さんですか？

「叔父さん、逃げて！　これは私がやる！」

ありえない動きで、姪っ子が飛ぶ。走る。殴る。蹴る。殴る殴る殴る――エリンが、戦っている。

……ありえん。

あり得んだろ⁉……あぁ！　もう！　わかったよ‼　エリンがやるってんなら、それを後押しする
のも保護者の務め！

「エリン！　剣を使え！　そいつを倒して――その剣を奪え！」

腰の鉈を掴むと、飛び回るエリンに向かってブンッと、投げた。それをヒュパン！　と、キャッチ
したエリンが一回転しながらドラゴンに叩きつけるが、弾かれる。

「鉈じゃない！　そいつの剣なら効くはずだ！」

バズゥは覇王軍指揮官が、ドラゴンの鱗に剣を指していた場面をしっかり見ていた。故に気づく――

――覇王軍の指揮官が持つ剣ならドラゴンに通じると！

その声を聴いたエリンは、トンと、一瞬だけ俺の傍に着地し、エリンは着地ざまにまた疾走する。

その際に、俺に無理難題を言って――。

「叔父さん、少しだけお願い！」

え？……は？……少しって何よ？　少しって…………え？　ど、ドラゴンを止めろってか！

はぁぁぁぁぁ!? できるか…………って、ええええい！　可愛い姪っ子の頼みだ！

「やってやらぁぁぁ!!」

『勇者』に頼られたからやるんじゃない。

「チ……『勇者』じゃねぇよ。姪っ子の頼みだからやってやるんだよ！」

もはや、状況がどうのという次元ではない。世界が——この世の闘争がこの台地に集約されているかのようだ。だが、それは語られることもない歴史の一幕となるもの。きっと、ドラゴンの襲撃と『勇者』の戦いの一幕としてだけ語られる。……それでもいいさ、誰も『猟師』のバズゥの戦記など興味はないからな！　エリンが見てくれていれば、叔父さんそれで満足！

グググ……と、俺は火縄銃を握りしめる。その近くでは、エリンが覇王軍の指揮官と激戦を繰り広げていた。

さすがにドラゴンを使役していただけあって、覇王軍の指揮官は一筋縄ではいかないようだ。そもそも、エリンの戦い方は、剣士のそれではない……子供の喧嘩の延長にしか見えない。まるで技術も伴わないソレは、無茶苦茶な速度と膂力だけのゴリ押しだ。

それでも、まさに竜巻のごとく——ガガガガッガギギィンキンイイインと、一撃の間に既に複数の剣戟が織り交ぜられているという有様。覇王軍の指揮官もかなりの手練れだが、どう見ても押されている。

しかし——強者だ。まだ決定的な一撃を貰わずに凌《しの》いでいる。

……なるほど、少しだけお願いってこういうことか。俺は弾を込め終わると、再びドラゴンと相まみえる。

「冗談きついぜ……俺の銃は熊は撃ててもドラゴンを撃てるようなもんじゃねぇぞ……」

今度は、ドラゴン撃ちの銃でも借りようかね、と——火縄銃のリース先であるファーム・エッジの鍛冶屋に思いを馳せる。……そんな銃があれば、だか。

ギィィイグゥゥゥゥウウ……。

ドラゴンは、ここで初めて俺を見据える。状況を理解しているのかどうか……。ただ、俺に撃たれたことは多少なりとも理解しているらしい。あの巨大な目も、俺を見ていると同時にその焦点が銃に向いていることに気づく。

「おいおい……そんだけデカいんだ。こんなちんけな鉄砲にビビってんのか？」

銃を頭の上でヒュンヒュンと振り回し、これ見よがしに誇示してみせる。バズゥ本来の狩りのスタイルではないが、今更それにこだわる要素などどこにもなし。時間もなければ、弾もない。単発の猟銃では、再装填の隙など早々ないだろう。それでも、時間稼ぎという観点からいえば、既にバズゥはドラゴンと対峙するだけもその効果を十分果たしていた。

何故かは知らないが、ドラゴンは慎重だ。その巨大な咢《あぎと》で食らいつくなり、ブレスを放つなどすれば俺など一撃で消し飛ぶというのにそれをしない。それどころか、銃口から目をそらさないところを見ると——スチャ！　と向ければ……グゥオオオオオオオオオ！　と、明らかにおびえた様子で銃口から逃れようと身を捩る。

「ははははぁん……？　あの目の板っ切れ……外した時、相当痛かったんだろ？」

俺が狙って撃ったドラゴンの目を覆っていた板金だが、ただの板金ではなかったようだ。何らかの処置が施されていたのか、それを無理やり外したことは、相当な激痛を伴ったらしい。それは俺の銃というよりも、覇王軍の手によるものだが、ドラゴンにはバズゥの銃による激痛と捉えたらしい。

「ははは。俺がドラゴンスレイヤーってか……」

ただの『猟師』だよ。だけど、家族を害するならドラゴンだろうが、覇王軍だろうが、ぶち抜いてやる！

すぅぅぅぅぅぅ……。

「かかってこいやぁぁぁぁぁっぁ!!」

うおぉぉぉお！　と叫ぶ。撃つ必要もない、こいつはビビッている。この俺に、『猟師』のバズゥにだ。俺の役目は『勇者』に――いや、エリンが来るまで時間を稼ぐことだけだ。

「うがぁあああああああ!!」

精一杯の虚勢を張り、ドラゴンを圧して見せる。ドラゴンの巨体からすれば俺など虫けらの如し……。

だが、ここの個体に限ってだけ言えば、俺の脅しは効いている……――いるが、いつまでも続けられるとは思えない！――エリン！　早く!!

「舐めんな！」

ギィイエエエエエエエン!!　と、ドラゴンが吠える。そして、王者の貫禄を見せるが如く、俺を打ち破らんとする。「……そうだ、我が矮小なる人間如き臆するものか！」とそう言っているのだ！

グォッ！　とドラゴンが大きく息を吸うと、口の中に真っ赤な炎が現れる。……竜の息《ドラゴンブレス》か⁉

「それは、もう見切ったわ！」

ここだぁ！――俺はここで初めて照準する。狙いは……目だ。

「『猟師』相手に……弱点を正面に見せるとはいい度胸だ！」

ブレスの発射の際には、必ず目標に顔を向ける必要がある。おまけに息を吐き続ける限り、顔は真正面に固定することになる。そう、ビビらなければ――ただの的だ！

竜の息《ドラゴンブレス》……くるッ！　チロチロとした火が、ゴォォ――――……バァァァァッァァァン！！！

一瞬だけ、ブレスが吹き出すが、それよりも疾《はや》くバズゥの銃が火を噴く！　それは、音速を超えて――龍の金眼を貫いた！

「はっはっは!!　どんな生物でもそこは弱点だろう！」

と、笑って見せるが……ギロリと真正面から睨まれる。あれ？

「デカすぎて……失明には至らないってか!?」

確かに命中し、その粘膜を突き破ったようだが、いかんせんサイズが違いすぎる！　だが、相当に痛かったのは間違いないようで、俺の銃を憎々し気に睨みつけている。ぶっちゃけ、ブレスなど吐かずに体ごとぶち当たられるほうが、俺には致命的だった。しかし、自身が満身創痍なことを自覚しているのか、なるべく最小限の動きで仕留めることに拘っているらしい。

ならば、やりようはある。俺の仕事はドラゴンを倒すことではない。というか、出来るか！　んなこと。だけど……頼まれたんじゃ、仕方がない。可愛い姪っ子の頼みだ。やってやろうじゃねぇか。

……ドラゴン？――上等じゃねぇか！

「どうしたトカゲ野郎!?　ビビッて手も足も出ねぇか？」

さぁ、来い！　ブレスなら何べんでも邪魔してやる。そう挑発するも、グルルルルゥという唸り声に勇気がそぎ落とされていく。ドラゴンからすれば歯ぎしり程度なのかもしれないが、矮小な人間様にとっては、凶悪に過ぎる威嚇だ。……だがそれでいい。そうやって唸っているうちは、貴重な時間を消費してくれている。そう――。

「ウチのエリンはな……」――不本意ながら……。

すぅぅ……。

「強いぞ!!」

俺の気合の姪っ子自慢に、ドラゴンが明らかに怯える。ブルリと巨体を揺らして僅かだが仰け反った。それは何故か……決まっている。矮小な人間の根拠不明の自信だ！　実際に、目ん玉を抉るような激痛を俺は与えている。それは伝播《でんぱ》し――。

「……ビビったら負けだ。狩りも、喧嘩も、戦争も、……ドラゴン退治もな！」

ガンッ！　と銃の台尻を地面に押し付けると、槊杖を引き抜き――指の間で保持。火薬を銃口から注ぎ込む。それも筒内破裂限界のテンコ盛り。撃ったら反動でぶっ飛ぶのは間違いない。銃か、俺か、……あるいは両方か。

――それでも……だ。やるしかない。やるしかないんだ。……時間稼ぎにしても、ハッタリでもたせられるほどドラゴンとて愚かではないはずだ。ならば、俺の持つ最大の火力を叩き込んでやるのが礼儀ってもんだろう。

「人間様を舐めるなよ！　そして、俺と――エリン！　ハイデマン家を舐めんじゃねぇ！」

鉛の弾丸を飴玉のように弄びつつ、それを月に透かしてキラリと輝かせる。ニィと口を歪めて笑うのはドラゴンの怯えを見たからだけではない。『猟師』の本能か、俺の闘争心か、エリンの信頼か――

――漢《おとこ》の矜持《きょうじ》か、それら全てか――。

いや……。

「姪に頼られちゃぁねー……叔父さん張り切っちゃうぞ！」

槊杖で弾を突き入れる！　ガンガンガシガシと……装填完了。あとは、再び照準するのみ。……火縄はまだ燻っている。長さを調整するだけでよし。ならばあとは火皿に点火用の火薬を注げば発射可能になる。

ドラゴンよぉぉ……ボヤーっと飛ぶだけなら、虫にでもできるぜ？　ちんたらやってるからよぉ……。

「装填完了！　ぶっ放してやらぁぁっぁぁ!!」

おらぁぁぁぁぁぁ！　と、気合とガラの悪さを乗せた野蛮な声に、流石のドラゴンも怒りを見せる。

ギィエエエエエエン！——そう吼える姿は、「舐めるな人間があぁ！」と叫んでいるかの如く。

その叫びは怒りに昇華され、怒りは彼の持つ火力を引き上げたかのよう。

開けた巨大な咢から見えるのは、チロチロとした灼熱の炎。——馬鹿の一つ覚えかっつの⁉

『猟師』相手に、弱点を晒せばどうなるか——。

「いい加減学習しろやぁぁぁぁ！」

俺の不敵な挑発にも乗らず、ドラゴンは矮小な人間を焼き溶かしてやると言わんばかり——竜の息吹《ブレス》
……発射！　ギュボォアア！　肌を焼く燃える息吹が俺を覆いつくさんと、咢からこぼれ出るが、

「目ぇかっぽじってよぉぅく見ろ！　トカゲぇぇぇぇ！」

カチン……——バァアアアアアン!!

ヒュパンと空気の擦過音を聞いた気がした時には既に——グォォオオオオオオオオオオオオオン!!

苦悶の咆哮がに降り注ぐ。俺は、その声から逃げるかのように、後ろにゴロゴロと転がっているが——

—別に、本当に咆哮から逃げているわけではない。銃身の限界ギリギリの過剰装薬による発砲は、人間一人を吹っ飛ばすには余りある反動だった。

「いっづづづ……」

ゴキンと、散らばる墓石の一つに頭をぶつけてしまった。チカチカと目の前に火花が散るのを感じるが、体の異常は打ち身程度。だが――……シュウシュウと煙を上げる火縄銃は、既に限界寸前。無理して連続射撃をすれば、暴発の危険があるばかりか、筒の破裂を招くだろう。少なくとも冷却の必要がある。

「エリン！　まだか⁉」

頭を振りつつ、起き上がるとドラゴンが目を抑えたまま傾《かし》いでいき、ズゥゥンと地面に軟着陸する。その状態は分からないが、かなり痛みを感じているらしくグルルゥゥ……と、悲しげな唸りが耳をついた。そして、その傍らで物凄い速さで切り結んでいる二つの影がある。エリンと、覇王軍の指揮官だ。離れてさえいても聞こえる弦楽器を打ち鳴らすかのような激しい剣戟の音。そして、時折飛び散る火花！

「エリン！」

キィィィンと、甲高い音を立てて、暴風のような剣士達の間から細い金属片が弾き飛ばされてきた。一瞬だけ動きを止めた二人。その瞬間に見えた惨状では、覇王軍の指揮官は満身創痍。既に、鎧はズタボロに切り裂かれており、一番頑丈と思われる胸甲にすら、小さな手形がくっきりと刻まれている。……どう見ても殴った跡だ。

そして、エリンはと言えば、使えるものは何でも、といった出で立ちで、いつの間にか鉈の他に安物の剣を持ち、両の手に構えて振り回していた。折れたのはそのうちの一本らしいが、それでも、十分に使用に耐える剣を交換する気はないようだ。

「あー……もうちょぃいかかるよな？」

という、俺の声など誰も答えない。代わりに、再開される小さな暴風、剣の嵐。

あーうん、頑張って。だけど……叔父さん流石にソロソロ限界。――ギギギギギと音を立てる様に首を巡らせると、グゥアパァと大口を開けたドラゴンががががが。

ギィィイエエエエエエエエン!!

「許さん!」と、言われているのを確かに聞いた気がした。地に落ちたドラゴンは、ありったけの声量で俺を圧倒しようとする。事実、ビリビリビリ! と震える咆哮は、ただの人間でしかない俺の意識を刈り取ろうとする。……なるほど、見れば片目が妙に濁っていた。さすがに二度の銃撃はドラゴンと言えど敵わなかったと見える。

「銃は恐いだろう?」

ヒヒヒと、下品に笑うがバズゥには最早武器はない。腰にはナイフをぶら下げてはいるが、エリンの全力ですら歯が立たないというのに、それより劣る俺の――しかも、安物のナイフで敵うはずもない。威嚇くらいにはなるかと、火縄銃を構えて見せるが――。

ズシンズシン! と、ドラゴンは最早恐れを知らずとばかり。いや、怒りで我を失っているのだ。空を飛び――ブレスで地上を焼き清めんとしたのは、曲がりなりにも覇王軍の取りつけた板金をぶっ飛ばして見せた俺への警戒があったのだろう。だがその警戒ですら、二度も妨害されてしまえばドラゴンとて余裕をなくすし、手段を選ぶことはできなくなった。元々満身創痍の体――もはや捨て身の攻撃と言わんばかり。……ただの『猟師』相手にだ。

「アホぉぉ! オッサン相手にムキになってんじゃねぇ!!」

こりゃやべぇ! とばかりに俺は、弾丸を装填しようとするが、「ゴォアアアアア!」と、本気の咆哮で威嚇されて身を竦めてしまう。……ドラゴンの様子もさっきとは違う。最早俺に対する侮りなどない。矮小な人間ではなく、一個の敵として認識されてしまったようだ。――冗談じゃねぇ！　俺はタダの『猟師』！　オッサンだっつの！……なーんていう、俺の言い訳など聞き耳を持つはずもなく、獅子が全力で兎を狩るが如き有様で迫る。

ギィエエエエエエエエエエン！

ズシンズシン……ズド、ズドドドド！　地響きを立てて突進、あっという間に距離を詰められる。迫りくるドラゴンの圧力はまるで津波のようで、俺など一瞬で押しつぶしてしまいそうだ。

「クソ！　ドラゴンがオッサン相手にムキになるなよ！」

もはや、火縄銃を装填している暇などない。しかして、逃げる暇などない。もとより逃げる気も手段もない。どの道、対峙しなければならないなら――いっそ、正面から迎撃してやらぁ！

そうと決まれば、未装填で過剰加熱中の火縄銃。使えた代物じゃないが……だが、お前はコイツが恐ろしい武器だと知ってるよな？　それを利用しない手はない！

そうだ。そぅ……俺は――バズゥ・ハイデマンは、諦めなどしない。姪っ子に頼られて「無理でした！」などと引き下がることは絶対にしない！　だってカッコ悪いもん……これ大事。……それが姉貴に姪を託された保護者の務めぇ！　ズン……と一歩を踏み出し気合充填。いくぞぉ！　ブンブンと火縄銃を振り回し、ドラゴンの注目を集めると――……ぽーい、とブン投げた。もし、ここでこの場面を見る人がいれば気が触れたかと思うだろう。

だが、俺には勝算があった。ドラゴンは――思った通りの行動にでる。まるで火縄銃を恐れるかのように、あのドラゴンが……首を竦めて銃から逃れようと身じろぎしたのだ。お陰で踏みつぶされんばかりの突進が直前で急停止。

「はっはっは！　そいつは囮だ！」

本命はコッチぃぃ！　と、最早用無しの危険物に成り下がった「火薬差し」とそれらを入れる物入《ポーチ》を腰のベルトから引き抜き、

「喰えや！」

ポイッと、唸り声を上げるドラゴンの口の中に放り込む……――ブレスの余熱が籠る灼熱の咢へ。

グゥオオォォォ、オ？？　…………ボポオォォォン!!

唸り声と、それに続く炸裂音。――ドラゴンが口からボフォア〜！　と黒煙がふき出す。いくらブレスを吐けて高熱に強い口腔内とは言え、爆発の衝撃は堪えるだろう!?　えぇ！　どうだよ！

グラァ……と体を傾《かし》でいくドラゴン。そして、ズゥウンと地に伏せ……顎を地面に付けると、ゴフゥウ……と熱気を伴った息を吐きピクリともしなくなる。

…………。

「え？　マジか……」

自分でしておいて驚く。いくら何でも火薬の破裂くらいで倒せるとは思えなかったのだが、実際ドラゴンは俺の手によって倒された。ピクリともしないドラゴンの姿に、俺はナイフを抜き生死を確かめるべく恐る恐る近づく。息を殺して歩む俺の耳には、エリンの激闘の音だけが響いていた。

だが、ドラゴンが倒れた今、覇王軍指揮官の討伐に拘る必要はないかもしれない。倒せと言ったのはあくまで奴の剣を奪うため。無理をして倒すより、撃退して軍隊に任せる方がいい。いくらエリンが強くとも覇王軍の指揮官相手に無理をすることは無い。ここは逃げるのも手か、

「エリン――――」

‼　ゾワっ、と背中に悪寒が走る。ドラゴンから目を離したその瞬間のことだ。……っ！　やばい！

思わず振り向いた時には、真っ赤な口が――喉奥の深淵を見せるかの如く咢を開き、俺を飲み込まんとする。

「でけぇくせに死んだふりしてんじゃねぇぇぇっぇ‼」

うおぉぉぉ！　回避しようと体を捻りバックステップ――間に合わん！　ドラゴンの一噛みが俺の歩数を上回るのは明白……！　ここに来て幾度目となる死を予感する。まるでスローモーションのように、ドラゴンの口が迫り、無駄と知りつつも体が逃げようとして、後ろへ飛ぶ。

その動きが実にスローで、まるで海に潜っているかのようだ。そして脳裏によぎるのは様々な情景――……なんだこれ⁉　幼少期の両親との死別。親の顔は霞がかったかのように思い出せない……そして次は「姉ちゃん……」と、美しい姉の面影が俺に微笑みかけ――消えていく。そこに先代勇者……その従者のキナ――不自由な脚で、懸命に家族たらんとする愛おしい少女……キナ、キナ、キナぁ。粗末な衣服ではにかむキナの面影が……、その次に見えるのは、俺の愛しき――――。

「どっけぇぇぇぇぇ‼」

エリ――……え？　ブワッと空気の流れを感じたかと思うと、俺の真横を巨大な質量が駆け抜けていった。それは真っ黒な鎧を着ており、凄まじく長身の……覇王軍の指揮官――の体だ。

ドカァァァン‼　とその体がドラゴンの鼻先に叩きつけられ、勢い余って口に滑り込んでいく。そして、喉の奥までツルツルーと滑っていくと喘動筋の動きでズルン！　と飲み込まれて消える覇王軍の指揮官。――え……あっけない、けど？　あれ？　え？？

乾坤一擲《けんこんいってき》の奇襲を邪魔をされたドラゴンが、忌々しそうに唸り声を上げる。俺を相手に死んだふりをするほどに追い詰められているのだろう。元々が満身創痍で覇王軍に酷使されて――……更に消耗。おまけに大暴れの直後だ。目の前に立った少女《勇者》を相手にするには些《いささ》か……。

「叔父さんにぃぃぃぃぃぃぃ――」

そう、この最強の少女こそ、

「触るなぁぁぁツァぁ!!」

俺の愛しき姪っ子――。

「エリン!?」

俺の声を合図にしたかのように、二刀を手にして仁王立ち姿。小さな体のどこにその力があるのか疑問だが……威圧感は本物。それは、かつて姉貴を手籠めにしたあの男――『先代勇者』を彷彿させる。……いや、今ここに至り、彼の者すら凌駕《りょうが》して見えた。

チラっとこちらを見る愛らしい笑顔。……それはそれはもう、こぼれんばかりに浮かべて見せると、

「遅れちゃった」

テヘペロー……と、悪戯チックに言うが、をいをい……エリンさんや、覇王軍の指揮官を伸《の》して、無傷ってアンタってば何食べればそんなに強くなるの？　ねぇ叔父さんそこんとこ聞きたい――。

「エリン？」

「うーん……なんでだろ……負ける気がしないよ」

二刀を構えたまま、俺の首に抱き着くエリン。フワリと汗じみた……甘酸っぱい少女の臭いが鼻腔をくすぐった。

「私ね。叔父さんのためなら、なんでもできるよ？」

フゥと、耳元で囁かれて溜まらずゾクゾクと背筋が痺れるような感覚が脳髄に走った。

「だから、待っててね……」

カプリと悪戯っぽく耳たぶを噛まれてしまい、思わず腰が砕ける。ブワリとかいたこともない妙な汗が顔中から吹き出す始末。多分、顔面真っ赤になっているだろう。

「エ――」

思わず手を伸ばして……「あ？」……何をしようとした俺は？　と自問しつつ俺は虚空に伸ばした手を軽く握る。そこには既にエリンは居らず。

強者の風格を纏った人類最強の姪がいた。

片手に覇王軍指揮官から奪ったドラゴンすら切れる業物の大剣。もう一手には、どこにでもありふれている安物の剣。アンバランスだが、そもそもがアンバランスのエリンの姿と妙にミスマッチしていて、それはまるで一枚の絵画のようだった。……倒れた猟師と、猛るドラゴン――立ち向かうは可憐な少女……おいおい、立ち位置的には俺が立ち向かうんじゃないのか？　とバズゥは独りごちるが誰も気にしてはいないだろう。俺以外は。そして――、

「私の叔父さんに酷いことして……」

すぅぅぅ……と一呼吸し、

「ぶっ殺す!!」

ダンッ!!　と大地を踏み切ると、グググっと飛び上がり――……一瞬でドラゴンの鼻先に、

「てぇぇぇい！」

可愛らしい気合と共に、繰り出されるのは裸足の、蹴り!!　ズガァァン！　と衝撃が空気を揺るがす程の一撃。たまらずドラゴンの巨体が浮かび上がり……うそぉぉぉ!?　ぐるんと空中で一回転。

「でたらめやん!?」

思わず俺が独り言を零すも、誰も聞いちゃいねぇ。そのまま落下かと思いきや、

「これはぁぁぁ――――」

空中にいるドラゴンに追いつくと、再び蹴りをぉぉぉ高々と……「エリン、はしたないぞ……」――振り上げて、バッキィィィン！　と、

「叔父さんの分！」

自由落下軌道のドラゴンは強制的に上からの強烈なベクトルを加えられ、＋αの衝撃をもって墜落し地面にめり込む。追撃に降り立つのは、容赦なき姪っ子……エリンその人。

「そしてこれは！」

頭を地面に突っ込んでいるため、狙いは背中……そこに生える翼だ。

「叔父さんの分!!」

ブシュっと一撃のもとに、翼が根元から消し飛ぶ。「これも、叔父さんの分！」と、切れ味抜群の大剣で果実をもぐかのような手軽さでもう一方の羽も切り飛ばす。それはドラゴンには耐え難い痛みなのだろう。酷く暴れるが、ウチの姪は容赦をしない。しません。してくれません。地面にめり込んで顔を出せないのを良いことに、もう――――……滅多切り。効果音を出したら自主規制ピーで酷いことに、

「これは叔父さんの分、これも叔父さんの分、叔父さんのために、叔父さんの分だぁぁぁ！」

ザックザックと、解体……というよりも開拓していく有様。飛び散る肉と骨と鱗と血で……エリン

はドロドロ。だがその様は……月の光にキラキラと、一層怪しげな魅力を伴って美しくなる。

「これもこれもどれも、全部叔父さんの分だぁぁ!!」

ええ!?　全部俺の分ですやん!?　と俺が呆れたような嬉しいような困ったような表情を浮かべる。意趣返しにしてはやり過ぎな気もする。けれどもエリンは止まらない。熱に浮かされたように一心に剣を振り続ける。バカでかい大剣を片手で、だぞ。「オラァァ」と、あの小さな体のどこにそんな力があるのか、ブンブンと振り回し切り裂いていく。途中からは安物の剣も加わり、露出した内臓をズタズタにして尚止まらない。終いには、途中で竜の息《ドラゴンブレス》の器官を傷つけたらしく、ボン！　と火の手が上がるが……姪っ子平気ですねん。なんか「ふぅ」とか逆に一息ついてるし……血が蒸発して良かったーとでも言いたげ……。えー、あの火って人を蒸発させるくらいの火力だよ？　ちょっとエリンさんや……。

そして——「叔父さんのためだー!!」とか言ってるし、俺そこまでやられてない……。ズゥン！と、胴を半分に切り裂くとエリンはようやく地面に降り立つ。その全身はドラゴンの血にまみれているが、それが却ってエリンのあるべき姿の様にも見えた。強者然《きょうしゃぜん》とした姿は堂《どう》に入っており、……あの愛くるしいエリンの面影はなかった。それがどうしようもなく俺の神経をざわつかせ——胸がズキズキと痛む。……姪が、エリンがどこかにいってしまいそうで——。

「エリン……」

俺の声に、振り向いたその顔は当然エリンのもので、とても可愛らしい。だがそれは、昨日までのエリンではなく……『　エリン』だった。彷彿するのは——そう、あの忌まわしい先代の『勇者』だ……。

「叔父さん……？」

俺の警戒する目に気付いたのか、寂しげな笑みを浮かべたエリンが戸惑いがちに手を伸ばす。が、返り血を浴びたドロドロの剣が握りしめられており、その様が人とそれ以外を分かつ瘴気のようなものを纏って見えた。血脂に光る剣の刀身に……俺の怯えたような……怒った様な――そんな顔が映っていた。それに気付いたエリンが戸惑い……目を伏せる。

！！！　バカ野郎！　俺がエリンにビビッてどうする!?　この子は俺のためにぃぃぃ!!

「エリン！」

力強く声を振り絞る。そこには怯えやどうしようもない怒りが混じっていたかもしれない。でも――。

「よくやった！」

パッと走り出て、勢いのままエリンを抱きしめ胸に押し付ける。血まみれの髪を解してやり、背中に回した手にグググと力を込めてやる。そうだ、お前が何だっていい。何になっていてもいい。例えそれが――『勇者』でもいい！……俺の姪はエリンだ！　なんだっていい！　エリンだ！　俺のたった一人の肉親――エリン・ハイデマンだ！

「叔父……さん」

カランと剣を取り落とすエリン。急に自分のやった事を思い出したのか、俺に縋りつきブルブルと震えだす。

「わ、わた……私――どうなっちゃったの？」

俺の胸から顔を離すとウルウルと見上げてくる愛らしい子。そうだ……こんな、こんな小さな子なんだ。『勇者』でもなんでも、まだ子どもで――俺の姪なんだ。

「どうもしない。……エリンはエリンだ。やんちゃで、姦《かしま》しいエリンだよ」

ニッ、と慣れない不器用な笑顔を浮かべるバズゥに、エリンも安心したように俺の胸に顔を埋める。

「ううん……やんちゃじゃ……ないよ」

はっはっは。十分にやんちゃだぞ。愛《う》い奴愛い奴。わしゃわしゃと頭を撫でてやると、まるで猫の様に頭を押し付けてくるエリン。んむ、可愛い！

「……疲れたな……エリン」

「うん……帰ろっか」

その言葉には大いに頷くものがある。覇王軍の残党がいるかもしれないし、負傷した衛士達もどこかにいるようだ。……だが、殲滅だとか救助とか、そんなこと一介の猟師と酒屋の看板娘にやらせるか？　無茶言うなよ、帰るぜ。いや、本当に帰るから。

エリンの言葉に生還の悦びを感じ、急にドッと押し寄せる疲れ。ここで眠りたい気持ちにもなるが、まずは事態を知らせなければ……何よりキナが心配している。無理を押してでも帰ろう。

「――でも、あと五分《ちょっと》だけ……」

エリンが、ふとそんなことを言って俺を抱きしめる。大剣を振り回していたとは思えない力。それはいつもと変わらぬエリンの抱擁《ほうよう》だった。

…………しばらく、台地に吹き流れる風の音と互いの鼓動だけを聞きながらジッと動きを止める。

エリンの鼓動はトキントキンと力強く、美しい旋律をしていた――。

「うん……いい五分《ちょっと》だった」

ニッと俺は微笑むと、エリンと見つめ合う。

「うん、いい五分《ちょっと》――」

ギィエエエエエエンン!!　「うるさい！」と、エリンが綺麗な笑顔を一瞬で不機嫌にすると、しぶとく生きていたドラゴンが顔を地面から引き抜き、反撃をしようとし――……エリンに一刀のもとに切り裂かれた。それはもうズッパシと、顔を斜めに切られ……ズズズ、ドスン！　顔面を斬り落とされたかと思うと、脳漿をダラリと零し、今度こそ死に伏した。

エリンさん……こえぇぇぇぇ！　と、俺は引き攣った顔をどうにか笑顔に戻すのに苦労したとかしてないとか……。

そうして、覇王軍の空挺部隊を撃退し、騎乗用のドラゴンを倒したエリンは――……この日、『勇者』となった。

※

コケコッコー!!　威勢のいい鶏の声に村が起き始める。とは言え、ここは漁港ポート・ナナン。鶏の声と共に起きるなど寝坊もいいところ。ベテラン漁師は既に船を漕ぎだし。見習い漁師も網を準備する。そこそこの腕前の猟師である俺もとっくに起きている。今日は猟があるわけでもないので別に寝ていてもいいのだが、なんたってハイデマン家の家訓「働かざるもの食うべからず」を自ら実践するのは家長としての役目。やるべきことがあるなら当然やるのだ。たとえ昨日の今日、ドラゴンと激戦を繰り広げようとも――……男は黙って鉈を研ぐ！

シャーコ、シャーコと脂でベトベトになった鉈を研ぎつつ洗い、作業を続ける。衣服はボロボロで髪の毛もドラゴンに焼かれてチリチリになっているが、田舎の貧乏人に休む暇などない。五体満足なら即日から働くのは当たり前だ。一連の騒動でできなかった仕事もたくさんある。

そのため、朝一でキナと一緒に解体作業。台にのっているのは半身の地猪《グランドボア》だ。滅多に狩れることのない高級品で半身だけとは言えその価値は言わずともがな。昨日放置したせいで、既に集《たか》り始めた蠅《はえ》を鬱陶しく思いながらもキナの手を借りて急ピッチで作業中。腐敗を避けるためにも一刻も早い処置が必要なのだ。少し古くなった血肉の臭いに辟易していると、

「キぃナぁぁ！」

店の方からエリンが元気な声でキナをご指名。エリンもエリンで元気いっぱい。ドラゴン一匹に、覇王軍指揮官一人を伸したとは到底思えない。

その声に、バズゥを手伝っていたキナは桶に溜まっていた脂身を手に顔をあげた。

「あ、バズゥ……ちょっと店に戻るね」

「おう、行ってこい。こっちは俺でやっとく」

手早く作業着を脱いだキナはいつもの割烹着になると店に向かう。店の営業を止めるわけにもいかないからな。基本は店が主体だ。

「はぁぁやぁぁぁくぅぅ!!」

「はいはい！　今行くからエリン」

ヒョコヒョコと歩くキナを見送り、俺は解体を続ける。ひどく骨の折れる作業だが、猟師の生業の一部でもある。血なまぐさく、獣臭い。……だが、これが命を頂くという事。

「ふぅ……」

グィっと汗を拭うと、

「えへへへ」

腰に纏わりつく感触に目を向ける。

「叔父さんの臭い～！」

グリグリと猫の様に顔を擦り付けるのは、最愛の姪っ子エリン。

「なんだ？　キナは店に行ったぞ？」

「うん、知ってる～。キナばっかり叔父さんと一緒なんてずるいじゃん」

？？　何言っててんのこの子は？

「用があったんじゃないのか？」「ないよー？」

……おいおい。キナが後で怒るぞ？

「えへへ～。私の方が上手《じょうず》に手伝えるよ！」

フン！　とエリンが半身の地猪《グランドボア》を――……自主規制ピー……とばかりに片手で解体。すっごい音を立てて肉と骨と皮と……臓物に分ける。ちなみに素手です。

「おぅふ……エリンちゃんや。女の子は素手で猪と解体するもんじゃない……けど、ありがとうな」

わしゃわしゃと頭を撫でてやると目を細めて気持ちよさげ。この子は、こうしてやるとひどく嬉しそうにする。

「役に立った？　お手伝い出来た!?」

う、うむ。……『勇者』に目覚めてから、力加減の練習も兼ねて解体をやらせたわけだが、その辺もコントロールできるようになったらしく、獲物を潰さないようにうまく処理してみせた。……素手で。

「まぁ、お前がお前でいてくれれば、俺はそれでいい……」

「ん？　何？」

エリンには聞き取れなかったのか？　そのクリクリとした愛らしい目を俺に向けてくる。

「何でもない」

「？・？」

『勇者』に目覚めたエリンを目の当たりにして、俺の中にあった一抹の不安。……世界を救うため、放浪を続けていた先代勇者を思い出すのだ。色欲に狂い、強者として戦いに赴き……そして消えていったあの男を――。

（大丈夫だよな。……こんな田舎に、ましてや俺の姪っ子が『勇者』になったなんて誰が信じるものか……）

たとえ、エリンが『勇者』になったとしても、俺はこの子を護る。叔父さんとして、保護者としての当然の責務だ。

だから、何が起きても――……。

「ハイデマン家の者はいるか！」

……大丈夫だよな？　なぁエリン？

「国王陛下の勅諚《ちょくじょう》である！　エリン。エリン・ハイデマンはいるか！」

……大丈夫。……大丈夫だエリン。

突然の来訪者に驚いたのか、ギュゥウッと俺の臭う体にしがみ付く小さな姪を抱きしめつつ、俺は忍び寄る運命に瞑目し先行きに暗澹《あんたん》とした思いを馳せる――……。

姉さん……勇者になったよ……俺の、俺たちの娘が――……姉さん。

姪に罵倒された日

「バカバカバカバカバカー｜｜｜!!」

姦しい声が酒場中に響く。声の出所はハイデマン家の居住部分だ。

時折、酒場と居住部分を隔てる薄い垂れ幕の間から食器だとか、木炭だとか木彫りの熊だとかが飛んでくる。

そのうちのいくつかが酒場にいる酔客の頭に命中し、その度にキナがペコペコと謝っている。

「ご、ごめんなさい、ごめんなさい！」

ひゅ～ん!!　そのうちの一個が見事な放物線を描いて再度宙を舞う。狙い能《あた》わず店の中央で飛来物を片付けていたキナの頭を強襲する。

「きゃっ！」「おっと」

それを危なげなくキャッチしたのは常連客のアジ。点火用の燧石《ひうちいし》はかなり大きく、当たればタダでは済まなかったかもしれない。

「あっぶね～な！」

「あああぁ、ありがとうございます」

燧石をアジから受け取るとキナは再びペコペコマシーンに早変わり。

「ったく、うるせーな……何やってんだあの二人は？」

「ご、ごめんなさい！　お昼からずっとあんな感じで……」

本当に済まなさそうな顔で謝るキナを見て、

「キナちゃんが謝ることじゃねぇけどさ――」

お詫びとばかりにキナはアジの杯にお酒を注ぐ。トクトクと心地よい音と共に芳醇な香りが漂った。

「なにがあったんだ？――うぉおおっ、とっとっとっとぉ……！」

注ぎ過ぎたのか、危うく零れそうになるお酒。それをアジが慌ててカップに口を付けてズズと啜る。

「あ。ごめんなさい！」

「おうおうおう……どうしたんだよキナちゃん？」

表面張力でタプタプになった酒のカップを上手く啜りながらアジは興味無さげに聞く。

「う、うん……二人が喧嘩するのは珍しいなーって」

キナはチラチラとバズゥ達のいる部屋の方を気にしている。どうにも、それが気になって給仕どころではないらしい。

「そうかい？　家族なんだし、たまにゃあるんじゃないのか？」

「う、うん……そうなんだけど――」

そう言いつつもキナは心配顔のまま。実際彼女が心配するくらいにあの二人――バズゥとエリンは仲が良い。そういえば、今まで喧嘩なんてあっただろうか？　と記憶を呼び起こさなければならないほどだ。

あんまり仲が良いものだから、キナが見ていて嫉妬するくらい……。

「心配なら見に行ってきなよ――他の連中は適当に飲むだろうさ」

チラッと背後を振り返るアジの視線の先には疎《まば》らな客がいる。実際、みんな言葉通りに適当に寛《くつろ》いでいた。すでに注文は行き渡っているので、キナが今すぐ給仕をしなければならない様子はない。

「ほら。見て来いよ、客は俺が適当にあしらっといてやるから」

その声にキナは後押しされたように頷く。

「ご、ごめんなさい。ちょっと見てきますね――」

そう言うが早いか、ヒョコヒョコと不自由な脚を引き摺りつつ部屋の方へ様子を見に行く。

「へ……素直じゃねぇんだよな。キナちゃんも――バズゥも、な」

人知れずドヤ顔をしてキナを見送ったアジ。その顔を恨めしそうに見ているのは先ほどの疎らな酔客どもだ。彼らの目当ては美しい看板娘、キナの御酌《おしゃく》なのだから当然だろう。

だが、漁師のリーダー格のアジがいるので、デカい顔もできなかった。

※

一方――。

「馬鹿ぁぁぁー!!」

俺はブンッ、ブンッ！　とエリンが癇癪を起して投げつける家具に衣服に猟具の数々を悉く《ことごと》パシパシと受け取りあしらっている。さっきからこの調子でエリンには取り付く島もない。

「馬鹿、嘘つき、変態！」

ベチャ……！　と、蓋の空いた水筒を力いっぱい投げつけられる。それはまだ十才かそこらのエリンの力なら大したことはないはずなのだが……。

「わぶっ！」

水筒の口から溢れた水が見事に顔に命中する。あーあーあー……何すんだよ……まったく。

「エリン！　いい加減にしろっ」

大雑把に顔を拭うと、蓋をして水筒を戻す。

「叔父ちゃんが嘘つくからだもん！」

全くこの姦しい姪っ子ときたら。

「うーーーーー」

ガルルルル……！　と犬の様に唸るエリンがペタンと女の子座りをしながらも新たな投擲物を探している。近くには俺の猟銃や鉈もあるので、あれを投げられると……ちょっとシャレにならない。

「おい――いい加減に！」

「ど、どうしたの二人とも⁉」

っとぉ――……キナちゃんのお出ましだ。

「おうキナか。どうしたもこうしたもねぇよ……」

ヤレヤレと頭をかく俺に、キナは「？」顔だ。そりゃ、状況は意味不明だろう。俺だってよくわからん。

「キぃぃぃナぁ――……」

うわーん、とウソ泣き臭い声でエリンがキナに縋りつく。

「はいはい、よしよし」

慈母の笑みでキナがエリンを抱き留める。まるで似ていない二人だが、こうしてみれば親子か姉妹にも見える。

「叔父ちゃんがー！　叔父ちゃんがーー‼」

「はいはい、どうしたの？」

ナデナデと優しくエリンの髪を撫でつけるキナ。その目が俺を見るのだが、やたらと冷えている。

「俺ぁ、何もしてねぇぞ」

「そうだよ！　何もしてくれなかったんだもん！」

じゃーええやないかい！

「えっと……？」

「あー……なんか知らんが、ファーム・エッジから戻ったらこれだ――」

チラっと目を向けるのは、無茶苦茶に散らかった部屋。

「何か知らんが、俺がただいま～って、帰って来てからニコニコして手ぇ出すからよ――」

バズゥは昼前の様子を反芻《はんすう》しながらキナに説明していく。うまく話せばキナなら分かってくれるだろう。

「多分、お小遣いが欲しいのかなーと思って、「お小遣いはまた今度」って言ったらよー、急にエリンが……」

「当たり前だもん！　叔父ちゃん嘘つきだもん！」

嘘ついてねぇっつの！　なんだよ？　なんか約束したか、俺？

「ちょ、ちょっとバズゥ……――もしかして」

キナが困ったような視線をむける。……俺なんか悪いことしたか？

「今日――何の日か覚えてないの……？」

ちょっと顔を青ざめさせているキナ。……え？　何の日だっけ。

「……えっと、……ナンノヒデスカ？」

カチーンと凍り付く女性陣。っていうか、気温がマジで下がった気がする。

「信じらんない!!」

おおう！　なんか女性陣に総スカン喰らってるんだが――なんで？　なんで？　そんな大事な日だっけ――？　誰かの誕生……日――。

「あ!?」

やっぱい……今日エリンの、

「た、タンジョウビオメデトウ」

「バズゥ……忘れてたのね？」

キナさんのすっごい憐れむ目。エリンに至っては――、「……ひぃ！」自分の声に驚くほど、闇の染まったエリンの目に心の臓腑を抉られる。

い、いや、まてエリン！

「わ、忘れてたわけじゃ――……ほら、最近忙しくて、なんというか、その――ごめん」

「最ッ低……」

んんんなぁ!?――思いがけないエリンの一言にグラァ～と景色が歪むのを感じる。

やばい……。心臓にグッサリと来た。愛する姪っ子の「最ッ低」は効く。めっちゃ効く。

「お、お――」

プルプルと震えるエリン。慌てて痛む胸を押さえつつも頭を撫でようと――、

「叔父ちゃんなんか、大ッ嫌い!!」

――――大ッ嫌い……。

――大ッ嫌ぃ……。

大っ嫌ぃ……。

「ちょ、ちょっとエリン！　って……わわわわ、バズゥ大丈夫――」……バッタン。

ドサリと、俺の体が地面に倒れる。エリン会心の一撃だ！　すげぇ、すげぇ痛《いて》ー！　心が、心が痛い。

「叔父ちゃんなんか、大っ嫌い」……効くわ――。俺、死んでいいかな？　むしろ殺してくれ。

「バズゥ？　バズゥ!?　ば、バズゥぅぅぅうう!!」「お、叔父ちゃん？」

合掌――。

※

「うー……殺じでぐれぇ」

エリンの言葉のナイフ――というか斬馬刀は、ことのほか効いた……。マジで効いた。冗談抜きで意識が飛んでしまったうえ、どっかの河原で死んだ姉貴が手を振っている錯覚まで見えた。――あれ？　俺一回死んだ？

チビリ、チビリと酒を舐めながら、瘴気を放っている俺。ドン引きした客が数人まとめて帰っちまう程だ。

やっちまったよ……。不味った。そら怒るよな。せめて、おめでとうくらい言えば良かった……。

「エリン……プレゼント期待してたんだよな」

帰って早々、モジモジしながら手を出してくるんだぜ？　何かと思ったら……。

「あーーーーー!!　もーーーーーー!!」

「うっせーな、この野郎！　んだよ、死んだ魚みたいな目してたかと思うと、急に叫び出しやがって、気ぃん持ち悪い奴だな」

カウンターの隣で鬱陶し気に声を上げるのは、オヤッサンこと――アジだ。

「やかましい……黙って飲んでろ」

「それが客に言うセリフか」

ケッと、悪態を吐《つ》つつアジが、小鉢に盛られた「キノコと小魚の和え物」を口に運ぶ。

「エリン……怒ってるよなー……」

可愛い姪っ子にプレゼントを渡せなかった。普通に渡したらきっと喜んだんだろうな……「叔父ちゃん大好きー」って、

「だから、ニヤニヤしながら言うなよ。気持ちわりぃ」

そう言いつつ、クィッ……とカップを傾けるとあっという間に空になる。それを更に追加で手酌のまま入れつつ――ツマミを一口。シャクシャクと小気味よい音がここまで聞こえてくる。アジがそれをすると、……なぜか酷く似合って見えた。

「エリンちゃんもキナちゃんも昔から可愛いだろうが？　……へへ」

ここの娘っ子は、みんな可愛いいなーと、ニヤニヤと笑うアジに俺はきつく睨みを利かせる。

「俺の姪《エリン》をヤラシイ目で見るんじゃねぇよ！」

「ド阿呆！　看板娘は見られてナンボだろうがっ！」

へへへん、と悪戯っぽく笑うアジに対してピキッ！　と青筋が立つほど苛立ちを覚えるが、よくよく見れば他の酔客どももニヤニヤしてやがる。

……お前ら――ウチの子に手ェ出したらぶっ殺すからな!!　と、キツ～ク睨みを利かせておく。

「バズゥ……エリンがゴメンなさいって」

曖昧な笑みを浮かべたキナがカウンターに戻ってくる。そのまま厨房と連結している内側に入ると、バズゥに代理で謝ってきた。

「あー……キナが悪いわけじゃない。もちろんエリンもな——全部俺が悪い……」

姪っ子の誕生日を忘れてノコノコ隣村から帰ってきた俺が悪い。明白だ。

多分エリンは隣村まで行った俺に、ポート・ナナンでは手に入らない物を買って来てくれると期待していたんだろう。……実際はただの『猟師』の寄り合いに顔を出しに行っただけだ。この時点で俺は誕生日のことをすっかり忘れていた——猛省……。

そんな俺の気持ちとは別に、それでも——と謝るキナ。エリンの暴言には自分の責任もあると多少ないし責任を感じているらしい。キナはキナなりに、これでも母親と言うか姉と言うか……年長として、教育上の責任があると思っているのだろう。

キナが気にすることじゃない——と、バズゥが言おうとするも、
コトリ……。キナは申し訳なさそうに俺の前に一品料理を置く。酔客どもに出すツマミとは違う手の込んだ料理だ。

「これは?」

「お詫び……明日の朝食だけど、ちょっと手を加えたの。——明日は、また別な物を出すね」

そう言って、目の前に置いたのは簡素な見た目の浅漬けだ。だが、タダの浅漬けではない。

「お——これは……」

シャクリとした触感は、ズッキーニ《キュウリの仲間》らしい。一見すると簡素なソレ……だが、口にして驚いた。一

口ごとに実感する深い味わい。

「お、何だ旨そうだな！」

「やらねーよ」

アジが覗き込んでくるも、隠す様に手で覆う。シャク、シャク……旨ぇ。

「コクがあるな」「でしょ！」

素直に感想を述べるとキナが嬉しそうに顔をほころばせる。こうやって素直に笑いかけられるとなんとなく照れ臭い。だから、漬物に意識を集中する。

うん……塩と――干した海藻。あとは魚醤に……うん、コクと言うか酸味と言うか……――なんだこれは？

「ふふふ……これを使ったの」

味の仕組みを解明しようとしているらしい俺の様子に気付いたキナが微笑みながら置いたのは、小さな瓶に入った白いもの。

「ヨーグルト？」

「うん！　山羊のヨーグルトを商店の人がオマケしてくれたの、だから試しに入れて見たのよ。量がないからそのまま食べるよりいいかなーって」

ふむ。ヨーグルトを入れると漬物に酸味と深みが増すのか……。これは驚きだ。塩っぱいだけでなく、酸味が加わることで――食も酒も進む、進む！

「うんん……旨い！　キナちゃん百点!!」

「あは。ありがとう」

ニッコリ顔のキナちゃん。何やら酔客どもが黒い顔で睨んでいるが——知らん。

「あ！　キナ」

ヒョコっと、奥の住居部分から顔をだしたエリンがキナを見て驚いている。さっきまでオロオロしていたキナがニコニコしているのだ。百面相もいいとこだと言わんばかりなのかもしれない。

「なんだエリン。子供は寝る時間だ」

「子供じゃないもん！」

いや、子供だろお前は。年もオパイも——「バズゥ！」はい。すんません。

ぷーと頬を膨らませたエリンがズカズカとやって来ると、キナとお揃いのエプロンを身に付けつつ、

「叔父ちゃん！　これも食べて！」

どこから出したのか、サッとカウンターに置かれたのは白い卵……だけ。

「茹で卵？」

「違うもん！　真ん中なのー！」

はぃ？　真ん……中？　俺が意味が分からずポカンとしていると、エリンがまだ怒ってますーと言う顔をしつつも、卵を小鉢に割り入れる。それは想像とは違い何故かトローリとしている。

あ？　なんだこりゃ。

「食べて！」

チョロリと魚醤を垂らして差し出される。……うげ、こりゃ生卵——か？

「早く！」

キナが隣でちょっとオロオロしているのも構わずにエリンは食え、食え！　と差し出してくる。

うん、エリンちゃん。——叔父さんね、胃腸が強いわけじゃないので、変なもんは……。

だが、「じーーー」と姪っ子に間近で見られれば食わないわけにはいかない。南無さん！——パクッ。

「………」

う、

「旨っ！」

なんじゃこりゃ。生卵じゃない。そして茹で卵でもない！

「えへへ、おいしいでしょー半熟卵っていうんだよ」

半熟……半分だけ熟した——あー、それで真ん中。生と茹での真ん中ってことね。

俺はようやく理解したと同時に、いつの間にこんな料理を思いついたのか——とエリンの成長に驚いた。

「卵と魚醤だけで、こんなにも旨いのか……」

こりゃ、メニューにも出せそうだが……。いや、卵が高いから無理か。でも旨いなコレ！

パクパクと食べ勧める俺に気を良くしたのか、さっきまで怒っていたのに今度はニッコニコだ。

「大ッ嫌い」とか「バカバカ」とか、……女の子の気質は分からんなー、とオッサン臭いことを思いつつ、酒と卵を交互に進めていく。

羨ましそうにアジが見ているが、……やらんぞ。

「ば、バズゥ！　これも食べる？」

何やら慌てた様子で更に一品追加するキナ。緑豆を軽く油で炒めて塩を振っただけの物だが……。

旨っ！

「キナ！　これ旨いわー……緑豆の塩ゆではよく食べるけど、油で炒めると、これまた旨いな！」

「でしょ！」

ニッコリ、キナちゃん。

「むー！　叔父ちゃんコレも！」

エリンはエリンで二品も三品も出してくる。どれもこれも、我が家のあり触れた素材を使ったものだが、一手間加えて一風変わった物に仕上がっている。そして、どれもこれも――、

「旨っ！　旨いじゃないか、エリン！」

えへへ、と笑うエリンは怒っていた雰囲気もどこへやら、顔を真っ赤にして実に嬉しそうだ。グリグリーと、カウンター越しに頭を押し付けてくる様は猫のようで、まったくもって可愛い。ウリウリと喉も撫でてやる。

「ば、バズゥ。私もまだあるから――」

そう言って何やら準備し始めるキナ。我が家は酒のつまみには一品だけが基本なのだが……次々にカウンターに積み上がっていく料理の数々。

それを見て呆気にと垂れている酔客に、

「愛されてるねー……こぉの果報者《かほうもの》めー」

ニヤリと笑うアジが聞き捨てならんセリフを述べる。

「おちょくるな！　ただの家族の団欒だっつの……」

モッシャ、モッシャと、愛する家族の振る舞うツマミを頬張りながら、俺はアジを睨み付ける。だが、アジの野郎と来たらこともあろうに「こりゃ、キナちゃんも大変だ」と聞く耳持ちやがらない。

……なんでそこでキナが出るかな！

「キナちゃんもだけど…………大変だな、エリンちゃんも――」

アジは何やら悟ったような顔で、馴染みのツマミをムッチャ、ムッチャと食べつつ酒を飲む。それに対抗するように俺も酒をグイグイ飲み進めていく。

それを見て、キナはアジにお酌し――エリンは俺に注いでくれる。アルコールが体を温め、脳を痺れさせるのを感じながら、俺は愛する二人の家族を眺める。そして、

「エリン……」

「なに？」

そっと、エリンの頭に手を触れると――、

「今日はゴメンな。……誕生日おめでとう」

そう言って赤いリボンを二つクルクルと巻いてやる。エリンの髪に良く映える真っ赤なリボン。

「わ……わー――ありがとう叔父ちゃん」

リボンはポート・ナナンの商店で買ったものだ。……あの後、慌ててな。

もっとも、ロクに流通もないような小さな漁村のこと。女の子が喜びそうなものはたいしてなかった。それでも……このリボンを見つけたときは、きっとエリンに似合うと思ったんだ。

「あら……似合ってるわね。エリン」

「ホント!?　えへへ……」

率直なキナの誉め言葉はよく響く。彼女の偽りない言葉は鏡と同じだ。

「叔父ちゃん――大好き!!」

ギューとカウンター越しに首に抱き着くエリン。思わず顔が緩んでしまうのを感じたが、この家で誤魔化す必要もない。だって、家族なんだぜ？

天真爛漫で、明るく愛らしい姪っ子エリン。

健気で、優しく芯の強い美しい少女キナ――。

これがハイデマン家。決して裕福な生活ではないが、これはこれで悪くない。エリンがいて……キナがいる。きっと、俺が今よりも――もっとオッサンになってもこの生活はずっと続いていくだろう。

きっと、ずっと……。ずっと――。

あとがき

皆様、まずは本書をお手に取っていただきありがとうございます。LA軍《らぐん》と申します。本作はお楽しみいただけたでしょうか？　少しでもお楽しみいただけていれば無上の喜びです。

小説を書き始めたのは社会人になってしばらくの後のこと。友人に「小説家になろう」を勧められたのが始まりです。当時はいわゆる読み専でしたが、ふとしたきっかけから書き始め、TOブックス様にお声を頂いて本書に至ったというものです。そもそも普段からあまり本を読まない私です。そのため、予備知識もなしに書き始めたのでつたない文章を書いておりますがご容赦ください。

さて、本書は叔父と姪、そして健気な少女の三人が織りなすハートフルコメディといったものを目指してみました。主人公バズゥ・ハイデマンは滅茶苦茶強いわけでもなく、ましてや勇者でもない普通の人間です。ただ家族を愛し、不義理には真っ向から立ち向かう不器用な男です。特に私の描くファンタジー世界は人々に優しくありません。長距離通信もない、福利厚生もない、とても冷たい世界です。そんな世界では、優しいだけの人間は食い物にされるし生きていけないでしょう。そこをチートな能力でもなく、神の助けもなく、ご都合主義で救われるような展開もない中、等身大の主人公が真っ向から立ち向かい正攻法で対処していく。そんな作品を描きました。

また私の作品の拘りである猟銃には一々細かくてクドイ描写もあるでしょうが、それこそが人間臭い戦いだと思っていただければ幸いです。……銃はとても強力です。しかし、火縄銃や燧式《フリントロック》銃というのは一発撃ってしまえばそれで終わりです。そこをチートの能力のないただの等身大の主人公がどうやって戦っていくのか。そんな視点で見ていただいても面白いかと思います。

そして、世界の敵である覇王軍ですが、本作では敵軍というものについてはあまり深く描写しないことにわざと留意しております。本来、敵と味方とは相容れぬ存在です。そこに言葉を介在する余地もなければその暇もありません。ただ鉄と鉄をぶつけあうだけの存在。私はそう考えています。そのため、敵が安易に戦場で呼びかけたり、戦場で友情を育んだり、はたまた好敵手などといって再三渡り合うような状況は安易に書かないようにしています。何も語りあわず淡々と殺し合う不気味な存在——それが覇王軍です。後方地域で主人公のバズゥが戦う相手とは違い、文明の生存をかけた覇王軍の戦いはひたすら凄惨です。敵も味方も分からない状況。まさに「戦場の霧」を体現するように心がけて書いていきます。そのため今後も「やるな、勇者よ！」なんていう、ステレオタイプな悪と勇者の構図は中々でないでしょう。それだけに、今後本作を戦うことになるなる日陰者のバズゥの泥臭い戦いは映えるのではと思います。是非とも、勇者エリンの戦場の戦いと、猟師バズゥの人間の戦いの違いを実感してください。

最後に、本書編集してくださった校正の方、編集者様、TOブックス様、そして美麗なイラストで物語に素晴らしい華を与えてくださった三登いつき先生、本書を取り扱ってくださる書店の方々、そして本書を購入してくださった読者の皆様、誠にありがとうございます。御礼をもってご挨拶とさせてください。本当にありがとうございます！

早く叔父さんに会いたい！
森と山の王！

激突!
故郷ポート・ナナンに迫るキングベアの軍勢。
誰もが無謀と思う戦いにバズゥが挑む!
冴えないおっさん猟師×最強勇者の姪が描く、ハートフル冒険ファンタジー!
拝啓、天国の姉さん…
勇者になった
姪が強すぎて――
叔父さん…
保護者とか
そろそろ無理です。
著:LA軍
イラスト:三登いつき
第2巻2019年発売予定!

拝啓、天国の姉さん…勇者になった姪が強すぎて――叔父さん…保護者とかそろそろ無理です。

2019年3月1日　第1刷発行

著　者　LA軍

発行者　本田武市

発行所　TOブックス
〒150-0045
東京都渋谷区神泉町18-8　松濤ハイツ2F
TEL 03-6452-5766(編集)
0120-933-772(営業フリーダイヤル)
FAX 050-3156-0508
ホームページ　http://www.tobooks.jp
メール　info@tobooks.jp

印刷・製本　中央精版印刷株式会社

ISBN978-4-86472-782-2

Printed in Japan